GLI INSUPERABILI

324

Della stessa autrice:

Ti lascio ma restiamo amici
La rivincita siamo noi

Tutti i personaggi e gli eventi descritti in questo libro, tranne quelli di pubblico dominio, sono frutto dell'immaginazione dell'autrice e qualsiasi somiglianza con persone reali, viventi o defunte, è puramente casuale.

Titolo originale: *Stealing Harper*

Published by arrangement with William Morrow, an imprint of HarperCollins Publishers.
Traduzione dall'inglese di Anna Leoncino

Prima edizione in questa collana: agosto 2017

Roma, Casella postale 6214

ISBN 978-88-227-0949-3

www.newtoncompton.com

Realizzazione a cura di Il Paragrafo, Udine
Stampato su carta prodotta con pasta termomeccanica, senza utilizzo di cloro, proveniente da foreste controllate, nel rispetto delle normative europee vigenti in tema ambientale

Molly McAdams

La mia fantastica scelta sbagliata

The Taking Chances Series

Newton Compton editori

Per le tipe di Broad Books. Senza di voi,
nessuno avrebbe potuto leggere la storia di Chase.
Vi voglio bene, ragazze!

Capitolo 1

«Nient'altro?», chiesi a Derek, uno dei miei coinquilini, quando lo incrociai in corridoio.

«No, questo è l'ultimo scatolone. Sono ben felice che venga anche Brandon, ma diamine, meno male che arriva il prossimo weekend, perché se oggi si aggiunge qualcun altro a questa casa, giuro che impazzisco».

Risi e mi stiracchiai le braccia; poi sollevai il bordo della maglietta e mi asciugai il viso e il collo madidi di sudore. «Ecco cosa significa tornare a casa prima degli altri».

«Sì, certo, lasciamo perdere».

Da dietro l'angolo spuntò Drew: teneva in mano una bambola gonfiabile, ma sgonfia. «Ehi, la mia macchina è vuota. Avete già portato tutto qui?»

«Di certo non è merito tuo...». Lo fissai incredulo, mentre iniziava a gonfiare la bambola. «Dove diavolo eri finito?».

Lui sollevò la bambola per mostrarmela, poi riprese a gonfiarla.

«Bene, vedo che è questa la tua priorità».

«Almeno si è rassegnato al fatto che la bambola sia l'unica a starci», commentò Brad, un altro mio coinquilino, dando uno scappellotto a Drew; poi si fece spazio tra noi.

«Allora, Drew», feci io dando un'occhiata al grosso orologio con il cinturino di cuoio che portavo al polso, «stasera ci vai tu a prendere i fusti di birra, e anche a *pagarli*».

«Ma...», protestò.

«Ed è meglio se ci vai subito; tra un paio d'ore comincerà ad arrivare gente».

«Bastardi», mormorò Drew tra i denti, mentre ci dileguavamo uno dopo l'altro nelle nostre stanze.

«Basta con le lagne. Sei stato l'ultimo a rientrare, e non ti sei nemmeno portato dentro la tua robaccia da solo». Pur avendo passato ben nove ore ad aiutare i ragazzi con il trasloco, quando andai a farmi una doccia non riuscii a trattenere un sorriso. Le prime e le ultime feste dell'anno erano sempre le migliori. E le prime, di solito, volevano dire ragazze a volontà, e molte altre in arrivo.

«Santo cielo», gemetti, e non riuscii a trattenermi mentre le stringevo i capelli con una mano a pugno e la incitavo a continuare: ormai ci ero quasi. Gemette anche lei, e io chiusi gli occhi mentre venivo. Lei sussultò, e capii che non se l'aspettava: forse avrei dovuto avvisarla, ma era l'ultima cosa a cui avevo pensato in quel momento.

Non appena finì, lasciai che si staccasse da me e, mentre mi rinfilavo i pantaloni, mi guardai intorno per controllare che in quella zona della casa non ci fosse nessuno.

«Grazie, Chase».

Esitai un attimo; poi feci una risatina e la guardai mentre si rialzava. *Mi sta ringraziando?* Di solito, toccava a me fare qualcosa per queste ragazze prima che cominciassero a ringraziarmi. Comunque fosse, non spettava a me giudicare. «Ehm... sì. Pronta per tornare dentro?».

Lei annuì entusiasta e mi prese la mano. Io le cinsi le

spalle con un braccio e la riaccompagnai in casa passando per il cortile sul retro. «Oh, Chase, balliamo? Adoro questa canzone! Ti prego-ti prego-ti prego!».

"Ti prego-ti prego-ti prego"?, ma in quanti siamo? In cinque? Evitai di commentare e le rivolsi un sorriso. Ci dirigemmo in salotto e, in mezzo al mucchio di gente che ballava, le posai le mani sui fianchi. Non mi ricordavo nemmeno il suo nome, ma lei continuò a strusciarsi contro di me: a un certo punto inarcò la schiena, e io vidi ancora meglio il suo seno, già in bella mostra.

«Sono così felice che ci siamo messi insieme prima ancora dell'inizio della scuola. L'anno scorso, sai, morivo dalla voglia di uscire con te», bisbigliò, e io digrignai i denti.

"Messi insieme"? Oh, diamine, no. Cercai di staccarle le mani dai fianchi, ma lei mi strinse forte a sé, e proprio in quel momento qualcuno ci venne addosso. Alzai lo sguardo, e vidi due occhioni grigi e terrorizzati che mi fissavano. Il cuore mi si fermò e poi cominciò a battere all'impazzata.

Quegli occhioni scuri e agitati si posarono sulla biondina insipida a cui ero avvinghiato; poi guizzarono di nuovo su di me e si spalancarono. A quel punto, la ragazza mosse leggermente la testa con un'espressione scioccata, e quasi inciampò mentre indietreggiava.

Eh, no, così non va bene, tesoro. Avevo sempre amato le sfide.

Finalmente riuscii a staccarmi dalla biondina e, precipitandomi fuori dall'ammasso dei corpi, iniziai a correre nella direzione in cui l'avevo vista allontanarsi.

«Chase!».

Alzai lo sguardo e vidi Zach in cucina, intento a spargere sale sul seno di una tipa dai capelli rossi, appoggiata sull'isola. «Shottini sexy?».

Zach scosse la testa e mise un bicchierino nella bocca della ragazza; poi lo riempì di vodka. «No, ma vuoi avere tu questo onore?».

La rossa mi fece segno con l'indice di avvicinarmi e, quando le fui davanti, mi sfiorò con le unghie finte il basso ventre. Io le leccai il seno, presi con le labbra il bicchierino che lei teneva in bocca e lo tirai verso di me, facendomi scivolare il liquore in gola. Zach versò lo shottino successivo, mentre io succhiavo il collo della ragazza, nel punto dove il mio coinquilino le aveva strofinato il succo di lime; poi le baciai di nuovo il seno e presi il secondo bicchiere. Ricominciai a mordere e a succhiarle il collo, mentre le spargevo altro sale; feci lo stesso con il terzo shottino.

Avevo quasi dimenticato il motivo per cui ero venuto in cucina, ma avevo la fastidiosa sensazione di essere osservato: alzai lo sguardo e incrociai di nuovo quegli occhioni grigi. Drew le stava parlando, ma lei aveva lo sguardo fisso su di me. Gli occhi quasi le uscivano dalle orbite, ed era rimasta a bocca aperta: sembrava proprio disgustata. Leccai l'ampia scollatura della rossa e feci l'occhiolino a questa ragazza che sembrava così timida, prima di prendere il quarto shottino. *Ti spaccherò in due, ragazzina.*

Mi asciugai la bocca e mi chinai sull'orecchio della ragazza dai capelli rossi. «Grazie, bellissima». Le sfiorai l'orecchio con i denti e sorrisi quando vidi che si era eccitata.

Mi raddrizzai e guardai davanti a me, ma la ragazza timida era scomparsa: mi accorsi che Drew stava guardando in direzione di uno dei corridoi. Mi precipitai da quella parte, ma mi ritrovai davanti Bree.

«Ehi, fratellone! Fantastica festa d'inizio anno!».

La abbracciai forte, mentre con lo sguardo continuavo

a cercare quella ragazza. Diamine, perché era così bassa? Non sarei mai riuscito a trovarla in mezzo a quella bolgia.

«Chi stai cercando?», chiese Bree e mi accorsi che anche lei si stava guardando intorno, ma nella direzione opposta.

«Una ragazza. Tu, invece, chi stai cercando?»

«La mia compagna di stanza. Se n'è andata».

«Ah, è vero, Bree. Diamine, mi sono dimenticato di chiedertelo. Allora, com'è la tua nuova compagna di stanza?».

Lei fece ondeggiare la mano. «È fantastica. Certo, è un po' timida, ma so già che andremo d'accordissimo. Ora devo solo trovarla. Ci puoi lasciare la tua stanza per stanotte?»

«Sicuro. Vieni a cercarmi quando siete stanche. La stanza è...».

«Lo so, Chase, la stanza è chiusa a chiave. Come sempre. Vengo a cercarti dopo; prima devo trovare Harper».

Harper... *Che razza di nome è, Harper?* Una ragazza timida che per giunta si chiamava Harper: poverina, mia sorella. Risi tra me e me, mentre mi dirigevo in corridoio, ma non la trovai nemmeno lì, perciò uscii di nuovo per andare a cercarla in cucina.

«Ehi, bellezza».

Sorpreso, mi girai di scatto per vedere chi era stato a sussurrarmi all'orecchio e mi rilassai non appena vidi Natalie. «Ehi, ciao. Com'è andata l'estate?».

Lei mi abbracciò e mi strinse a sé. «Bene, l'ho passata quasi tutta con il mio fidanzato».

Annuii e la baciai appena sotto l'orecchio. «E lui come sta?»

«Non è qui».

«Ma che peccato».

Si strinse ancora di più contro di me. «Vero, eh? Stavo

pensando che, siccome sono così affranta, dovresti aiutarmi tu a godermi un po' la serata».

Le infilai subito le dita sotto la camicetta e le accarezzai la pelle calda. «In bagno?»

«E dove, se no?». Fece una risatina e mi prese l'altra mano. Poi ci voltammo per andare in uno dei due bagni lungo il corridoio, dov'ero appena stato con la biondina.

Avevamo appena girato l'angolo, quando mi venne addosso qualcuno: la sconosciuta quasi perse l'equilibrio e io, d'istinto, allungai le braccia per fermarla. In quel momento riconobbi i capelli color castano ramato, qualche istante prima che quegli occhioni grigi incrociassero i miei.

«Mi dispiace moltissimo, io...», si scusò, poi chiuse le labbra di scatto, e i suoi occhi meravigliosi divennero due fessure.

Non potei fare a meno di sorriderle: sembrava una gattina arrabbiata, con quello sguardo torvo. Poi la rabbia svanì dai suoi occhi e lei arrossì leggermente quando il suo sguardo si soffermò sulle mie labbra. Iniziò a fissarmi la bocca mordicchiandosi il labbro inferiore, morbido e carnoso, senza nemmeno accorgersene, probabilmente. Inclinai la testa di lato e le feci un sorrisetto: conoscevo quello sguardo. Lo conoscevo fin troppo bene. *Ora sì che arriva il bello! Oh, tesoro, vedrai, ti spezzerò il cuore.* «E tu chi sei?».

Lei batté le palpebre, e sul suo viso comparve un'espressione determinata mentre cercava di sfuggire alla mia presa. Io, però, non avevo intenzione di lasciarla andare, per nessuna ragione al mondo.

«Che c'è, non sono degno di parlare con te?».

Lei rimase impietrita, e i suoi occhi si spostarono alla mia sinistra. Merda, mi ero dimenticato di Natalie. La sconosciuta a quel punto inarcò un sopracciglio e mi guardò quasi disgustata. «A quanto pare, no».

Come, scusa? Ma chi diavolo si crede di essere? Questa tipa ha intenzione di guardarmi e di parlarmi in questo modo, durante una festa a casa mia*?* Mi stava squadrando come se fosse una principessina, e io una specie di poveraccio che le intralciava la strada. Mollai la presa su Natalie e incrociai le braccia sul petto, ma a dire il vero non capivo se fossi davvero incazzato, o piuttosto affascinato. Poco fa una ragazza mi aveva ringraziato perché le avevo permesso di farmi un pompino, e questa qui invece non voleva neppure dirmi il suo nome? «Scusami, non ho capito che cosa hai detto, principessa».

I suoi occhi si trasformarono in due nuvole tempestose, e subito mi oltrepassò rifilandomi uno spintone. «Bravo, fai bene a chiedermi scusa».

Rimasi impietrito forse per un minuto, prima che Natalie riuscisse a trascinarmi verso il bagno. Ma cosa diavolo era successo? Mi guardai indietro, come se la stravagante principessina potesse essere ancora lì, poi scossi la testa. Entrammo in bagno e chiudemmo a chiave la porta.

«Davanti o da dietro?», mi chiese mentre si stava già sbottonando gli shorts.

Ecco cosa mi piaceva di Natalie: con lei non c'era bisogno di dirsi stronzate. Solo sesso e basta. Lei aveva un fidanzato, e io non volevo una relazione seria. «Da dietro». Tirai fuori un preservativo dal portafogli, mi abbassai i pantaloni e i boxer e me lo infilai. Natalie era già piegata sul piano del lavello, e io non persi tempo.

Quando entrai con forza dentro di lei, ci lasciammo sfuggire entrambi un gemito. Le tenevo una mano sul fianco e l'altra sulla spalla. Guardai i lunghi capelli biondi che le ricadevano sulla schiena e sul piano del bagno, e a quel punto chiusi gli occhi, mentre nella mia testa si susseguivano immagini di capelli castani ramati. *Ma cosa diavolo ha quella ragazza?* L'avevo vista per tre minuti in tutto, e già mi aveva mandato in palla il cervello a quel modo? Perché? Provava disgusto per me, era evidente, e doveva essere proprio quello il motivo. Io ero abituato all'esatto contrario, io ero abituato a passare serate come quella: prima la bionda, poi la rossa in cucina, e infine Natalie. Non ero affatto abituato a venire rifiutato da una ragazzina insignificante. E lei non aveva idea dei guai in cui si era cacciata. Con il suo comportamento sprezzante, non aveva fatto altro che rendere la sfida ancora più succosa: sarebbe stata mia, e io mi sarei divertito a spezzarle il cuore. Mi venne quasi da sorridere, ma poi fui sopraffatto dall'immagine dei suoi occhioni grigi e innocenti e dei suoi denti perfettamente bianchi che si mordicchiavano il labbro inferiore. In quel momento, immaginai che fossi io a morderle quel labbro pieno e sensuale, e le mie spinte accelerarono: pensai a lei, sotto di me e tra le mie braccia, e mi strinsi forte a Natalie, mentre mi diventava più duro di quanto non mi fosse mai successo prima.

«Diamine, Chase», ansimò lei d'un tratto, senza fiato.

«Mi dispiace». Feci un respiro profondo e la liberai, mentre scivolavo fuori.

«Perché ti stai scusando? È stato... semplicemente... fantastico».

Avrei voluto chiederle cos'altro si aspettava, se non qualcosa di fantastico. Ma in realtà non lo era stato, perché non avevo resistito neppure quattro minuti ed ero stato così concentrato su una principessa dagli occhi grigi che non mi ricordavo assolutamente niente. «Dai, Natalie, rivestiti».

Mi tirai su i pantaloni e aspettai che si sistemasse anche lei, poi aprii la porta e ci ritrovammo di nuovo in corridoio. Senza un'altra parola, la lasciai andare e mi diressi dall'altra parte, verso la mia stanza. Mi chiusi dentro a chiave, mi presi il viso tra le mani e mi lasciai sfuggire un gemito. Ma che diamine mi era successo? Perché avevo pensato a quella ragazza, e in quel modo? Dovevo pensare solo al sesso, mai all'amore. E invece avevo proprio immaginato di fare l'amore con lei. E come mai adesso, a ripensarci, mi stava venendo di nuovo duro? E soprattutto, perché proprio *quella* ragazza? *Ecco, ho capito: devo avere qualche problemino all'uccello. Sì, quella ragazza per me è una sfida, ma questo è tutto.*

Strizzai forte gli occhi, cercando di dimenticare lei e quel maledetto sguardo ipnotico. Mi sforzai di pensare a qualsiasi altra cosa, ma non servì a nulla. Con un gemito di frustrazione, mi alzai di scatto dal letto e rovistai sulla scrivania, finché trovai il mio ultimo album da disegno. Mi concentrai su alcuni tatuaggi a cui stavo lavorando per me e per Brian, il mio collega al negozio, e tentai di scacciare quella ragazza dalla mente. No, il fatto che avessi nascosto la parola "principessa" dentro al disegno che avrebbe completato il tatuaggio sul mio braccio destro non c'entrava proprio nulla con lei, né con i miei pensieri ossessivi su di lei. No, non c'entrava proprio niente. Cazzo. Con un gesto stizzito, richiusi il blocco dei disegni e lo poggiai di nuovo sulla scrivania. Mi stiracchiai un po' le braccia, poi uscii dalla stanza e chiusi la porta a chiave. Ero quasi arrivato in fondo al corridoio, quando udii gli strilli di Drew.

«Sìììì! Bree e carne fresca dormono qui stanotte!».

Immaginai che "carne fresca" dovesse essere la nuova

compagna di stanza di Bree e mi sentii di nuovo in colpa per non averla conosciuta prima, preso com'ero da altro: dovevo assicurarmi che mia sorella non condividesse la stanza con una pazza. Quando arrivai in salotto, Bree non c'era: era andata a prendere da bere con Drew e Zach, e lì, in piedi accanto alla porta che dava sul cortile sul retro, c'era la mia principessa dagli occhi grigi. Eh, no, maledizione, doveva assolutamente trattarsi di un errore.

Ripensai alle immagini che ormai erano impresse a fuoco nella mia mente e mi sfuggì un sorriso. «Bene, bene. Guarda un po', è proprio la principessa».

Lei rimase impietrita quando udì la mia voce e si voltò a guardarmi con gli occhi socchiusi sfoderando il sorriso più falso che avessi mai visto. «Quasi non ti avevo riconosciuto senza una tipa appiccicata addosso».

Ma dice sul serio? Ma chi diavolo si crede di essere questa qui? Mi avvicinai e le bisbigliai brusco all'orecchio: «Forse a questo puoi rimediare tu, no? Non ho ancora esaurito tutte le mie energie, stasera».

La principessa si scostò e sgranò gli occhi. «Oh, mi dispiace, ma non ho nessuna malattia sessualmente trasmissibile: non sono il tuo tipo».

Bree quasi si strozzò, e io volevo assicurarmi che stesse bene, ma rimasi a bocca aperta come un imbecille, senza smettere di fissare quella ragazza che mi faceva tanto disperare. «Chase, è meglio se lasci in pace la mia compagna di stanza. Vi ho già detto che è off limits».

Le parole di Bree mi lasciarono di stucco. Non era affatto un errore: era davvero la sua compagna di stanza.

«Lo conosci?», chiese la principessa, quasi disgustata.

«Be', sì, considerato che è mio fratello».

All'improvviso le sue guance si colorarono del rosso più

meraviglioso che avessi mai visto, e per un secondo mi dimenticai del perché non volessi farmi coinvolgere da quella ragazza.

«Aspetta, Harper: è lui il ragazzo di cui mi parlavi? Lo stronzo?».

Harper. Giusto, si chiamava Harper. Chissà perché prima non mi era piaciuto: ora invece non riuscivo a pensare a un nome più perfetto per lei. Le stava bene, e avrei voluto dirglielo in quel momento, ma poi mi ricordai che mi aveva fatto incazzare e decisi di continuare a stuzzicarla. Abbassò lo sguardo, e io sorrisi.

«Hai detto che sono uno stronzo? Io?». Risi e mi avvicinai a mia sorella. «Parla lei, che praticamente mi ha dato del puttaniere».

«Non essere scortese con la mia amica, Chase!». Bree mi diede un cazzotto sul braccio, e io dovetti trattenermi dal dirle che i suoi pugni erano davvero patetici.

La principessa si voltò e uscì di corsa, e io feci finta di non guardarla. «La tua compagna di stanza è proprio fantastica, Bree», la canzonai, mentre tiravo fuori una bottiglia d'acqua dal frigo.

«Lo è, te l'assicuro, ma mi ha detto che tu non sei stato carino con lei! Quindi cerca di comportarti bene. Te l'ho detto, è una tipa un po' introversa».

Voltai le spalle a Zach e Drew, e mi chinai sull'isola avvicinandomi a Bree. «Introversa, in che senso?»

«È cresciuta da sola con suo padre, così mi ha raccontato, e sin da quando è nata lui è sempre stato nell'esercito o in marina, o qualcosa del genere». Bree si fece altri due shottini, e io scossi la testa: be', almeno stasera avrebbe dormito a casa mia. «E senti questa! Non si è mai truccata, nè è mai stata in un centro commerciale in vita sua!».

Finsi un'espressione disgustata. «Non è mai stata in un centro commerciale? Oddio, ma è terribile!».

«Idiota che non sei altro! Adesso va' e cerca di fare il simpatico con lei».

Baciai Bree sulla fronte e mi incamminai verso l'uscita. Era buio, ma non ci misi molto a trovarla: era seduta con il viso tra le mani, i gomiti sulle ginocchia. *Non mi dire che sta piangendo.* Di solito detestavo quando le ragazze frignavano, ma dovetti quasi trattenermi per non correre da lei e assicurarmi che stesse bene. *Dio santo, controllati.* Mi sedetti accanto a lei e rimasi ad aspettare fino a quando non sbirciò verso di me: non stava piangendo, grazie al cielo.

«Ti stai nascondendo?»

«È così evidente?».

Mi guardai intorno nel cortile deserto. «Un pochino». Inspirai profondamente e cercai di rilassarmi. «Dimmi, che ci fa una principessa come te alla mia festa?»

«Non ho capito bene cosa intendi», rispose tutto d'un fiato, «ma sono stata invitata».

Che fosse stata invitata o meno, non mi interessava affatto: io non la volevo. Non la volevo nella mia casa, e non volevo avere un'altra erezione al solo pensiero di averla nel mio letto. Sfida o non sfida, quella ragazza mi stava prendendo troppo e mi impediva di mantenere la lucidità, perciò doveva andarsene. Arricciai le labbra e le rivolsi lo stesso disgusto che mi aveva riservato lei per tutta la serata. «Non devi mica avere un invito per venire alla festa, ma se non te se nei accorta, questo non è esattamente il tuo ambiente, *principessa*».

Lei reagì con un'espressione sconvolta, ferita. Bene, forse adesso si era finalmente convinta a stare alla larga da me.

«Se sei così disgustata, sentiti libera di restare al college la prossima volta». Mi alzai in piedi e mi maledissi per non aver resistito e averla guardata un'ultima volta prima di allontanarmi.

«Chase».

Chiusi gli occhi e feci un respiro profondo. Sarebbe stato stupido chiederle di pronunciare ancora il mio nome?

«Mi dispiace davvero, ho esagerato». Un attimo… Si stava scusando? Mi voltai e la guardai, confuso. Oddio, era stata una pessima idea voltarmi. Come se quella voce zuccherosa non mi avesse già sconvolto abbastanza, adesso ci stavano pensando i suoi occhioni che mi guardavano con aria innocente a darmi il colpo di grazia.

«Mi hanno insegnato a non lasciarmi intimidire, ma ho calcato un po' la mano. Quindi ti chiedo scusa. Non ti conosco, non dovrei giudicarti».

Sbuffai, e non potei fare a meno di sorridere. Una ragazza sfrontata e, allo stesso tempo, dolce. Pessima combinazione. Una combinazione sexy, troppo sexy. Pericolosa. Scossi la testa e mi resi conto che, mio malgrado, desideravo conoscerla. Ehi, quella sì che era una pessima idea. Mi voltai e m'incamminai verso casa, facendo il giro lungo per prendere tempo e farmi passare l'erezione.

«Allora, hai baciato qualcuno stasera?». Mentre entravo dall'ingresso, mi raggiunse la voce di Bree. Richiusi la porta senza far rumore quando sentii la Principessa rispondere: «No».

«Se vuoi, posso pensarci io!». Era Zach. Strinsi i pugni e ringhiai. *Devi prima passare sul mio cadavere.*

«No, no, no, ve l'ho detto, ragazzi, lei non si tocca!».

Brava, Bree. Arrivai in salotto, quando Zach riaprì bocca.

«Dai, Bree, ma che problemi hai?»

«Perché lei è *pura*. Completamente. Pura».

Rimasi impietrito. *Che diamine stai dicendo, Bree?* Merda, a giudicare da com'erano andate a fuoco le guance di Harper, Bree non stava mentendo: era ancora vergine, sul serio. Guardai l'espressione mortificata di Harper e fui sopraffatto dal desiderio di prenderla tra le braccia e portarla via da lì. Non capivo perché avessi tutta quella voglia di proteggerla, ma in qualche modo sapevo che avrei fatto qualsiasi cosa per quella ragazza innocente, e avrei ucciso chiunque avesse provato a toglierle l'innocenza. Bree alzò l'indice e lo avvicinò alle labbra di Harper, come a dirle di tacere, e Harper la prese per il polso e la allontanò. «Breanna!».

«Sst!». Stavolta fu Bree a portarsi l'indice alle labbra. «Harper, non lo dire a nessuno!».

Harper alzò lo sguardo e digrignò i denti, mentre Brad, Drew, Derek e Zach scoppiavano a ridere. Li avrei presi tutti a pugni, uno dopo l'altro.

Derek si stava asciugando le lacrime. «Oddio! Principessa, ma è vero?».

Io ringhiai di nuovo. Quello era il soprannome che le avevo dato *io*.

Lei deglutì e con uno scatto si liberò da Bree, per poi venire dritta verso di me. Il mio cuore iniziò a battere forte, finché mi resi conto che non mi aveva ancora visto, e che le ero d'intralcio, impalato lì davanti alla porta.

Quando mi vide, sussultò e distolse lo sguardo. «Ti prego, levati di mezzo».

E permetterle così che se ne andasse? Diamine, no. Prendendola per le spalle, la feci voltare e cominciai a spingerla verso la mia stanza.

«Non toccarmi!».

«Fidati di me», le sussurrai e guidandola attraverso il salotto, dove stavano ancora ridendo tutti.

«A quanto pare Chase risolverà il tuo problemino, principessa!», strillò Brad, e mai come quella volta desiderai prendere a pugni il mio amico. Mi bloccai e imprecai, ma decisi che avrei fatto meglio a pensare a Harper, piuttosto che far sapere a tutti quanto mi stavano facendo incazzare.

Aprii la porta della mia camera e la spinsi dentro. Appena la luce si accese, lei sussultò e cominciò a colpirmi. Io le bloccai i gomiti.

«No! Toglimi le mani di dosso!».

«No, se prima non la smetti di colpirmi!».

Harper si fermò immediatamente, ma tremava tutta per la tensione. Attesi quasi un minuto prima di liberarla; poi finsi indifferenza.

«Calmati, principessa, non ti farò proprio nulla».

«Ti sarei davvero grata se la piantassi di chiamarmi "principessa"».

Alzai gli occhi al cielo, sconsolato. E secondo lei per quale motivo continuavo a chiamarla così? Aprii un cassetto e tirai fuori un paio di pantaloncini; glieli lanciai e mi diressi verso la porta. «Mettiti questi, io torno subito».

«Perché?»

«Vuoi dormire con quella minigonna addosso?». Mi martoriai il labbro inferiore con i denti pensando a lei che dormiva nuda. «Ti giuro che per me va benissimo, ma forse per te non dev'essere il massimo della comodità».

«Breanna mi ha detto che stanotte avrei dormito con lei. Ma se questo non è possibile, preferirei tornare allo studentato».

«Ti posso garantire che lei dormirà in bagno. Ti do un minuto per cambiarti, torno subito».

«Non ho intenzione di dormire qui con te».

«Senti, tu sei molto sexy, e questo già basta e avanza per spingere tutti a provarci con te. Mettici poi le poche parole che hai pronunciato... Sei dannatamente dolce e sfrontata: una combinazione davvero invitante. Fidati quando ti dico che tutti vorranno cambiare la tua situazione "particolare", adesso che sanno come stanno le cose. Perciò, se non ti dispiace, preferirei fare in modo che ciò non accada». Avevo appena giurato che avrei lottato con tutte le mie forze per impedirlo.

Sbattei la porta con decisione ed entrai a grandi passi in salotto. «Allora, che diamine vi succede?».

«La ragazza ti sta facendo penare, Chase?», sogghignò Drew, mentre metteva via altre bottiglie di liquore.

Le mie mani si chiusero di nuovo a pugno. «Siete degli stronzi, l'avete messa davvero in imbarazzo». Mi voltai a guardare Bree: sembrava sul punto di svenire. «Stanotte dormi da sola, sorellina. O puoi sempre chiedere a uno dei ragazzi di prendersi cura di te».

«Chase», intervenne Brad con uno sguardo confuso. «Dici sul serio? Ma lei è tua sorella. Quella invece», replicò indicando il corridoio, «è solo una ragazzina che non ha intenzione di dartela».

Non prenderlo a pugni. Maledizione, non prenderlo a pugni. «Mia sorella è un problema tuo, stasera», annunciai digrignando i denti e me ne tornai in camera.

«Sei stato sgarbato, è tua sorella. Anche lei dovrebbe dormire qui».

Ora ci si metteva anche Harper? Nessun altro si rendeva conto di quanto fosse stronza Bree? «Dici sul serio? E la difendi dopo quello che ha spifferato su di te?»

«Ha bevuto. Sono sicura che non se n'è nemmeno resa conto».

«Questa non è una scusa», sbottai e quasi gemetti a sentire la sua voce addolcirsi. «Forza, Harper, vieni qui».

La guardai mentre saliva sul letto, e il mio cuore cominciò a martellare. Bree dormiva da sola in camera mia quando facevamo le feste da noi, ma a parte questo, nessuna ragazza era mai stata nella mia camera, e di sicuro non nel mio letto. E adesso invece stavo per entrarci con lei. Avrei potuto stendermi sul divano o sul pavimento della stanza di Brad, ma il pensiero di svegliarmi accanto a Harper era troppo allettante. Quando fu sotto le coperte, spensi la luce e scivolai dentro anch'io, accanto a lei. Harper si sollevò subito e si mise seduta.

«Che diamine stai *facendo*?», sibilò.

«Che vuoi dire?»

«Non puoi metterti a letto con me!».

Era così innocente. Feci una risatina, ma dentro di me ero terrorizzato al pensiero che mi chiedesse davvero di andar via. «È il mio letto. Sono sicuro di poterci fare quello che voglio».

Senza un'altra parola, mi gettò addosso le coperte, e all'improvviso la sua parte del letto rimase vuota. *La sua parte? No, lei non ha una parte del letto: è qui solo per stasera, giusto?*

«Torna a letto, principessa».

Lei fece una risata sprezzante, e io sospirai. Irriverente, dolce e testarda come nessun altro. Dio, quanto la desideravo. Scesi dal letto e la sollevai dal pavimento.

«Ehi, mettimi giù!».

«Con piacere, principessa». La lasciai cadere sul letto e scivolai su di lei, soffocando un gemito quando sentii il suo corpo contro il mio.

«Chase! No!».

«Calmati, resterò dalla mia parte. Posso anche mettere un cuscino in mezzo se la cosa ti fa sentire meglio». Ero serio, ma con l'erezione che mi ritrovavo avrei avuto bisogno di un muro di cemento.

Lei si allontanò il più possibile, fin quasi al bordo del letto, e io dovetti trattenermi per non tirarla di nuovo verso di me. «Giuro che se mi tocchi ti darò una bella sforbiciata».

Che cosa?... Oh, santo cielo. Vuole tagliarmi l'uccello? Scoppiai a ridere e mi coprii la faccia con il cuscino. «Oddio, principessa! Sei appena diventata la mia ragazza preferita!». Ecco, bastò quella frase per ritrovarmi legato a lei per sempre. Avrei fatto qualsiasi cosa perché quella bellissima principessa dagli occhi grigi fosse mia, qualsiasi cosa pur di averla accanto.

«Guarda che non era uno scherzo».

Mi avvicinai e percorsi con la punta delle dita il suo braccio esile. Riusciva forse a sentire il mio cuore che martellava solo per il fatto di essere riuscito a toccarla? «Uno di questi giorni mi supplicherai di toccarti».

«Dico sul serio, Chase. Non sono come le altre ragazze con cui ti ho visto stasera».

«Questo è poco, ma sicuro». Santo cielo, desiderai che non avesse visto nulla, e che non avesse mai saputo nulla di tutto questo.

«Riposati un po', principessa. A domattina».

Capitolo 2

Sentii un lieve profumo di vaniglia e mi accorsi che c'era un corpo piccolo e caldo accucciato contro di me. Qualche secondo dopo, quel corpo si allontanò all'improvviso dalle mie braccia, e quasi mi si bloccò il respiro. *Ho dimenticato di chiudere a chiave la stanza? Ieri notte mi sono ridotto così male da far entrare una ragazza in camera mia?*

«Ma che cazzo stai...». *Cavolo. Harper. Ma era così bella ieri sera?* «Gesù, principessa! Mi hai fatto quasi venire un colpo. Pensavo di aver portato una ragazza nel mio letto». Ricaddi indietro sul cuscino e mi passai le mani sul viso: se mi fossi ricordato che era qui con me, avrei fatto in modo che rimanesse tra le mie braccia.

«Chase?»

«Mmm?»

«Mi dispiace dovertelo dire, ma io *sono* una ragazza».

Grazie a Dio, altrimenti avrei dovuto mettere in dubbio la mia virilità. «Me ne sono accorto ieri notte, credimi». Lei non commentò e rimase a guardarmi con quegli occhi grandi, visibilmente confusa. Era proprio carina. «Voglio dire, per un attimo ho pensato di aver permesso a una ragazza di dormire qui».

«Non ti seguo».

«Una ragazza con cui ero stato a letto, principessa. Pensavo di essermi trombato una tipa e di averle concesso di restare qui per la notte».

«Oh». Si irrigidì, e sul suo viso riapparve una traccia del disgusto della sera prima.

«Scusa, è troppo volgare per te, Principessina della Castità? Non è un linguaggio adatto alle tue nobili orecchie?»

«No, è solo che non riesco a capire quale sarebbe il problema».

Certo che non capisci. Perché tu sei innocente e… perfetta. Sospirai. Era davvero perfetta. E questo significava che non avevo nessuna possibilità con lei. Le principesse hanno bisogno di un principe azzurro, non di uno scapestrato. «Le ragazze con cui faccio sesso non hanno il permesso di venire nella mia stanza, né tantomeno di restare qui per la notte. Questo è l'unico posto che è mio e soltanto mio, e non ho alcuna intenzione di dividerlo con nessuna».

«Quindi ti porti a letto delle ragazze che poi costringi ad andarsene?».

Ragazza mia, continua pure a guardarmi come se non sopportassi di starmi accanto. Devi correre veloce se non vuoi farti prendere. Perché, se poi ti prendo, ti terrò stretta e non ti lascerò più andare. Ma tu meriti molto di più. «No, me le *scopo*… e poi le costringo ad andarsene».

Lei si ritrasse e si incamminò verso la porta scuotendo la testa. «Sei un porco».

Io feci una risatina. Sì, era proprio così… e per la prima volta nella mia vita mi infastidì sentirmelo dire da una ragazza.

Appena chiuse la porta, il mio sorrisetto scomparve, e continuai a fissare il punto dove era stata fino a poco prima. *Qualsiasi cosa mi stia succedendo, non è normale.* Non mi lasciavo mai prendere dalle donne… mai. E di certo non mi bastava uno sguardo innocente o un commento salace. Allora perché quella ragazza mi scatenava reazioni del genere? Perché volevo tenermela stretta e, allo stesso tempo, desideravo allontanarla da me il più possibile? Non che non la desiderassi, sia chiaro: volevo solo tenerla lontana per il suo bene. *Santo cielo, ma perché sto ancora pensando a lei?*

Scesi dal letto e andai fuori in bagno, maledicendomi quando provai un fremito di gioia nel sentire la sua voce in corridoio. È *solo una ragazza, amico, solo una ragazza. E non è per te.* Digrignai i denti, e mentre ritornavo nella mia stanza conclusi che dovevo continuare a disgustarla – cosa che ovviamente mi riusciva benissimo –, così sarebbe scappata via a gambe levate. Aprii di scatto la porta e mi sfuggì un gemito: c'era Harper, piegata in avanti, e vidi le sue mutandine blu elettrico. In quel momento, decisi che d'ora in poi quello sarebbe stato il mio colore preferito. Si risollevò subito, tirandosi su la minigonna. Tanto non serviva più a nulla: l'avevo già vista senza. Arricciai le labbra in una smorfia.

«È un vero peccato che non faccia vedere a nessuno quel tuo bel corpicino sexy». E con "nessuno" intendevo me, ancora una volta.

Quando si voltò, aveva il viso così paonazzo che sembrava reduce da una maratona. Santo cielo, quella ragazza arrossiva un sacco, ma era una cosa che adoravo. Sgranò gli occhi, esattamente come quando Bree aveva spifferato a tutti il suo segreto. Merda, l'avevo messa in imbarazzo. Sentii una stretta allo stomaco, ma cercai di non pensarci: sapevo che dovevo andare avanti così.

«Calmati, non hai nulla che io non abbia già visto prima. Be', non dico che non vorrei vedere anche te, comunque».

Il suo viso era ancora rosso, ma i suoi occhi diventarono due fessure. La principessa cattiva era comunque molto carina. «Attento che mordo».

«È un invito?». *Ti prego, fa' che lo sia.*

«Neanche per sogno». Si diresse verso la porta, e io, senza neppure pensarci, allungai il braccio e la presi per la vita, tirandola verso di me.

Lei si irrigidì tutta e allora poggiai la testa contro la sua, sfiorandole la guancia con il naso e inalando il suo dolce profumo. «Uno di questi giorni, principessa. Te lo prometto». Non si accorgeva di quello che mi stava facendo? Il mio corpo, a contatto col suo, praticamente cantava. Avevo persino il respiro affannato. Dentro di me la pregavo in silenzio di scappare via, e nel frattempo la stringevo più forte. Desideravo tanto che fosse *mia.*

«Non sarò mai tanto disperata da volerti».

Avrei potuto anche crederle, se solo la sua voce non fosse diventata un sussurro roco. Rilassai le labbra in un sorriso… Oh, sì, sarà mia. «Staremo a vedere».

«Bree e la principessa vengono qui stasera?».

Strinsi i pugni per l'ennesima volta e guardai Zach. «Forse, e smettila di chiamarla così».

«Chi sarebbe la principessa?».

Tutti i ragazzi in cucina scoppiarono a ridere mentre io, sorridendo, mi voltai verso Brandon, che a sua volta mi sorrideva felice. «Finalmente sei arrivato, fratello!».

«Non me ne parlare. È stato un viaggio infinito». Posò a terra il borsone e si fece avanti per abbracciare Derek e me, poi strinse la mano agli altri ragazzi. Gli ricordai i nomi di Zach e Drew: solo perché loro due conoscevano Brandon per via dei combattimenti, non era detto che anche per lui fosse lo stesso.

«Immagino. La tua roba è nella jeep?».

Lui annuì. «Sì, ma può aspettare. Adesso voglio solo rilassarmi un po'. Allora, che si dice? A quanto pare sono l'ultimo arrivato».

«Ti sei perso una festa da urlo la scorsa settimana, amico», disse Derek mentre prendeva posto attorno all'isola. «Ma ce n'è un'altra stasera».

Brandon fece uno sbadiglio e si passò le mani sul viso. «Quindi stavate parlando della festa, quando sono entrato? Una festa con Bree e la principessa? Bree è tua sorella, giusto?». Mi guardò, e io annuii. «E la principessa chi è?»

«Dio santo, Brandon, devi proprio vederla questa ragazza», cominciò Zach, e istintivamente io strinsi i pugni.

«È sexy?», chiese Brandon.

Dalla cucina si levò un coro di "Maledizione se è sexy", "Non hai idea" e "Aspetta e vedrai". Serrai la mascella. Siccome io non avevo fatto commenti, Brandon mi guardò con curiosità. «Secondo te, no?».

Io alzai le spalle. «È solo una ragazza come tante».

«Chase è incazzato perché lei non gliel'ha data», s'intromise Drew.

Brandon mi guardò con aria perplessa e scoppiò a ridere. «Dev'essere stata la prima volta per te».

«Ehi, vi comportate tutti come se ci avessi davvero provato con lei».

«Chase, amico mio, ce l'hai avuta nel tuo letto», disse Brad tra le risate. «Cosa mai successa prima d'ora! Non puoi far finta di non aver provato a scopartela».

«Esattamente, è stata nel mio letto, e questo vi dimostra che non volevo toccarla. Se voglio una ragazza, me la prendo in qualsiasi altro posto, ma non lì».

«Caspita, una ragazza che non sbava per Chase, ed è pure sexy?», replicò Brandon ridendo. «Devo assolutamente vederla! Sarà qui stasera? Avete detto che si chiama "principessa"?»

«È Chase che la chiama principessa».

Giusto, Zach. Ricordatelo bene.

Brandon pareva ancora più confuso. «Ho capito, ma come si chiama?».

Tutti alzarono le spalle. «Principessa».

«Be', le cose non si mettono bene per te, fratello. È stata nel tuo letto, non ci hai fatto niente, e le hai anche dato un nomignolo?»

«Be', se l'è meritato il nomignolo, visto che si è comportata come una stronzetta snob e arrogante».

Tutti, Brandon incluso, scoppiarono a ridere. Appena riprese fiato, Brandon scosse la testa con aria sconsolata. «Non avrei mai pensato di poter vedere Chase Grayson messo KO da una ragazza».

«Lascia perdere». Sospirai e uscii per cominciare a portar dentro la sua roba.

Io messo KO da una ragazza? Diamine. No, mai. E lo dimostrerò. Se la mia principessa dagli occhi grigi… No, non era la mia principessa, e non la volevo affatto: lo scorso weekend dovevo aver perso la testa. Se Harper fosse venuta o meno stasera, non m'importava: avrei dimostrato a lei, e a me stesso, che non aveva nessun tipo di presa su di me.

«Mamma? Papà? Sono qui». Sentii il profumino sfrigolante della pancetta, e il mio stomaco brontolò. Santo cielo, amavo le domeniche in famiglia. Quando entrai in cucina, baciai mamma sulla guancia; poi rubai qualche striscia di pancetta dal mucchio sempre più alto accanto a papà, gli diedi una pacca sulla schiena e andai a sedermi al bancone.

«Ciao, tesoro!».

Feci un cenno con la testa e parlai tra un boccone e l'altro. «Allora, che si dice?»

«Oh, niente di speciale, ce la stiamo godendo in pace».

«Mamma», risi io, «smettila di provarci».

«Un giorno di questi ce la farò, e tu rimarrai davvero colpito. Sarò così *fica* che mi permetterai di frequentarti più spesso».

Io sbuffai. «Ma adesso sono qui, no? E Bree?». A proposito di mia sorella... avrebbe portato anche la principessa?

«Non è ancora arrivata. Ha detto che prima di venire doveva fare qualcosa con la sua compagna di stanza».

Allora la principessa non sarebbe venuta. Maledizione. «L'avete già conosciuta?»

«Harper? Oh, sì, è una bambolina! Ha dormito qui lo scorso weekend! Ti piacerebbe, Chase», commentò mia madre con un sorriso malizioso. «È davvero carina».

Eccome se lo è.

Mamma spalancò la bocca, sorpresa. «Allora l'hai conosciuta!».

Merda, lo avevo detto ad alta voce?

«E allora, come ti sembra?»

«Carina», mi limitai a dire scrollando le spalle. «Ma l'ho vista solo una volta. Venerdì, loro due non sono venute alla festa».

«E basta? Carina e basta? Mi sembra di aver sentito che la notte della prima festa avete dormito insieme, nella tua stanza», s'intromise mio padre.

«Robert! Come mai tu lo sapevi e io no? Dovresti dirmi tutto, specialmente una cosa del genere».

Papà rise e tirò fuori altra pancetta dalla padella. «Ho solo detto che *mi sembra* di averlo sentito!».

«Oh, signorino, a me invece *sembra* che stanotte dormirai nella stanza degli ospiti!».

Non dissi nulla e rimasi a guardarli, perplesso. Ma come faceva papà a saperlo?

«Bene, hai intenzione di darci spiegazioni, Chase? O vuoi restare senza pancetta? Perché, sai, quella è una ragazza molto dolce, e se tu la ferisci...».

Niente pancetta? No, mica è giusto. «Non è andata proprio così, mamma. Volevo solo proteggerla».

Mamma mi guardò con aria interrogativa e fece una smorfia.

«*Mi sembra* che Bree abbia rivelato a tutti i ragazzi dell'appartamento che Harper praticamente non ha mai fatto nulla con un ragazzo... e quando dico nulla, intendo proprio nulla. Tutti hanno cominciato a prendersi gioco di lei. Harper, poverina, era così imbarazzata. E sapevo che tutti – diamine, forse persino Brad – avrebbero fatto di tutto per provare a cambiare la sua "situazione", e volevo impedire che qualcuno la toccasse. Quindi è stato un modo per tenerla al sicuro».

«Ah, quindi volevi proteggere la vergine... e l'hai infilata nel tuo letto», commentò papà; poi annuì. «Certo, mi sembra logico».

«No, no che non è logico! Chase...».

«Mamma, giuro che non l'ho toccata!». Be', non era proprio vero, e di certo avrei avuto voglia di toccarla molto più di quanto non avessi fatto. «Volevo solo assicurarmi che nessun altro mettesse le mani su di lei. E poi, anche se ci avessi provato, non me lo avrebbe permesso». Sbuffai e scossi la testa. «All'inizio si è infuriata perché mi sono infilato anch'io nel mio letto, così si è stesa sul pavimento».

«Non dirmi che l'hai fatta dormire a terra!».

«Mamma, stai scherzando? No, ovvio. L'ho risollevata subito da terra e l'ho rimessa nel letto». Papà rise, e mamma gli diede un colpetto sulla schiena. «E poi sentite questa, è la cosa più divertente che mi abbiano mai detto: mi ha minacciato di darmi una bella sforbiciata, se provavo a toccarla ».

Papà fece una smorfia di disappunto, la mamma invece incrociò le braccia sul petto e annuì. «Brava ragazza».

Io risi. «Mi ha fatto piegare in due dalle risate. Sa essere testarda come un mulo, ma è anche molto dolce. È semplicemente... è... Boh, non lo so». Mi vennero in mente i suoi occhioni grigi, e sperai davvero che mia sorella la portasse a pranzo da noi. Feci un respiro profondo per scacciare quell'immagine, e solo in quel momento mi accorsi che i miei genitori si erano entrambi voltati verso di me e mi stavano fissando. Mio padre sorrideva con aria maliziosa, e mia madre pareva commossa. *Dannazione... Non riesco a passare più di qualche minuto senza mettermi a parlare di lei come un idiota?* «Che c'è?».

Mamma si mise a saltellare. «Oh, tesoro!».

Io scossi la testa e balzai giù dallo sgabello per prendere altra pancetta. «È solo una ragazza, mamma».

Capitolo 3

Eccola, la mia principessa dagli occhi grigi. Non appena la vidi entrare in mensa, staccai subito le labbra dal collo di Natalie. «Devo andare, ci vediamo».

«Ciao, bellezza».

Entrai di corsa anch'io in mensa e cercai di tenermi a distanza. Riuscivo a vederla solo di schiena, ma mi bastava: indossava quegli shorts neri striminziti che le fasciavano perfettamente il sedere e offrivano una vista fantastica delle sue gambe. Quegli shorts forse non erano proprio adatti a una Principessina della Castità, ma di sicuro avevano la mia approvazione. Se non l'avessi vista così in quel momento, e se non l'avessi già vista in mutande nella mia stanza, non avrei mai creduto che le ragazze di bassa statura potessero avere delle gambe da urlo. Caspita, mi ero sbagliato di grosso.

Ero così concentrato a guardarla, con il cuore in tilt, che andai a sbattere contro una studentessa spaurita del primo anno che aveva appena svoltato l'angolo. Aiutai la ragazza, balbettai qualcosa per scusarmi e mi guardai intorno, ma la mia principessa non c'era già più. Feci un respiro profondo, mi ricomposi e presi una porzione di pasta. Avevo bisogno di calmarmi. Stavo già andando fuori di testa e lei non mi aveva ancora visto, né guardato.

Vedi di darti una calmata: è solo una ragazza. Una ragazza che tu nemmeno vuoi, una ragazza che ti fa incazzare come nessun altro. Sentii i vocioni potenti di Zach e Drew, e alzai subito la testa. Sul mio viso comparve un sorrisetto quando la vidi sedersi accanto a Bree. Non mi dava neppure più fastidio che i ragazzi avessero ripreso a chiamarla "principessa". Si era nascosta per quasi due settimane, e adesso eccola lì, dolcissima e sfrontata come sempre.

Aveva le spalle leggermente incurvate, e mi domandai se i ragazzi l'avessero messa di nuovo in imbarazzo, ma non mi soffermai a pensarci troppo. Posai il mio piatto accanto alla sua insalata e, appoggiando le mani sul tavolo, mi chinai su di lei. Le premetti il petto contro la schiena, e quasi gemetti quando sentii di nuovo il suo dolce profumo di vaniglia. *Non è solo una ragazza come tante. Neanche per sogno.*

«Ti sei nascosta da me, Principessina della Castità?», le bisbigliai nell'orecchio, e lei rabbrividì: la pelle d'oca le ricopriva le braccia. Mi sforzai di fare una risatina per nascondere un gemito roco.

«Perché?», replicò lei con voce ansimante, e giuro che d'un tratto i jeans mi diventarono stretti. «Ti sono mancata?».

Dio, sì. «Certo, sei la mia ragazza preferita, ricordi?». Mentre le sfioravo il collo con il naso e inalavo ancora il suo odore, un mugolio di piacere le risuonò in gola, e non potei fare a meno di sorridere. Ma all'improvviso si scostò, e io mi accigliai.

«Purtroppo tu non sei il mio ragazzo preferito».

Piccola bugiarda. «Ne sei sicura?». Tamburellai le dita sul suo braccio: aveva ancora la pelle d'oca, e a quel punto si irrigidì tutta.

«Chase! Smettila di importunarla e vai a sederti!».

Stavo quasi per ringhiare contro mia sorella: non vedeva forse che ero impegnato a stuzzicare la mia principessa? Quando mi risollevai, afferrai il mio piatto di pasta e mi spostai più in là per sedermi di fronte a Brandon.

Lo salutai con una pacca sulla mano e lo guardai subito male quando mi resi conto che continuava a spostare lo sguardo verso la principessa. *Oh, maledizione, no.* Derek e Brad avevano già una fidanzata e, nonostante volessi comunque tenerli alla larga da Harper, sapevo che in realtà con loro non avevo nulla da temere. Quanto a Drew, diciamo la verità: non c'era proprio nessun motivo di preoccuparsi. Ci pensava lui stesso a farsi odiare dalle ragazze. E Zach… be', con lui qualche possibilità magari c'era. Ma Brandon? Aveva un sacco di ragazze che gli sbavavano dietro, molte più di quante ne avessi io, e poi con la sua personalità… No, non potevo assolutamente permettere che si avvicinasse a Harper. Lo vidi sorridere e mi sforzai di non guardare la principessa, che di sicuro aveva ricambiato il suo sorriso. Mi irrigidii tutto, e serrai anche la mascella quando Brandon spostò di nuovo lo sguardo verso di me.

«Stai lontano da lei, fratello… Guarda che non sto scherzando».

Lui inarcò un sopracciglio. «Ti ha messo proprio KO». Il suo sguardo guizzò di nuovo verso di lei, e lo vidi rabbuiarsi. E io, d'istinto, strinsi i pugni sotto il tavolo.

Feci un respiro per cercare di calmarmi, e sbuffai. «Assolutamente no. È la compagna di stanza della mia sorellina, e devo proteggerle entrambe».

«Stai forse insinuando che io invece non lo farei?». Mi fece un gran sorriso: sapevamo entrambi che aveva ragione. A Brandon non importava che le ragazze si strappassero i capelli per lui. Lui cercava una relazione seria: era proprio il tipo di ragazzo adatto a Harper. *Ma neppure Brandon* è *degno di lei. Lo adoro, certo, per me è come un fratello e anch'io lo sono per lui, ma nessuno sarà mai degno di Harper.*

«'Fanculo».

Brandon rise ad alta voce e si stiracchiò le braccia per poi riappoggiarle sul tavolo; poi si voltò a guardare alla mia sinistra. Ebbi l'impulso di andare dalla principessa e trascinarla via dalla mensa, lontano da lui, perché le cose si stavano mettendo male per me. Se Brandon le sorrideva un'altra volta mostrandole quella sua fossetta, giuro che gliel'avrei fatta scomparire dalla faccia a suon di pugni. Sentivo che Harper stava parlando con Bree, ma non potevo voltarmi a guardarla: vidi solo Brandon che provava a staccare lo sguardo da lei, invano.

«Allora, principessa», a sentire la voce di Drew mi rilassai e in quello stesso momento Brandon distolse lo sguardo, «come mai non ti abbiamo vista ultimamente? Sono passate tipo due settimane. Io mi sento così trascurato».

«Oh, mi dispiace. La tua ragazza si è già sgonfiata?».

Persino io non potei fare a meno di ridere. Santo cielo, quella ragazza era proprio forte. Sì, di sicuro non dovevo preoccuparmi di Drew. Vidi che Brandon aveva ripreso a fissarla, e gli diedi un calcio sotto il tavolo. Lui sussultò e mi guardò con un'espressione minacciosa. «Adesso devi dirmelo: c'è qualcosa tra te e lei? Sì o no?».

Sì, lei è mia. «Te l'ho detto. Harper è solo una ragazza come tante. Non significa nulla per me». Infilzai la pasta con la forchetta e alzai gli occhi, giusto in tempo per vedere che Brandon la stava fissando di nuovo con lo sguardo perso, pronunciando il suo nome.

Poi, di colpo, si sporse verso di me. «Allora ho il via libera con Harper, fratello. Sai che non le farò del male».

Uno dei nostri amici, David, che era seduto accanto a me, cominciò a chiedergli qualcosa, ma io non riuscivo a concentrarmi. Non riuscivo a smettere di pensare al fatto che se Brandon l'avesse davvero voluto, senza dubbio l'avrebbe avuta. E io non potevo permetterlo. Senza neppure accorgermene, mi voltai verso Harper e notai che mi stava guardando con un'espressione confusa. Per una volta non mi sembrava disgustata, e quel suo sguardo allentò un po' la mia tensione. Avrei fatto di tutto per quella ragazza e, pur non capendone la ragione, in cuor mio sapevo che, se davvero volevo proteggerla, dovevo impedirle di guardarmi come stava facendo in quel momento. Le feci un cenno con la testa e finalmente iniziai a mangiare.

Zach chiese alle ragazze se sarebbero venute alla festa quella sera, e io non riuscii a trattenere un sorriso quando la principessa borbottò qualcosa con uno sguardo terrorizzato. A quanto pareva, mi toccava di nuovo proteggerla, e questa volta non le avrei permesso di sfuggirmi non appena si fosse svegliata. Forse dovevo solo impedirle di desiderarmi, ma questo non significava che nel frattempo non potessi godermi la sua compagnia.

«Non vedo l'ora di condividere di nuovo il mio letto con te, principessina».

All'improvviso Brandon smise di parlare con David e mi guardò con un'espressione minacciosa. Io alzai un sopracciglio, aspettando di vedere cosa avrebbe fatto.

«Grazie, ma preferirei dividere il letto con la bambola gonfiabile di Drew».

Eccola, la mia sfrontata e dolcissima principessa. Ora mi ricordo perché ti desidero così tanto. Mi voltai a guardarla e dentro di me la maledissi, perché mi mandava davvero fuori di testa. Non avevo mai pensato a una ragazza con una tale intensità. Stavo andando in tilt perché non riuscivo a capacitarmi di quanto la desiderassi e di quanto desiderassi proteggerla, persino da me stesso. Stavo proprio impazzendo. Com'era possibile che una ragazzina mi provocasse così tanto scompiglio?

In quel momento arrivò Kristen e mi si sedette in grembo: subito sentii le sue labbra sul collo e sulla mascella e affondai le dita nei suoi fianchi, ma non riuscii a staccare gli occhi da Harper. Lei mi aveva fissato con un'espressione sbalordita quando Kristen mi si era gettata addosso, e per una frazione di secondo intravidi un lampo di sofferenza sul suo viso. Merda, non volevo vederla così, né volevo sapere se questa scena le provocasse altre emozioni, oltre al disgusto. Ecco di nuovo il Dr. Jekyll e Mr. Hyde. Una metà di me desiderava solo allontanare Kristen e correre da Harper, per stringerla tra le mie braccia. L'altra, invece, mi diceva di continuare così e farle credere che non provavo nulla per lei.

«Io sarei più che felice di dividere quel letto con te, Chase», squittì Kristen, e un secondo dopo posò le labbra sulle mie.

La mia principessa aveva un'espressione ferita, e si girò da un'altra parte. Chiusi gli occhi, così non l'avrei vista rivolgersi a Brandon con sguardo supplicante, dopo che le avevo appena spezzato il cuore. Brandon aveva ragione: lui non l'avrebbe mai ferita. Non volevo che me la portasse via, pur sapendo che lui non avrebbe mai fatto quello che stavo facendo io in quel momento.

Cinsi forte i fianchi di Kristen, quando sentii la voce dolce di Harper. «Ehm... be', ci vediamo stasera, allora. Ciao a tutti». Ecco cosa avevo combinato: l'avevo messa in ridicolo e l'avevo resa di nuovo timida e insicura.

«Harper», la chiamò Brandon, e mi sentii come se mi avessero sferrato un pugno in petto. Era giusto che succedesse, che quei due si frequentassero, ma, santo cielo, proprio non lo volevo, né riuscivo ad accettarlo.

Scostai la testa da Kristen e intravidi Harper che sgranava gli occhi e arrossiva mentre Brandon le si avvicinava. Lui allungò la mano verso di lei e disse qualcosa, ma si erano già allontanati troppo perché potessi sentirli. Lei gli fece un gran sorriso, e mi sentii di nuovo come se mi avessero preso a pugni. In quel momento, per la prima volta, la vidi sorridere davvero. E il suo sorriso non era diretto a me. Brandon non riusciva a toglierle gli occhi di dosso mentre si avvicinavano alla porta e uscivano. Conclusi che non potevo permetterlo, no.

«Su... alzati, Kristen. Dai». Praticamente la spinsi via e mi avvicinai a Bree, che stava parlando con Zach della festa di quella sera. «Voi ragazze pensate di fermarvi per il weekend o di fare su e giù tra una festa e l'altra?».

Lei mi guardò come se fossi un idiota. «Eh? Certo che ci fermiamo. E ci prendiamo la tua stanza».

«Come sempre. Dai, preparate i bagagli, partiamo tra mezz'ora. Io intanto vado a recuperare la principessa».

«Non fare lo stronzo con lei, Chase!».

Scossi la testa mentre mi precipitavo verso l'uscita. Non sapevo ancora come mi sarei comportato con lei, sapevo solo che dovevo tenerla lontana da Brandon. Non appena superai la porta, li vidi e fui sul punto di urlare: erano così vicini e si guardavano fissi senza parlare. *Questa cosa va fermata. Subito.*

La presi per il braccio senza smettere di camminare. In pratica, la trascinai via. «Andiamo, Principessina della Castità, andiamo».

«Chase! Smettila!». Harper si liberò dalla mia presa e mi guardò come se volesse uccidermi. «Ehi, ma che problema hai?». Che caratterino, questa principessa.

«Voglio accompagnarti a casa, assieme a Bree. Devi prendere le tue cose per il weekend, quindi diamoci una mossa».

Harper mi scansò quando cercai di nuovo di afferrarla e mi guardò confusa.

«Il weekend… che cosa?»

«Sì, staremo assieme, vai a prendere le tue cose».

«Ok, però aspetta un attimo».

«Harper».

«Vattene, Chase, ci vediamo in camera tra un minuto. Va' a trovare Bree intanto».

Non se ne parla neanche. Feci un passo in avanti e mi piazzai dietro di lei, senza mai smettere di fissare Brandon. Lui la guardava come se lei fosse tutto il suo mondo, e in quel momento desiderai che ci fosse un intero campo da calcio a separarli.

«Scusa, a quanto pare devo andare. Ci vediamo stasera?».

Brandon sorrise e le accarezzò piano il braccio; io quasi la strattonai per allontanarla da lui.

«A dopo, allora». Gli occhi di Brandon guizzarono verso di me e io sostenni il suo sguardo minaccioso. Gli rivolsi un'espressione interrogatoria, e lui si limitò a farmi un cenno con la testa. Poi si voltò e se ne andò.

La principessa continuò a comportarsi da gattina arrabbiata per tutto il tragitto fino alla stanza che divideva con Bree. Mia sorella stava già facendo la borsa. Anche Harper si mise a preparare la sua, senza mai mutare espressione, e infine mi raggiunse alla porta.

Mi rivolse un sorriso finto – erano gli unici sorrisi che sembrava potessi ricevere da lei – e indicandomi il borsone mi parlò con una voce dolcissima. «Mi fai un favore? Puoi portarmi questo?».

Rimasi quasi a bocca aperta. Dio santo, ma si rendeva conto di quanto era carina? Cercò di oltrepassarmi, ma io la presi per la vita, la strinsi a me e le sussurrai nell'orecchio: «Tutto quello che vuoi, tesoro».

Sentii il suo corpo adagiarsi contro il mio, il respiro calmarsi e le mani che si rilassavano sul mio petto. Il mio cuore cominciò a martellare, ed ero certo che se ne fosse accorta anche lei: poteva addirittura sentirne i battiti. I suoi occhi grandi incontrarono i miei, ma a un tratto si incupirono. Mi spinse una mano contro il petto per liberarsi di me, finché non la lasciai andare. «Dio, quanto mi fai incazzare».

«Ehi, ehi. Sbaglio o hai appena detto "incazzare"? Non è un linguaggio degno di una Principessina della Castità».

Lei mi lanciò un'occhiataccia tremenda e si precipitò lungo il corridoio in direzione del parcheggio. Quando arrivammo io e Bree, la trovammo seduta sul marciapiede, con il telefono in mano: stava scrivendo un messaggio a qualcuno, ma aveva ancora lo sguardo incazzato. *Bene, mi piace quando fa così.*

Quando arrivammo a casa mia si rifiutò di guardarmi o parlarmi, anche se in salotto c'eravamo soltanto noi due. Poi finalmente si arrese e si allungò su un divano. Fissai le sue gambe nude che oscillavano avanti e indietro mentre guardava... il telegiornale? *Chi diamine guarda il telegiornale? Non certo una ragazza di diciott'anni!* Scossi la testa e sorrisi tra me e me, posando di nuovo lo sguardo sulle sue gambe. Senza riuscire a controllarmi, attraversai la stanza per raggiungerla. Le sollevai i piedi e mi sedetti sul divano; poi mi misi in grembo le sue gambe e dovetti frenarmi perché morivo dal desiderio di accarezzarle. La principessa si irrigidì tutta, ma rimase ferma senza scostarsi, e a poco a poco si rilassò. Per non sorridere di felicità, fui costretto a mordermi le guance.

Percorsi con lo sguardo tutto il suo corpo, fino alle gote rosse, i denti che tormentavano il labbro inferiore. Mi soffermai a guardare uno dei nuovi piercing che avevo già notato nel pomeriggio, e all'improvviso desiderai di non essermi messo in grembo le sue gambe. Avrei dovuto ringraziare Bree per quel piercing sul labbro, eppure Harper non mi sembrava il tipo che si lasciasse convincere a fare una cosa del genere. «A quanto vedo, subisci già la cattiva influenza di mia sorella».

«Non so di che cosa tu stia parlando, e non sono sicura di volerlo sapere».

«Di questo». Le posai un dito appena sopra le labbra, e ancora una volta dovetti trattenere un gemito quando mi accorsi che era tutta un brivido.

«Che c'è, non ti piace?»

«Non ho detto questo, anzi, lo trovo terribilmente sexy». Per non dire altro. «Mi dispiace però che ti sia fatta convincere da Bree. Non ti credevo così influenzabile».

Di botto, tirò indietro le gambe. Ero sul punto di chiederle che problema avesse quando vidi la sua espressione, e la domanda mi morì sulle labbra. «Non sono affari tuoi, ma in realtà lo volevo io, il piercing, e ho organizzato tutto io. Non sapevo che volesse farselo anche Bree, e di sicuro non mi sarei mai fatta convincere da nessuno. E comunque sono contenta che tu abbia un'opinione così alta di me». Senza un'altra parola saltò giù dal divano e si precipitò in corridoio, verso la mia stanza.

Che diamine... Perché si comporta così? Aveva reagito così anche prima, quando mi aveva visto con Kristen. *Ma perché ha quell'espressione ferita, anziché incazzata?* Ero convinto di doverla tenere lontano da me, ma mi ero rassegnato al fatto che non riuscissi proprio a starle lontano, quindi avevo bisogno che fosse lei ad andarsene. Ma quando mi guardava con quello sguardo ferito, mi dimostrava che il suo comportamento era tutto una messinscena, e questo mi uccideva.

Mi alzai per rincorrerla, quando mi suonò il telefono. Brandon. Sospirai e risposi mentre uscivo dalla stanza. «Sì?»

«Ok, te lo chiedo per l'ultima volta. Tu sei come un fratello per me, quindi ho bisogno di saperlo. C'è qualcosa tra te e Harper?»

«Ehi, mi sto davvero stancando di questa stronzata. No. È solo una ragazza come le altre».

Lui fece una risata. «Allora perché prima mi guardavi come se volessi prendermi a pugni?»

«Non è vero», borbottai a denti stretti.

«Bene. Allora, lei è lì?»

«Cosa?»

«Lo vedi? Lo hai fatto di nuovo, fratello». Sospirò, e sentii il rombo della sua jeep. «Voglio parlare con Harper; per favore puoi passarle il telefono?».

Rimasi in silenzio e serrai la mascella. Quando aprii la porta di vetro scorrevole, trovai Harper di nuovo sul divano. Le allungai il telefono e lei sobbalzò quando annunciai: «È per te».

Mi guardò confusa, e nel suo sguardo c'era anche quell'espressione ferita di prima. «P-pronto?». Spalancò gli occhi e guardò lo schermo del telefono prima di portarselo di nuovo all'orecchio. Sorrise mentre si rilassava sul divano. «Nessun problema. Che c'è?». Quel suo sorriso meraviglioso divenne sempre più luminoso prima che cominciasse a mordersi il labbro inferiore per cercare di contenerlo. «Mi piacerebbe. Vuoi che ti raggiunga da qualche parte?...». Si mise subito seduta e poi riprese a parlare. «Allora a dopo». Praticamente mi lanciò il telefono, per poi precipitarsi lungo il corridoio e bussare forte alla porta di quella che sicuramente doveva essere la mia stanza.

«Brandon mi sta venendo a prendere, beviamo un caffè insieme!». Fu l'ultima cosa che sentii prima di uscire di casa a grandi passi e salire sul mio furgoncino.

Avevo appena finito di sistemare tutto per la festa, quando Harper tornò a casa. Aveva lo sguardo perso e sorrideva tra sé e sé mentre mi passava davanti, diretta in camera mia. *Che cosa? Stiamo scherzando?* Feci un respiro profondo e tirai fuori il telefono dalla tasca. Lui rispose al primo squillo.

«L'ho riportata a casa sana e salva, Chase».

«Ho visto».

«Bene, allora che succede? Ho ancora un'altra lezione stasera, poi torno a casa».

Mi spostai in silenzio verso il corridoio della mia camera, ma sentivo Harper che parlava tutta eccitata con mia sorella, quindi immaginai che per un po' avrei potuto parlare tranquillamente. «Stai lontano da lei, Brandon. Hai capito?»

«Scherzi, amico? Ci risiamo. Dimmi che intenzioni hai. Mi conosci, e sai che non farei niente per ferirla».

«Lo so che non fai lo stronzo con le ragazze, ma questo non significa niente. Lei ha bisogno di qualcuno che la protegga da *tutto*, e io ti conosco, quindi so che non puoi essere la persona giusta».

«Che diamine stai dicendo? Proteggerla da tutto? Che dici... Certo che lo farò!».

Lui poteva anche essere un bravo ragazzo che cercava relazioni stabili, ma sapevo che non era vergine e io dovevo invece assicurarmi che la principessa rimanesse tale. Quindi no, lui non l'avrebbe protetta proprio da tutto, perché dubito che lei glielo avrebbe detto. «La conosci appena: non dovrebbe essere troppo difficile per te starle lontano».

«E tu lo farai? Guarda, ne sono sicuro... Dio, lo so che sembra una pazzia, ma non riuscirò a stare lontano da lei. Non ho mai incontrato una ragazza come lei, quindi scordatelo».

Io rimasi impietrito. «Te lo dico per l'ultima volta, fratello, e voglio essere chiaro. Lei è già impegnata. È stata nel mio letto una volta, e tornerà questo weekend. Chiaro? Non. Avvicinarti. A. Lei».

Brandon rimase in silenzio per qualche secondo; poi parlò di nuovo con voce piatta. «È forse impegnata? Ora mi stai facendo davvero incazzare, amico. Non voglio ascoltare le tue stronzate. C'è qualcosa di speciale in lei, e non ho intenzione di farmi da parte finché non sarà lei a dirmelo».

Prima che potessi replicare, Brandon riattaccò, e io strinsi forte il telefono: dall'altra parte del corridoio mi giunse la risata di Harper.

Capitolo 4

Sentii qualcuno pronunciare il mio nome e lentamente mi staccai dal collo di Natalie. Di solito non passavo così tanto tempo con una sola ragazza, e questa era la quinta volta in due settimane che ci vedevamo. Noi due avevamo sempre il nostro accordo: Natalie aveva ancora un fidanzato e sapeva che la scuola era appena iniziata, ma c'erano già troppe ragazze che cercavano di conquistarmi. Era tutto più facile quando la ragazza conosceva le regole.

«*Cosa?*». La voce di Harper irruppe nella mia mente già un po' brilla, e i miei occhi videro subito lei e Brandon. Mi accigliai: lo avevo avvertito di starle lontano.

Lui si chinò verso di lei e le parlò dolcemente. La principessa pareva scioccata: mi scoccò una rapida occhiata e poi socchiuse gli occhi. Io le feci l'occhiolino e vidi le sue guance avvampare. Natalie intanto lanciò uno sguardo alla principessa e premette le labbra contro le mie. Mi mordicchiò il labbro inferiore, e io mi feci ancora più vicina.

«Quindi è lei, eh?».

Stavo per chiederle: *lei, chi?*, quando Natalie mi cinse il collo e mi baciò appassionatamente. A quel punto sentii Harper ridere, e io in risposta afferrai Natalie per i fianchi. Cosa diavolo le stava dicendo Brandon di tanto divertente? Volevo staccarmi da Natalie, ma lei mi strinse a sé, allontanando le labbra soltanto per poter sussurrare contro le mie: «Ti sta facendo impazzire, Chase. Che dici? Potrei somministrarle la sua stessa medicina».

Mi scostai e la guardai come se fosse pazza. *Che diamine? Questa ragazza riesce a leggermi nel pensiero?* «Natalie, di cosa diavolo stai parlando?».

Lei batté le palpebre come per scacciare un corpo estraneo dai suoi occhi azzurri; poi squittì come aveva fatto Kristen nel pomeriggio. «Mi riferisco a quella signorina lì con il tuo amichetto. Ti sei comportato in modo davvero strano nelle ultime due settimane, e ora comincio a capire perché».

«Non sai di cosa parli».

«Chase», mi interruppe Drew dandomi una gomitata. Lasciai andare Natalie e scossi la testa, poi puntai di nuovo lo sguardo sulla mia principessa dagli occhi grigi. «Il tavolo è sistemato. Sei pronto per il Birra Pong?»

«Sì, certo». Mi precipitai in salotto e vidi Harper e Brandon seduti su uno dei divani. Erano vicini, merda, troppo vicini. Stavano per avvicinarsi ancora di più, e notai con una punta di soddisfazione che lei si trovava dalla parte esterna. Mi chinai verso di lei, la cinsi per la vita e la trascinai via dal divano caricandomela sulle spalle. «FORZA, DIAMO INIZIO AL TORNEO DI BIRRA PONG!».

«CHASE! Mettimi giù!».

«Non se ne parla nemmeno! La principessa ha bisogno del suo trono!». E poi mi piaceva che il suo sedere mi sfiorasse il viso e le mie mani avvolgessero le sue cosce.

Giuro che emise un ringhio, e io non riuscii a trattenermi dal ridere, specialmente quando i suoi pugni leggeri cominciarono a colpirmi la schiena e lei prese a dimenarsi tutta per cercare di scendere. Non riuscii più a resistere: il suo sedere era proprio lì davanti a me che ondeggiava, perciò le diedi una pacca, e lei si bloccò un attimo, per poi ricominciare a tempestarmi di pugni, mentre urlava: «Se non mi metti giù, farò davvero ciò che ho minacciato di fare!».

Brandon si avvicinò e mi si piazzò davanti con le braccia conserte, e io posai Harper e smisi subito di ridere. Odiavo lo sguardo possessivo e preoccupato di Brandon. Odiavo anche solo il fatto che lui la guardasse. La portai in cucina, via da tutti, e aspettai di aver oltrepassato la porta per voltarmi e stringerla a me. «Non voglio vederti con lui».

«Ehi, ma che problemi hai con Brandon? Ha fatto qualcosa che forse dovrei sapere?».

Ha osato guardarti! «Non è degno di te».

«E tu come fai a sapere cosa è giusto e cosa è sbagliato per me? Non mi conosci nemmeno!».

Tutto a un tratto vidi le mani di Brandon sulle spalle di Harper e mi resi conto che la stavo tenendo stretta. La mollai subito e feci un passo indietro, mentre con lo sguardo bucavo le mani di Brandon: in quel momento gli stava accarezzando le braccia.

«Sbaglio o ti avevo detto di stare alla larga, amico?»

«Non credo davvero che spetti a te decidere».

No, ma Dio santo, vorrei tanto che fosse così. Alzai lo sguardo sul viso innocente di Harper. Dentro di me si stava combattendo una lotta all'ultimo sangue, ed ero dilaniato tra quello che desideravo e quello che ritenevo giusto per lei. «Se le fai del male, giuro su Dio che ti spezzo il collo».

A quel punto, li lasciai lì e mi diressi in cucina. Afferrai una bottiglia intonsa di Patron e mi allontanai in corridoio. Non mi preoccupai neppure di prendere un bicchiere: ormai non ce n'era bisogno. Sapere che *quella ragazza* era lì davanti alla porta con uno dei miei migliori amici mi stava facendo diventare matto, ed era una cosa che non sopportavo.

«Non sai di che cosa stia parlando, eh?».

Quando alzai lo sguardo vidi Natalie, e continuai a guardarla mentre bevevo un altro sorso di liquore direttamente dalla bottiglia. Chiusi gli occhi e sentii il calore diffondersi nel petto. «Sta' zitta, Natalie».

«Stavo solo dicendo che…».

«Non voglio sentire niente!».

Le voci in cucina cominciarono ad animarsi, e io alzai gli occhi al cielo. Poi bevvi un altro lungo sorso e mi asciugai la bocca con la manica della camicia.

«Vuoi che ti aiuti a rilassarti?», chiese lei con voce roca, e cominciò a sbottonarsi la camicetta.

Percorsi con lo sguardo la figura alta e slanciata di Natalie. «Più tardi», mormorai e mi diressi in cucina a controllare che non stessero facendo giocare la mia principessa. E invece, com'era prevedibile, la stavano proprio facendo giocare. Brandon era schierato contro di lei. È così che la protegge?, pensai. Guardai Harper, così disinvolta, che rideva con tutti e flirtava in modo insopportabile con Brandon. Chi le aveva insegnato a fare quegli sguardi languidi, sbattendo quelle ciglia così lunghe da diventar pazzi? E chi le aveva dato quegli shorts? Se era questo il risultato, avrei potuto uccidere Bree per averla portata al centro commerciale. Non c'era alcun bisogno che qualcun altro la guardasse. Poi pensai alla minigonna striminzita di Natalie, e ringraziai Dio: Harper, per fortuna, non ne indossava una simile.

Presi un'altra sorsata di liquore e quasi mi strozzai

quando vidi Brandon avvicinarsi alla *mia* principessa e baciarla. La prese tra le braccia e la portò in salotto. Cosa diavolo significava tutto ciò? E dov'era finita la ragazza pura e innocente? Harper avvolse subito le gambe intorno ai fianchi di Brandon, e quando lui la rimise giù, lei inarcò il corpo contro di lui. Mi rialzai dal bancone come una furia, e dovetti aggrapparmi alla credenza per reggermi mentre l'alcol cominciava davvero a entrare in circolo.

«Tranquillo, tigrotto». Natalie mi avvolse un braccio intorno alla vita e mi condusse in salotto. «Li ho visti anch'io. Sei pronto per rilassarti adesso?».

Con Natalie? Diamine, no. Non ero pronto. Ma visto il comportamento di Harper, avrei fatto lo stesso anch'io. *Questo gioco si può fare in due, principessa.* Cinsi le spalle di Natalie con un braccio e annuii. «Andiamo».

«Calmati», sussurrò Natalie e mi prese la mano.

Strinsi i pugni mentre guardavo Brandon che baciava il collo di Harper. Sapevo che sarebbe successo. Brandon era ancora ignaro, perché in quel momento Harper si stava comportando come una maledetta puttana, rischiando così di perdere una delle sue qualità più preziose. Dovevo mettere un freno a Brandon, pur sapendo che lei mi avrebbe odiato per quello che stavo per fare. «E tanti saluti alla castità della principessa», esclamai con sarcasmo.

La principessa spalancò improvvisamente gli occhi e si guardò intorno scostandosi da Brandon. Perfetto, proprio quello che ci voleva.

Brandon mi lanciò un'occhiataccia, e mi sembrò quasi di vedere le mie parole marchiate a fuoco nel suo cervello. Guardò Harper confuso. «Aspetta, cos'è questa storia della castità?».

Una cosa che riguarda la mia *ragazza, fratello.* «Che c'è,

Harper non te l'ha detto? Questa principessa non avrebbe potuto essere più vergine prima di incontrarti. E adesso immagino che la Principessina della Castità stia per diventare una Principessina della Mezza Castità. E sono sicuro che è pronta a sbarazzarsi anche di quell'altra metà. Forse tu sarai più fortunato di me». Digrignai i denti e mi sforzai di non concludere il mio discorsetto come avrei voluto: *Ma ti ammazzo se la tocchi ancora.*

Natalie ridacchiò e scosse la testa, ma rimase zitta finché non superammo la porta. «Oddio, non posso crederci».

Mi staccai da lei e mi voltai per lanciare un'altra occhiata al salotto, giusto in tempo per vedere Brandon davanti alla porta e Bree che gli parlava in maniera piuttosto concitata. Sembrava incazzato. Certo, non lo biasimavo, ma in fondo non mi importava.

«Chase Grayson è innamorato cotto».

«Non sono innamorato di nessuno, Natalie».

«Quindi immagino che tu non voglia *rilassarti* come avevo in mente io?».

Bree si avviò a passo svelto verso il corridoio che portava alla mia stanza. Harper doveva essere entrata lì. Brandon alzò gli occhi e incontrò il mio sguardo con un'espressione assassina. Gli feci un sorrisetto, e lui voltò di scatto la testa in direzione del corridoio, qualche secondo prima di avviarsi da quella parte. *Merda, Harper dev'essere lì dentro. Oddio, l'ho fatta piangere?* Feci qualche passo in quella direzione prima che Natalie mi afferrasse un braccio.

«Forse in questo momento non è proprio l'idea migliore».

«Ma devo assolutamente...».

«No, quello che devi assolutamente fare è darti una calmata se non vuoi peggiorare le cose. Non fraintendermi», aggiunse ridendo e tirò fuori una scatolina metallica dalla borsetta, «ma ho assistito a una scena fantastica, specialmente perché c'eri di mezzo tu. E ho anche assistito, però, a qualche combattimento del tuo amico, e adesso sembrava piuttosto *incazzato*, quindi forse è il caso di stargli alla larga».

Alzai gli occhi e vidi Brandon dirigersi a grandi passi verso la sua stanza, mentre Bree veniva verso di noi con uno sguardo che mi avrebbe reso orgoglioso se solo non fosse stato rivolto a me.

Aprì la porta di scatto e allungò la mano mentre continuava a uccidermi con lo sguardo. «La chiave, stronzo. Subito».

Ahi, ahi. Stavolta me lo meritavo. Tirai fuori la chiave dalla tasca e gliela misi in mano. «Ti voglio bene anch'io, sorellina».

«Vai al diavolo, Chase». Sbuffò e sbatté la porta, allontanandosi. Avevo voglia di andarci io in camera al posto suo.

«Caspita, che ragazza dolce», commentò Natalie alle mie spalle.

Sentii lo scatto di un accendino e quando mi voltai vidi che Natalie si stava per fumare una canna. «Stai scherzando, Natalie? Fai sparire subito quella merda. Niente droghe in casa mia». Che fossero legali o meno, non mi interessava. Le cose potevano andare a finire male, se a serate del genere ci aggiungevi pure le droghe. Già solo con l'alcol, su quei divani succedeva di tutto, e io proprio non avevo bisogno di complicarmi la vita. In quel momento partì la suoneria con i System of a Down e io afferrai il telefono. «È il negozio. Devo rispondere».

«Santo cielo, certo che sei diventato noioso durante l'estate».

«Allora sentiti libera di andartene. Hai già capito perché

avevo bisogno di averti intorno in queste due settimane, e adesso mi sono stufato di te, quindi va' pure, accomodati». La guardai allontanarsi e dovetti davvero concentrarmi per non premere il pulsante sbagliato sul telefono. «Pronto?»

«Ehi, amico, scusa. So che hai la serata libera, ma siamo veramente incasinati, e c'è gente che chiede di te. Puoi venire?».

Bree uscì di nuovo dalla camera e andò dritta verso un ragazzo che si era portata alla festa. Dov'era Harper? «Ehm, no, Brian. Mi dispiace, ma stasera non ce la faccio».

«Ci sono due ragazze sexy che chiedono di te».

«Grandioso, amico, ma a stento riesco a reggermi in piedi, ed è impossibile che io riesca a guidare o a tatuare qualcuno. E nell'ipotesi improbabile che ce la faccia ad arrivare sin là, non riuscirei mai realizzare il disegno richiesto dal cliente».

Lui allontanò la cornetta e scoppiò a ridere; poi tornò in linea. «Dio, quanto mi manca il college. Tranquillo, amico, ci vediamo domani. Fa' tutto quello che io non posso fare: vivo attraverso di te, visto che sono incatenato».

«Carino da parte tua. Lo dirò a Marissa la prossima volta che la vedo».

«Diglielo pure, tanto io negherò».

Mi guardai indietro, verso la porta di vetro, e ancora non c'era traccia di Harper. L'avevo sconvolta così tanto? Lanciai un'altra occhiata e non vidi neppure Brandon. Giurai su Dio che se erano insieme nel *mio* letto, stavolta non avrei più minacciato nessuno. Avrei agito e basta. «Sì sì, come no. Senti, amico, adesso devo andare. Ci vediamo domani».

«A dopo».

Non avevo ancora chiuso la chiamata che già avevo superato la porta e mi stavo precipitando lungo il corridoio. Grazie a Dio, Harper non aveva chiuso a chiave, perché mi fiondai contro la porta e la spalancai. Quasi sospirai di sollievo quando non fui accolto, come avevo temuto, dalle urla di Brandon. Però mi sentii in colpa per averla spinta a rinchiudersi lì dentro da sola.

«Ma perché non mi lasci in pace?».

Mi veniva quasi da ridere. *Non se ne parla proprio.* «Te lo ripeto, principessa, io sono nella mia stanza».

«Ottimo, allora me ne vado io». Si alzò dal letto e cercò di oltrepassarmi, ma io la bloccai e la tenni stretta di fronte a me. «Chase, lasciami andare».

«No, se prima non parliamo».

«Non abbiamo proprio nulla da dirci!».

Sì, invece. Dobbiamo parlare di tutto. «Mi dispiace di averti ferita, ma ero arrabbiato. Ho perso la testa!».

«Hai idea di quanto tu sia immaturo? Hai deciso di ferirmi, perché *tu* eri arrabbiato? Ma cosa ti ho fatto, Chase? E perché finisci sempre per mettermi le mani addosso? Lasciami andare».

Forse perché voglio toccarti, e tu mi sfuggi sempre? «Perché tu non ti fermi neppure cinque minuti a parlarmi!».

«Forse questo dovrebbe farti capire che *non voglio* parlarti. Rispondimi! Che cosa ti ho fatto? Perché sei così arrabbiato?».

Pensava di essere lei a farmi andare fuori di testa? *Sì, proprio così!* Ma non era colpa sua. Diamine, stavo andando davvero in confusione! Ero incazzato con me stesso, e con Brandon, anche se lui mi aveva domandato fin troppe volte se ci fosse qualcosa tra me e Harper. Non volevo che si frequentassero, volevo che Harper fosse mia. Però, allo

stesso tempo, non potevo stare con lei. *Aspetta, cosa sto dicendo? Porca miseria, perché ho bevuto così tanto stasera? I miei sentimenti per questa ragazza sono già abbastanza confusi; per giunta stasera, che ho anche bevuto, dovrebbero mettermi una camicia di forza e rinchiudermi in manicomio.*
«Niente! Tu non mi hai fatto niente! Non sono arrabbiato con te!».

«Dico sul serio, mi stai facendo male! Lasciami e vattene!». *Le sto facendo male? In che senso le sto facendo male? Sto cercando di proteggerla!*

«Ma che diavolo stai facendo, Chase?».

Oddio, e adesso? Mi voltai e feci appena in tempo a vedere Brandon, Bree, Brad e Derek davanti alla porta, prima che Brandon mi assestasse un pugno in faccia. *Ahi. Caspita, questo sì che faceva male sul serio.*

Perché c'è tutta questa luce? Per caso ho lasciato la luce accesa in camera? Gemetti e mi rigirai coprendomi il viso con il cuscino. *Cosa diavolo…?* I miei occhi si aprirono di scatto e vidi qualcosa di verde sotto di me. Mi sollevai sui gomiti e mi accorsi che era erba. Chi diavolo mi aveva messo qui fuori? Gemetti di nuovo e mi riabbassai, finendo di faccia contro l'erba bagnata. Ahi. Girai la testa e mi massaggiai la mandibola, e finalmente mi tornarono in mente i ricordi della sera precedente. In quel mentre, qualcuno urlò il mio nome dall'interno della casa.

Mi sollevai e mi sforzai di rimettermi in piedi; poi mi fermai un attimo per assicurarmi di essere stabile. *Dio, mi sento ancora ubriaco.*

«Chase, apri questa maledetta porta!».

Doveva essere Brandon. Guardai in direzione della casa e sospirai. «Con molto piacere», mormorai e mi diressi a passo lento verso la porta scorrevole a vetri. Ehm, qualcuno per favore poteva riferire al sole di lasciarmi in pace? Mi strofinai gli occhi in fiamme e infine aprii: vidi Brandon che prendeva a pugni la porta della mia camera. «Ma che avete da urlare così tanto?»

«Figlio di puttana!», ringhiò Brandon lanciandosi verso di me.

Scherziamo? Questo bastardo di sicuro ieri sera non ha toccato nemmeno un goccio d'alcol, perché è davvero troppo presto per mettersi a fare a pugni.

«Brandon!», sibilò Harper facendo un passo verso di me.

All'improvviso mi risvegliai. *Maledizione. No.* La afferrai per la vita e la feci spostare, piazzandomi davanti a lei. Non capivo cosa stesse succedendo, ma di qualsiasi cosa si trattasse, di sicuro riguardava tutti e tre. E pur sapendo che Brandon non avrebbe mai picchiato una ragazza, non avrei permesso in nessun modo che Harper assistesse a una rissa, e sicuramente non l'avrei coinvolta. Quando Brandon mi colpì mi preparai a ricambiare, ma quella dannata ragazza si intromise di nuovo tra noi.

«No. Brandon, fermati!», esclamò, esasperata. Allungai la mano per afferrarla e tirarla verso di me, ma lei si avvicinò a Brandon, mettendogli una mano sul petto.

«Harper», ringhiò lui, «per favore, spostati».

«No».

Oh, la mia principessina testarda. Cercai di tirarla di nuovo verso di me, ma lei si scostò e andò da Brandon, posando entrambe le mani sul suo petto. Provai più dolore di quando ero caduto faccia a terra sbattendo la mascella già malconcia.

«Stai scherzando? Lui...».

Lei lo interruppe, ma avrei preferito che così non fosse,

perché diamine, volevo proprio sapere cosa avevo combinato stavolta.

«Qualcuno può dirci cosa sta succedendo?», intervenne Brad, e mi accorsi che si era materializzato accanto a me.

Stavo per rispondergli che anch'io volevo saperlo, quando Harper avvicinò le labbra a quelle di Brandon e lo baciò. *Al diavolo, non importa se sono ancora mezzo ubriaco e ho un mal di testa feroce. Sono pronto a fare a botte.*

Brandon alzò gli occhi per incontrare i miei; poi guardò di nuovo la *mia* principessa e sospirò. Le sussurrò qualcosa e la prese tra le braccia, portandola via dal salotto e lungo il corridoio, verso la sua camera. Non era mica una bambina, eh! Poteva benissimo camminare.

«Chase, che cosa le hai fatto stavolta?», domandò Bree in tono accusatorio.

Io non le risposi: non solo non sapevo cosa avessi fatto, ma mi prudevano ancora le mani dalla voglia di fare a botte con Brandon e, finché non ci fossi riuscito, non sarebbe stato piacevole per nessuno starmi accanto. Mi diressi verso la stanza di Brandon e mi giunsero dei sussurri da dietro la porta, che prontamente aprii dopo aver bussato appena. Brandon era seduto sul letto, e balzò subito in piedi quando mi vide. Per un millesimo di secondo, mi eccitai al pensiero che avremmo fatto a botte, ma poi la mia principessa dagli occhi grigi lo bloccò mettendogli una mano sul petto, e il bastardo si fermò.

«Be', dato che avete svegliato tutti quanti, vi dispiacerebbe dirmi cos'è successo?».

Da una parte Brandon sembrava pronto a uccidermi; dall'altra era solo preoccupato di allontanare Harper da me. E io capivo benissimo come si sentiva.

Harper sospirò e ruppe il silenzio. «Chase, quanto eri ubriaco ieri notte?».

Abbastanza per essere ancora un po' brillo adesso. «Non così ubriaco da dimenticare perché mi fa male la mascella».

«Be', te lo sei meritato, ti stavi comportando davvero male».

«Ti stavo solo parlando!».

Brandon tirò la principessa verso di sé. Prima che potessi ringhiargli contro, le sollevò le maniche della maglietta – che in realtà era *la sua* maglietta – e chiese con sarcasmo: «Le stavi solo parlando, *così*?».

Che diavolo… Oh, merda. Mi sentii come se mi avessero dato un pugno nello stomaco. No. Non era possibile che le avessi fatto una cosa del genere. Non lo avrei mai fatto a nessuna ragazza, e di certo non a Harper. E quando sarebbe successo? Mi tornarono di nuovo in mente alcuni frammenti della sera prima. *"Dico sul serio, mi stai facendo male". Oh, mio Dio, no!* Scossi la testa e alzai gli occhi verso di lei, che invece mi guardava con dolcezza. Perché doveva guardarmi in quel modo? Se c'era un momento giusto per odiarmi, era proprio quello!

«Oddio, Harper. Io… io…». *Ma come ho potuto farle una cosa del genere?* «Harper, mi dispiace. Non avevo idea. Giuro che non volevo farti del male». Dio, non le avrei mai fatto del male, non in quel modo. Avrei cercato di tenerla lontana da me, ma una cosa del genere mai!

Mi avvicinai e ignorai il ringhio di avvertimento che mi lanciò Brandon mentre sfioravo con le dita il grosso livido che aveva sul braccio. Glielo avevo fatto io, avevo fatto del male a quella ragazza perfetta e innocente che mi faceva disperare.

«Harper», mormorai con voce tremante, e dovetti schiarirmi la gola un paio di volte prima di riprendere. «Posso parlarti in privato, per favore?».

Non mi importava che in quel momento Brandon la stesse baciando e le stesse sussurrando qualcosa. Non vedevo altro che i lividi sulle braccia di Harper. Lui le diede un altro bacio, e anche se una parte di me si sentì di nuovo morire, non ebbi il coraggio di protestare. Appena si fu allontanato, e la porta d'ingresso si fu richiusa, sospirai e non riuscii più a trattenermi. «Stai bene? Dio, che domanda idiota. Certo che non stai bene».

«Invece sì. È tutto a posto».

«Ma come fai a dirlo?»

«Perché è vero! Non mi fanno male. Non mi ero resa conto di niente finché non li ha notati Brandon».

Quella ragazza era così testarda, mi faceva davvero disperare! *Sgridami, ti prego! Dimmi che mi odi e non mi vuoi vedere mai più. Qualsiasi cosa, ma non far finta che non sia successo niente.* «Io… non ho mai voluto farti del male, lo giuro».

Lei mi avvolse le braccia intorno al collo e chinò la testa, appoggiando la fronte contro la mia. Ero così scioccato da quello che stava facendo, che non provai neppure a respingerla come avrei dovuto. Feci un sospiro tremante. *Santo cielo, ma cos'ha questa ragazza?* «Lo so, Chase. Va tutto bene, davvero. Eri ubriaco, e io a volte sono cocciuta».

Rieccoci di nuovo con questa storia! «Non fare così. Non far finta che vada tutto bene quando è evidente che *non va* tutto bene. Tu fai così con tutti. E ti prego, non cercare giustificazioni per il mio comportamento. È vero, ero sbronzo, e non sempre mi rendo conto di quello che faccio quando bevo, ma non ho scusanti, principessa».

La sua dolce risata e il modo in cui mi accarezzò il collo mi diedero il colpo di grazia. «Be', forse allora non dovresti bere».

«Forse hai ragione». Per come la vedevo, io e Harper non saremmo dovuti rimanere lì al centro della stanza, stretti l'uno contro l'altra. Avrei dovuto limitarmi al ruolo del fratello impertinente della sua compagna di stanza, ma in presenza di quella ragazza proprio non riuscivo a mantenere il controllo. Mi faceva perdere la testa. Il cervello mi diceva di fuggire da lei per proteggerla, mi ripeteva di tenerla lontana da uno come me, ma il mio cuore era in subbuglio, e non capivo più nulla. La desideravo, e volevo che lei desiderasse me e soltanto me, e non Brandon, pur sapendo che era la persona migliore per lei. In quel momento, però, non mi importava. Riuscivo solo a pensare al fatto che uno dei miei più cari amici stava per rubarmi l'unica ragazza che avrebbe mai significato qualcosa per me. «Perché lui, Harper?»

«Che intendi dire?»

«Perché Brandon? Non avevi mai baciato nessuno. Perché hai scelto lui?»

«Perché no?».

Io sbuffai. *Perché, santo cielo, ci sono qui io, e non desidero nient'altro che amarti per sempre.*

«Come mai la cosa ti preoccupa così tanto, Chase?»

«Perché tu ti meriti una persona che capisca quanto sei meravigliosa. Non dovresti farti baciare dal primo ragazzo che ti fa passare una bella serata».

«Ti comporti come se mi fossi data completamente a lui, quando invece ci siamo solo baciati! E comunque, chi sei tu per giudicare chi devo baciare e chi no?».

Si allontanò e andò a sedersi sul letto. Adesso era troppo

lontana da me: la seguii e poggiai le mani sui suoi fianchi e la fronte contro la sua. «Ti prego, non farlo. Non dargli tutta te stessa. Lui non ti merita, Harper».

«E chi mi merita, invece, Chase… Tu?».

Dio, perché doveva parlare a voce così bassa e ansimando in quel modo? Perché il suo petto doveva alzarsi e riabbassarsi così in fretta? Sapevo che bastava semplicemente dirle quella parola, e lei sarebbe stata mia. *Dilla. Dilla, stupido bastardo!* Chiusi gli occhi e scostai la testa. «No, neanch'io ti merito. Hai bisogno di qualcuno che si prenda cura di te, che ti protegga e sia sempre al tuo fianco. Qualcuno che capisca che non troverà mai più un'altra come te, mai, da nessuna parte al mondo». Guardai i suoi dolci occhioni grigi e continuai a lottare contro me stesso, indeciso se prendere quello di cui avevo bisogno o darle ciò di cui *lei* aveva bisogno. Senza pensarci, mi avvicinai finché non sentii il suo fiato contro le mie labbra. Avrei dato qualsiasi cosa, pur di baciarla. Ma, proprio mentre iniziavo a cancellare la distanza già minima che ci separava, la sua voce mi fermò e mi riportò di colpo alla realtà.

«Chase…».

«Quella prima notte, ho capito subito che non avrei mai incontrato un'altra come te, ma so anche che meriti un uomo che abbia atteso per te tutto il tempo, come hai aspettato tu. E non sai quanto vorrei essere io quell'uomo, ma non lo sarò mai, Harper». Mi scostai, e lei con un sospiro profondo crollò sul letto. Allora non riuscii più a trattenermi: mi chinai su di lei e le baciai quel collo così morbido. Era tutto ciò che potevo permettermi. «Sei fantastica, Harper. Non ci sarà mai nessuno degno di te».

Stavo per risollevarmi, quando mi ritrovai le sue mani tra i capelli. Era solo a qualche millimetro da me e mi reggeva la testa. Aveva il respiro affannato, e anch'io avevo il fiato corto. Attesi di vedere cosa avrebbe fatto, e in quell'atroce attesa i suoi occhi mi rivelarono tutto ciò che non stavano dicendo le sue labbra: mi comunicarono la sua indecisione, la sua preoccupazione. Era una brava ragazza. Intelligente. Avrebbe baciato Brandon senza neppure pensarci, ma proprio non riusciva a baciare me senza temere quello che avrebbe potuto farle un tipo come me. Pur sapendo che stava prendendo la decisione più giusta, ci soffrivo lo stesso: se lei mi avesse respinto, sarei morto di dolore. Così, prima che potesse farlo lei, mi fermai io. Percorsi tutto il suo braccio sfiorandolo con il naso e inalando il suo lieve odore di vaniglia e le baciai il polso; poi lasciai le sue mani e uscii dalla stanza. Mi massaggiai il petto dolorante e scossi la testa, quindi andai a stendermi sul pavimento di Brad per un paio d'ore prima di andare al lavoro. Quel ragazzo che Bree si era portata dietro la sera prima era ancora lì con lei e perciò, per l'ennesima volta, avrei dovuto ricomprarmi le lenzuola prima di tornare a dormire nel mio letto. Diamine, io non facevo entrare nessuna donna nella mia stanza: mia sorella doveva smetterla una buona volta di portarci i suoi ragazzi.

«Chase». Sollevai la testa di lato e ricaddi subito giù con un lamento. «Alzati. Ti sta squillando la sveglia del telefono».

«Breanna. Vai. Via».

Sentii un piede premermi sulle costole e grugnii. *Stronza.* «Bene, non farai in tempo ad andare al lavoro, ma poi non dire che non ti ho dato una mano, eh».

Ah, cavolo. Mi girai dall'altra parte e sbadigliai mentre

lei mi lanciava il telefono sulla pancia. «Ok, mi alzo. Come mai ce l'hai tu il mio telefono?»

«Ti è caduto dalla tasca quando eravamo in camera tua e Brandon ti ha dato un pugno. Ho spento la sveglia, ma faresti meglio ad alzarti».

«Sì, mammina», risposi sogghignando. Mi alzai e le gettai le braccia al collo. «Mi faccio una doccia ed esco. Se stasera dovesse succedere qualcosa a te o a Harper, chiamami e io torno subito».

«Figurati. Io me la cavo benissimo da sola, e stasera Harper ha un appuntamento».

All'improvviso mi irrigidii.

«Ah, a proposito, Harper si sta preparando e in questo momento sta per entrare nella tua doccia, quindi usa pure il bagno di questa camera», aggiunse mentre usciva dalla stanza di Brad.

Harper aveva un appuntamento con Brandon? Be', in fondo, me l'aspettavo... No, non è vero: invece non me lo aspettavo. Dentro di me speravo ancora che si accorgesse di provare qualcosa per me e lasciasse che Brandon si cercasse un'altra. Qualunque altra ragazza. Mi feci in fretta la doccia, mi vestii e per un po' rimasi a camminare su e giù per la mia camera, finché non ce la feci più ad aspettare. Presi la chiave dalla scrivania ed entrai nel mio bagno. L'acqua nella doccia stava ancora scorrendo e giuro che, di botto, mi sentii stringere i pantaloni. Mi feci avanti e mi sedetti sul coperchio della tazza, mentre la voce tremante di Harper riempiva il minuscolo bagno.

«Mmm... Bree?»

«No, sono io».

«Chase! Ma che diavolo ci fai qui?».

Bella domanda. Che ci faccio qui? In questo momento

riesco a pensare solamente all'acqua che scorre sul tuo corpo nudo. Gemetti e mi passai le mani sul viso. «Calmati, principessa, non sbircio». Non so se stavo cercando di rassicurare lei o di costringermi a rimanere seduto.

«Ero sicurissima di aver chiuso la porta».

«Ti rendi conto che non è poi tanto difficile aprire il *mio* bagno, considerato che ho la chiave?»

«Ti prego, puoi andartene, così magari esco da qui?».

Appena il rubinetto si chiuse, afferrai un asciugamano e lo feci passare di lato attraverso la tendina della doccia, sforzandomi di non guardare in quella direzione. «Prima dimmi una cosa; poi me ne andrò». Lei non disse nulla, e io interpretai quel silenzio come un sì. «Stasera esci con lui?»

«Sì, Chase».

«È quello che vuoi davvero, o ti stai solo vendicando perché ti ho detto di non farlo?»

«Ma non dovevo rispondere a una sola domanda?».

Che ragazzina sfrontata! Santo cielo, mi faceva diventare matto. «Harper».

«Accidenti, no, non lo faccio per vendicarmi di te. E sì, voglio davvero uscire con Brandon stasera. E se me lo chiederà di nuovo, ti dico fin da ora che accetterò. Non vedo perché non dovrei uscire con lui. Dato che tu non mi vuoi – ed è fin troppo chiaro –, non capisco perché continui a impicciarti».

Eh? Cosa?? Possibile che avesse capito che non la volevo? Afferrai il bordo della tendina e, quando la aprii, sperai per lei che si fosse messa addosso quel maledetto asciugamano. «Non ti ho detto che non ti voglio. Ho detto che non ti merito».

«È praticamente la stessa cosa. Sappiamo entrambi come

sei fatto, Chase. Ti scopi ogni ragazza che ti capita a tiro. Non voglio essere solo l'ennesima tipa da scoparsi, e sono sicura che per Brandon non lo sarò. Se puoi convincermi, qui e ora, che c'è una ragione per cui non dovrei stare con lui, allora parla. Altrimenti è meglio che la pianti con i tuoi discorsi fumosi. Mi confondono e basta».

Credeva davvero che la considerassi solo una ragazza come tante? Certo, era quello che avevo detto a tutti, ma lei avrebbe dovuto capire che non era vero. E poi, a lei non glielo avevo mica detto: anzi, le avevo rivelato esattamente il contrario! Non avevo mai provato qualcosa del genere per nessuno, e lei invece credeva di essere solo una delle tante per me? Ripensai a tutte le ragazze con cui mi aveva visto da quando l'avevo conosciuta e mi maledissi anche solo per aver provato a respingerla: mi ero rovinato con le mie stesse mani. Finché non le avessi dimostrato il contrario, lei avrebbe sempre pensato di non contare nulla per me. E se non fosse stato che la desideravo così tanto, non avrei avuto nessun motivo per avercela con Brandon. Era il ragazzo più serio che conoscessi, l'unico ragazzo di cui potessi fidarmi. «Se è quello che vuoi, smetterò di darti fastidio».

Pensai a Brandon, a come mi aveva aggredito perché le avevo fatto quei lividi. Sì, anche lui era cotto, proprio quanto me. Le sfiorai con le dita il livido più grosso e mi sentii morire. Mi sporsi sulla vasca e glielo baciai; poi mi spostai più in su per baciare quello più piccolo che aveva sulla spalla; e infine dall'altra parte per baciare quello identico che aveva sulla spalla destra. Se solo quel gesto avesse potuto cancellarli tutti. «Mi dispiace così tanto, Harper», sussurrai, e poi la baciai all'angolo della bocca. Non avrebbe mai saputo quanto fossi addolorato per tutto quello che le avevo fatto, ed erano solo due settimane che la conoscevo. «Fatti dare il mio numero da Bree. Stasera devo lavorare, ma se dovesse succedere qualcosa chiamami e arriverò subito».

Prima che potessi fare altro – per esempio prenderla tra le braccia per non lasciarla andar via, mai più – mi costrinsi a voltarmi e uscii dalla stanza. Ero già in ritardo per andare al negozio: non che importasse a qualcuno, ma volevo essere lì il prima possibile per riuscire a smettere di pensare alla mia principessa. Mentre accendevo il motore del furgoncino, sbuffai. No, non avevo proprio nessuna speranza di riuscirci.

«Ehi, amico mio! Dopo la telefonata di ieri non eravamo sicuri di vederti arrivare!».

Risi e diedi a Brian una pacca sulla spalla, mentre andavo dritto alla mia postazione. «Sì, be', stasera ci sono, quindi smettila di lagnarti».

«Sono serio, fratello, ti sei perso delle tipe super sexy ieri sera: non desideravano altro che saltarti addosso, Chase».

«Sì? Be', io credo ormai di aver smesso con le ragazze».

Lui raddrizzò la schiena e si girò sulla sedia per guardarmi in faccia. «Come, scusa?»

«Ti è mai capitato che qualcun altro fosse interessato a tua moglie? Non dico solo in quel senso, perché Marissa è sexy e questo lo sappiamo tutti. Voglio dire, ti è mai capitato che qualcuno la volesse davvero, e che lei provasse la stessa cosa per lui? Magari prima che vi sposaste?»

«Caspita, fratello, avresti dovuto spiegarti meglio fin dall'inizio, perché per un attimo ho pensato che fossi passato all'altra sponda!».

Gli lanciai un'occhiataccia e tornai a sedermi alla mia postazione.

«Be', sì. Per rispondere alla tua domanda, mmm... no, non direi. Cioè, i ragazzi le sono sempre andati dietro, e anche le ragazze, ma siamo sempre stati solo Marissa e io... Be', a parte quella volta lì».

«Sì», risi, ripetendo le sue parole, «a parte quella volta lì. Ma sei stato tu, Bri, non lei».

«Be', a ogni modo, lo sai che sto cercando di riparare a quella stronzata... Perché me lo stai chiedendo?».

Sospirando, posai sul tavolo un paio di album da disegno e lanciai uno sguardo al salottino vuoto all'entrata. «C'è questa ragazza...».

«Oh, non ci posso credere! Chase Grayson si è preso una cotta!».

«Vuoi sentire cosa ho da dire oppure no?».

Lui annuì ridacchiando e afferrò il telefono. «Devo dirlo a Riss. Tu continua a parlare».

«Bastardo», ringhiai e scossi la testa mentre avvicinavo la sedia alla sua postazione. «Non so che cos'abbia questa ragazza. Non riesco a smettere di pensare a lei, e ti confesso che ormai non mi importa più nulla delle altre. All'inizio volevo provarci solo perché la consideravo una sfida, ma questo è durato tipo due ore, e adesso invece non penso ad altro che a proteggerla e a tenerla lontana da me».

«Oh, merda, ma questo è amore».

Alzai lo sguardo verso Brian e sussultai. «Nemmeno per sogno. Voglio dire, è una ragazza diversa dalle altre. Veramente diversa. Sai che non mi faccio mai prendere dalle donne. Sì, è vero, ci sono cose di lei che mi fanno letteralmente impazzire, ma non è amore».

«Sì, invece. Tu la ami. Te lo leggo in faccia mentre parli

di lei. Amico, non ti sei semplicemente preso una cotta per questa ragazza: te ne sei proprio innamorato».

Innamorato? Cavolo, no. L'ho appena conosciuta. Ci sono delle cose di lei che amo, ma non amo lei. «No, Brian. Stai correndo troppo con la fantasia».

«Come vuoi tu. Non ho certo intenzione di mettermi a discutere. Allora qual è il problema? Mi hai chiesto se qualcuno ci ha mai provato seriamente con Marissa. Perché, qualcuno ci sta provando con la tua ragazza?»

«Be', non è la *mia* ragazza. Non sono degno di lei. Si merita qualcuno che sia l'esatto contrario di me. Quindi ho cercato di fargli capire. Ma adesso, ed è già troppo tardi, mi sono appena accorto che non voglio che vada da nessuna parte: voglio che stia con me. Temo però che lei e Brandon si siano messi insieme. Hai presente Brandon, no?»

«Oh, certo», annuì lui, «tu e lui siete come fratelli».

«Esatto, ed è ridicolo, perché non so davvero cosa fare. Brandon è il ragazzo giusto per lei, lo so, ma io la desidero così tanto. Non faccio altro che respingerla per poi tornare subito a cercarla: è un continuo tira e molla, insomma».

«Guarda, Brandon è un ragazzo fantastico e tutto quanto, ma sei troppo severo con te stesso. Non sono d'accordo sul fatto che sia lui il ragazzo giusto per lei. Chiunque la ama come la ami tu è il ragazzo giusto per lei». Provai a protestare, a dirgli che non ero innamorato di lei, ma lui mi interruppe. «Sì che lo sei, e un giorno te ne renderai conto».

«Pensala pure come ti pare. Insomma, cosa faresti tu al mio posto? So bene che dovrei lasciare che stia con lui, ma non so se ci riuscirò».

«Ti dico cosa farei io con Riss, perché provo esattamente la stessa cosa per lei. Se qualcuno cercasse di portarmi via la mia ragazza – anche se magari non è ancora diventata la mia ragazza – farei di tutto per averla. Non me la lascerei sfuggire in nessun modo. E tu non dovresti lasciarti sfuggire questa tipa. Come si chiama?»

«Harper. O principessa. Dipende dai momenti». Brian inarcò un sopracciglio, e io feci spallucce. «All'inizio, quando l'ho incontrata, quel nomignolo era perfetto per lei. Ora la fa soltanto incazzare, ma le sta ancora bene».

«Certo che sei proprio strano tu. Be', ti informo che io la chiamerò Harper».

Risi. «Chiudi il becco, amico. Ti piacerebbe, sai: è sexy e dannatamente bella, e per di più non se ne rende nemmeno conto. Ha tutto quello che io ho mai desiderato in una ragazza: è sfrontata e, allo stesso tempo, incredibilmente dolce. Credo che sia addirittura più bassa di Bree, ed è una tipa orgogliosa e caparbia, ma quando corruccia lo sguardo sembra una gattina arrabbiata». Brian rise, e io mi interruppi e alzai gli occhi. «Che c'è?»

«Chase Grayson si è innamorato!», gridò, abbastanza forte da farsi sentire in tutto il negozio, e in risposta io gli lanciai un'occhiataccia. «Oh, amico, puoi scordartelo che mando un messaggio a Riss. Devo chiamarla e raccontarle tutto di persona. Lo sai che adesso ti darà il colpo di grazia. E di sicuro vorrà incontrarla, quindi anche se tu e Brandon al momento avete qualche problemino, non lasciartela sfuggire, amico».

Pensai alla mia principessa. Avevo fatto davvero un gran casino, ma era arrivato il momento di finirla. Avevo chiuso con tutto, volevo soltanto lei. Non voleva che bevessi? Allora avrei smesso. Quando bevevo non facevo altro che combinare casini con altre ragazze, e a me non importava di nessun'altra ragazza. Non più. Sinceramente, non sapevo come avrei fatto a rimediare ai guai che avevo già combinato, ma d'ora in poi sarei cambiato, perché avevo bisogno di lei. «No, non me la lascerò sfuggire».

Capitolo 5

Non rividi Harper fino al lunedì successivo e già cominciavo a pensare che, dopotutto, forse Brian aveva ragione. Pur rischiando di sembrare sdolcinato, dovetti ammettere che mi sentii gonfiare il petto d'orgoglio e il cuore cominciò a battermi all'impazzata quando la vidi camminare in cortile insieme a mia sorella. Era perfetta. Tutto in lei era perfetto. Le mie lezioni sarebbero iniziate solo più tardi, ma ero già arrivato al college perché sapevo che c'era lei e speravo di poterla vedere, almeno per un attimo. Non avevo idea di cosa le avrei detto, ma avevo bisogno di parlarle. Appena mi allontanai da Drew e Zach per andarle incontro, vidi Brandon che si avvicinava a lei e la baciava, cingendola con le braccia. Strinsi i pugni e dovetti girarmi per non guardarli. Dovevo agire d'astuzia: correre verso di loro e tirare un pugno a Brandon non sarebbe servito a niente.

«Zach, dammi carta e penna».

«Cosa? Perché?»

«Fa' come ti dico e basta. Sbrigati».

Digrignai i denti mentre mi sforzavo di non girarmi a guardarli. Sentivo la voce di Brandon, quindi sapevo che erano ancora lì, ma non volevo più vedere Harper tra le sue braccia. Non appena Zach strappò un foglio e me lo porse, tagliai una striscia dal fondo, scrissi velocemente un messaggio e poi gli restituii la penna.

«Sta' attenta alla mia ragazza, Bree», sentii dire a Brandon dietro di me, e giuro che ringhiai.

Figlio di puttana. È la mia ragazza.

«Chase, stai bene?», mi domandò Zach, guardandomi come se fossi impazzito. In effetti non stavo proprio benissimo.

«Sì, certo. Be', ragazzi, ci vediamo dopo». Mi voltai e cercai con lo sguardo Bree e Harper. Le vidi allontanarsi e le raggiunsi in fretta, ma mi resi conto di non avere nessuna scusa per attaccare bottone. All'ultimo secondo mi avvicinai a Bree, le cinsi la spalla con un braccio e le chiesi: «Come va, sorellina?»

«Be', come al solito. Ma tu hai lezione ora? Credevo iniziassi più tardi». Mi ero piazzato tra lei e la mia principessa, così non mi fu difficile infilare nella mano di Harper il bigliettino in cui le avevo scritto che era bellissima. Appena sentii le sue dita richiudersi, le sfiorai il braccio fino al gomito e sorrisi quando la sentii sussultare.

«Vai da mamma e papà questo weekend?»

«Bree, lo chiedi a me? Sono stato l'unico a presentarmi ieri».

«Non prendertela con me. Harper e Brandon non si decidevano ad alzarsi dal letto».

Volevo uccidere Brandon, prima però dovevo trovarlo. «Ragazze, divertitevi, ci vediamo dopo». Abbracciai rapidamente Bree e diedi una leggera gomitata alla mia principessa; poi mi costrinsi a tornare al furgoncino anziché andare in cerca di Brandon. Non avrei risolto nulla prendendolo a pugni, figuriamoci uccidendolo.

Per quanto potesse sembrare ridicolo, avevo evitato di stare a casa il più possibile sin da quando, di ritorno dal lavoro lunedì sera, avevo visto Harper e Brandon entrare nella stanza di lui. Adesso ero rincasato soltanto perché ero sicuro che Brandon a quell'ora avesse lezione. Caspita, però, se ogni volta che mettevo il naso fuori dalla mia stanza avessi assistito a *quella* scena, non sarei mai andato via: Harper era lì davanti a me nel bikini più succinto che avessi mai visto, e tremava leggermente. Immaginai che tremasse per il freddo, visto che era tutta bagnata. Non potei fare a meno di percorrere con lo sguardo lentamente, molto lentamente, il suo corpo praticamente nudo.

«Dannazione, principessa. Sei…». Santo cielo, dovevo assolutamente darmi una controllata. «Wow».

«Stavo… ehm, sono venuta a prendere altri asciugamani». Aveva incrociato le braccia sul seno, ma io continuavo a tenerle gli occhi incollati addosso anche quando aprii l'armadietto e tirai fuori una pila di asciugamani. Lasciando cadere a terra gli altri, ne presi uno e glielo avvolsi intorno alle spalle. «Come stai?». Le accarezzai la guancia, poi il collo, e lei chiuse gli occhi.

«Eh?».

Guardai il suo viso completamente rilassato, quindi chinai la testa e le baciai il collo, senza staccare le labbra dalla sua pelle mentre le sussurravo: «Stai proprio bene, a quanto pare».

Mi allontanò soltanto dopo qualche secondo, e non potei fare a meno di sorridere vedendo la sua espressione minacciosa, che ormai stava diventando una delle mie preferite. «Perché continui a comportarti così?»

«Che vuoi dire?». Cercai di stringerla a me, ma lei fece un passo indietro e, con la mano libera, indicò il mio braccio proteso verso di lei.

«Così. La devi smettere. Adesso sto con Brandon, e tu la devi smettere. Smettila di scrivermi messaggi, smettila di toccarmi, smettila di baciarmi. Non è giusto nei miei confronti. Lo sai che così mi mandi fuori di testa?».

A sentire il nome di Brandon avevo già cominciato a incazzarmi, ma non appena fece quell'ultima osservazione ricominciai a sorridere. «Dici sul serio?»

«Chase, non scherzo. Questa storia deve finire».

Maledizione. No. «Perché mai? Dammi un solo motivo valido».

«Te l'ho già detto: adesso sto con Brandon».

«Ho detto un motivo valido, principessa».

«È un motivo perfettamente valido! Ed è l'unico motivo che ti darò».

La guardai mentre si chinava a raccogliere gli asciugamani. Sarebbe bastato che le confessassi i miei sentimenti per lei. Avevo già perso troppo tempo a confondere non solo lei, ma anche me stesso, ed era giunto il momento di mettere le carte in tavola. «Harper».

Chiuse gli occhi mentre mi parlava, e volevo supplicarla di aprirli in modo da potermi perdere in quel grigio burrascoso. «No, Chase. Ti prego, no... non farlo. Brandon mi piace davvero. E poi sei circondato da ragazze a cui va benissimo farsi trattare di merda. Io non sono una di loro. Vatti a cercare un'altra bambola senza cervello, scopatela e sfogati».

Cazzo. Le sue parole fanno molto male. Mi ritrassi di scatto come se mi avesse dato uno schiaffo, e non provai neppure a fermarla quando si voltò e uscì. Ancora non l'aveva capito: continuava a pensare che volessi soltanto giocare con lei.

«Ehi, eccoti qua», esclamò Brad, e io dovetti fare uno sforzo per staccare gli occhi dalla porta sul retro e voltarmi verso di lui. «Caspita, stai bene?».

Annuii e mi girai di nuovo verso la porta.

«Mmm, se lo dici tu. Senti, prima che tu sparisca di nuovo, volevo avvisarti che tra un po' metto su gli hamburger, quindi perché non rimani finché non è ora di andare al lavoro? Non so perché sei stato via di casa così tanto ultimamente, ma qualunque sia il motivo, ci manchi. Dai, ce ne stiamo tutti insieme fuori in piscina a nuotare un po'».

Dal cortile sul retro si sentì uno strillo. Riconobbi la voce di Harper, e mi precipitai alla porta in tempo per vederla tuffarsi in piscina.

«Stanno solo buttando le ragazze in piscina, calmati».

«Lo so, è solo che...». Solo cosa? Non volevo che nessuno la toccasse? Ero andato fuori di testa solo a sentire la sua voce?

«Oh, merda. Amico, ti prego, non dirmi che... ».

«Non ti preoccupare, Brad. Comunque sì, rimango».

Lui sospirò, ma non aggiunse altro. Mi tolsi la maglietta e presi una sedia, l'avvicinai al punto in cui erano distesi gli asciugamani che avevo dato a Harper. Mezz'ora più tardi, quando Zach gettò di nuovo Harper in piscina, dovetti reggermi forte ai braccioli della sedia: a parte quello, rimasi seduto insieme agli altri e cercai di mimetizzare il fatto che non riuscissi a toglierle gli occhi di dosso. Bree mi raccontò del nuovo tipo che stava frequentando e mi chiese di poter usare di nuovo la mia camera quella notte, quando arrivò Brandon: si precipitò da Harper e la sollevò. Mi venne quasi da ridere quando lei gli diede un calcio, ma poi lui la baciò e il mio sorriso scomparve.

Brandon le chiese qualcosa a voce troppo bassa perché potessi sentire, ma udii chiaramente la risposta di Harper. «Proprio per niente. Sono tua per i prossimi tre giorni».

Rimasi a fissarli mentre lui la faceva rientrare in casa e mi accorsi che Brad mi stava osservando e scuoteva la testa; poi distolse lo sguardo e tornò a occuparsi della griglia.

Bree intanto mi stava chiedendo di nuovo di lasciarle la stanza, e io mi alzai di scatto. «Come vuoi, Bree, la lascerò aperta».

Stavo per rientrare in casa a passo spedito, quando Brad mi bloccò mettendomi una mano sul petto. «Fratello, prima di fare casini pensa a quello che potrebbe succedere tra te e Brandon».

Mi scrollai la sua mano di dosso e gli lanciai un'occhiata minacciosa. «Faresti meglio a chiudere quella fottuta boccaccia e a farti gli affari tuoi».

Prima che potesse aggiungere altro, me ne tornai nella mia stanza e tirai fuori il mio album da disegno. Dopo un po' entrai nella doccia e mi preparai per andare al lavoro. Saltai sul mio furgoncino e non feci nemmeno in tempo a uscire dal quartiere che la vidi. Non riuscivo a crederci, ma era proprio lei: l'avrei riconosciuta ovunque. Abbassai il finestrino e rallentai. Poi mi avvicinai notando le sue spalle incurvate. «Harper?».

Lei non alzò gli occhi e non smise di camminare. Cosa diavolo stava facendo? Perché era là fuori?

Accostai, fermai il furgoncino e saltai giù per raggiungerla velocemente dall'altra parte della strada. «Harper, che cosa... ma stai piangendo? Che c'è che non va?».

Lei tirò su col naso e si asciugò le lacrime cercando di oltrepassarmi. «Ti prego, lasciami in pace».

Diamine, no! «Cos'è successo?». Chi diavolo l'aveva fatta piangere? Perché, poco ma sicuro, non ero stato certo io. E perché era per strada, da sola? Le afferrai dolcemente le braccia, facendo attenzione a non farle di nuovo male, e mi chinai per guardarla negli occhi; ma lei si voltò dall'altra parte. Strinsi i pugni mentre cercavo di rilassarmi. *È stato Brandon, maledizione. Chi altro? Basta, stavolta lo uccido sul serio.*

«Non è successo niente, Chase, lasciami stare».

«Non se ne parla nemmeno. Stai piangendo e stai camminando da sola in una strada buia. Parlami».

«Perché sei qui?».

Avrei voluto chiederle la stessa cosa. «Sto andando al lavoro, e adesso raccontami cosa ti ha fatto».

«Non far finta di non saperlo. Tu hai cercato di mettermi in guardia, sapevi che sarebbe successo». Le squillò il telefono, ma lei ignorò la chiamata e se lo rimise in tasca.

«Principessa, ti giuro che non so di cosa stai parlando. Ma se ti ha fatto del male, lo ammazzo. Ti prego, dimmi cosa è successo». Le lasciai le braccia, ma solo per prenderla per la vita e portarmela più vicino. Con l'altra mano le sollevai il mento per poterla guardare in quei disperati occhioni grigi. *Oddio, Harper, cosa ti ha fatto?*

Le sfuggì un gemito, e il suo corpo si rilassò contro il mio mentre singhiozzava sul mio petto.

«Adesso sei al sicuro, principessa, sei con me. Dimmi cosa è successo, e giuro che farò qualsiasi cosa per farti stare meglio». Le accarezzai la schiena e la strinsi più forte, ma le squillò di nuovo il telefono.

«Mi puoi portare allo studentato, per piacere?»

«Sei sicura di voler andare lì?».

Lei annuì contro il mio petto, e in quel momento capii che Brian aveva ragione: ero innamorato di lei. La volevo tra le mie braccia per sempre, volevo occuparmi di lei quando era malata, sostenerla quando era sconvolta e baciarla all'impazzata nei momenti felici. Feci un respiro profondo e poi, controvoglia, la lasciai andare. Non era il momento di spingerla a fare nulla: era sconvolta per un altro ragazzo, e non volevo che stesse con me solo per ripicca.

«Va bene, sali, principessa». La aiutai a sedersi sul posto del passeggero e la vidi irrigidirsi quando le squillò di nuovo il cellulare mentre io montavo alla guida. «È di nuovo lui?»

«Già».

«Hai intenzione di rispondere questa volta?»

«No».

Mi chinai verso di lei, le presi il viso tra le mani e le asciugai le lacrime. «Raccontami che cosa è successo».

Prima che potesse dire qualcosa, il telefono squillò di nuovo e stavolta rispose. «Che c'è, Brandon?».

Oh, diamine. Stavolta ero contento di non essere io dall'altra parte della linea. Adesso Harper non aveva certo il suo solito sguardo severo e al tempo stesso dolce: aveva proprio un'espressione assassina. Mi rimisi al mio posto e cominciai a guidare verso lo studentato.

«Stai scherzando, spero! Vuoi davvero fare questi giochetti con me?... Me ne sono andata». Ricominciò a piangere in silenzio e scosse la testa. «Ti prego, smettila di chiamarmi, Brandon». Silenzio, e poi aggiunse: «Perché non lo chiedi ad Amanda? Sono sicura che lei sarebbe più che felice di farti vedere perché me ne sono andata». Nemmeno due secondi dopo chiuse la chiamata e premette un tasto finché lo schermo non si spense.

Amanda? Chi diavolo è Amanda? Rimasi in silenzio per qualche minuto; poi mi allungai verso di lei e le presi la mano. Grazie a Dio non mi respinse. «Chi è Amanda?»

«A quanto pare è una che va a letto con Brandon. Io e Bree l'abbiamo vista lunedì, insieme a lui e ad altra gente».

Mmm… l'avrei saputo se Brandon tradiva Harper, anche se ultimamente non avevo passato molto tempo a casa. «Perché pensi che ti stia tradendo?»

«Ero nella sua stanza che mi rimettevo il costume, e nel frattempo il suo telefono non la smetteva di squillare. Non volevo guardare, ma giuro che sarà squillato tipo cinquanta volte. Be', non proprio cinquanta, ma comunque tante volte. Non la smetteva proprio di squillare! A ogni modo, mi sono soltanto avvicinata per vedere chi fosse e c'era una foto delle parti intime di questa ragazza». Aggrottai la fronte, ma non la interruppi. «Quindi ho aperto i messaggi, e c'era un'altra foto delle sue tette e della sua faccia, e diceva cose tipo: *Non vedo l'ora di vederti domani* e *Voglio sentire di nuovo le tue labbra su di me*. Santo cielo, mi sento così stupida».

«Non dovresti». *Oddio, ma cosa sto facendo?* Questa era l'occasione perfetta per allontanarla da Brandon, ma se davvero era rimasta così sconvolta al pensiero che lui potesse averla tradita, in quel momento non sarei mai riuscito a ottenere nulla. Prima doveva superare la cotta per Brandon, e soltanto in seguito venire da me; ma non di certo per un tradimento che probabilmente non era nemmeno mai successo. «Non ci credo che sto per dirti questo ma… penso che ti sbagli, Harper».

«Come? So quello che ho visto, Chase!».

Rallentai davanti allo studentato e accostai; poi mi voltai a guardarla. «Non nego che sia così, però so che lui non ti farebbe mai una cosa del genere. Non è il tipo, ma anche se lo fosse, lo avrebbe raccontato a qualcuno. Noi maschi abbiamo l'abitudine di vantarci delle ragazze con cui andiamo a letto, lo sai. E anche se lo odio per questo, lui parla sempre e solo di te».

«Ti rendi conto che sei assurdo? La settimana scorsa mi mettevi in guardia e mi dicevi di non uscire con lui, e adesso ti metti a difenderlo?».

Sì, me ne rendevo conto. Eh, sì, riuscivo a confondere persino me stesso, oltre che lei. «Non lo faccio certo per il suo bene, credimi. Non voglio che tu stia con lui, su questo non ho cambiato idea: ma odio vederti soffrire in questo modo».

Lei mi guardò per qualche istante con curiosità; poi allontanò la mano e si allungò ad afferrare la maniglia dello sportello. «Grazie del passaggio, Chase».

«Sei sicura di non aver bisogno di nulla? Vuoi che rimanga con te?»

«Me la caverò, sono più forte di quanto pensi. Vai a lavorare, ci vediamo presto».

La guardai entrare nello studentato, poi riaccesi il motore. Una volta entrato nel parcheggio del negozio, tirai fuori il telefono e chiamai Brandon.

«Che c'è?».

Caspita, sembrava parecchio incazzato. «Ho solo pensato che volessi sapere dov'è Harper».

«Che cosa le hai fatto?».

Grazie a Dio avevo già parcheggiato, altrimenti avrei tirato il freno all'improvviso. «Che cosa le ho fatto? Non sono stato certo io a farla piangere!».

«Lo so, Chase! Lascia stare, mi sento già una merda, ma lei adesso sta con te, e perché?».

Stava con me. Prima. Ma adesso l'avevo fatta andare via. Di nuovo. «Non prendertela con me per averla recuperata in strada dopo che *tu* lei hai spezzato il cuore. A proposito, adesso è nella sua camera allo studentato. Ti ho fatto il favore di portarla lì sana e salva».

«Maledizione», imprecò, poi lo sentii armeggiare con le chiavi e capii che si stava precipitando da lei. «Chase, non ho fatto nulla, lo giuro…».

«Lo so».

«Non hai idea di ciò che significa per me quella ragazza».

Sentii una morsa allo stomaco e digrignai i denti mentre allontanavo il telefono dall'orecchio. Quando mi fui calmato, me lo riavvicinai. «Sono sicuro di saperlo, invece. Devo entrare al lavoro, adesso. Ci sentiamo dopo».

«Grazie».

La sincerità di quella parola non servì in alcun modo a sciogliere il nodo che avevo allo stomaco. «Be', ci vediamo». Riattaccai, gettai il telefono sul sedile del passeggero e appoggiai la testa sul volante. *Ma che diavolo mi prende?*

«Chase! Non c'eri stamattina. Dove sei stato?». Stavo lucidando la tavola da surf, quando alzai lo sguardo e vidi avvicinarsi tutti i miei coinquilini e il tipo con cui andava a letto Bree. «Ieri sera sono rimasto a dormire dai miei».

Appoggiarono le tavole accanto a me, e Derek mi tolse di mano la cera per poi andare a riprendere la sua tavola. «Pensavamo di esserci giocati definitivamente sia te sia Brandon. Se Harper non l'avesse finalmente buttato giù dal loro letto, credo che non sarebbe venuto nemmeno lui».

Il loro *letto? Se Harper viene ad abitare qui con lui, giuro che lo sbatto fuori. Ok, forse no, però che cavolo…* Ne avevo già discusso abbastanza con Brian e i miei genitori, e mi ero reso conto che avevo sbagliato ad aiutarli la sera prima. Digrignai i denti e mi misi a cercare in giro un altro pezzo di cera. «Allora, è così brava che non puoi nemmeno lasciare il letto per andare a fare surf?», sogghignò Drew. Io e Brandon rimanemmo entrambi impietriti. «Scommetto che tutta quella storia della verginità era solo una bufala. Le ragazze come lei adorano scopare…».

«Giuro su Dio che se parli ancora una volta così della mia ragazza ti chiudo la bocca per sempre, intesi?».

Sarei dovuto essere contento del fatto che Brandon la stesse difendendo dalle insinuazioni di Drew, ma il fatto che fosse lui a difenderla al posto mio mi fece perdere la testa. «Però, devo ammettere che è bello stringere tra le braccia quel bel corpicino», m'intromisi io.

Brandon rimase scioccato e si voltò a guardarmi. «Che diavolo hai detto?».

Io feci un sorrisetto e ricominciai a passare la cera. «Avevo proprio bisogno di vederla tornare da me e buttarsi tra le mie braccia, ieri sera. Mi era mancata così tanto».

Brandon strinse i pugni sulle gambe, e io cercai di contenermi per evitare di sorridere. «Non so a che gioco stai giocando, ma sono stufo di questa stronzata, e so che stai mentendo, quindi smettila».

«Chase», sibilò Brad, e quando lo guardai scosse la testa. «Smettila».

«Sei liberissimo di credere che stia mentendo». Lanciai un'occhiataccia a Brandon, che aveva il viso in fiamme. «Ma lo sai che sono l'unico con cui è stata quando ti ho chiamato per dirti dov'era. Pensa solo a tutto il tempo che è trascorso da quando l'ho raccolta per strada a quando ti ho chiamato. Non mi credi? Allora va' a chiedere alla *mia* principessa che cosa stavamo facendo prima che ti telefonassi».

Non feci nemmeno in tempo a sputare fuori l'ultima parola che mi ritrovai Brandon addosso: mi teneva bloccato sulla sabbia, una mano contro la gola e l'altra chiusa a pugno e sospesa in aria. «Chiariamo una cosa, una volta per tutte. Tu non la volevi, me ne sono assicurato prima di iniziare a frequentarla. Ora è mia, e non mi interessa che sia passato un mese da quando l'ho incontrata. Ti assicuro che non le permetterò mai di andare via. Non parlare di lei, non ti avvicinare a lei e non mi provocare, perché lo giuro, fratello: tra cinque secondi ti gonfio di botte, anche se so che sei soltanto un pezzo di merda».

In quella posizione, non potevo deglutire né parlare, e lui lo sapeva. Quando ritenne che avessi compreso il messaggio, si sollevò sulle braccia e si mise a sedere. Peccato che io non fossi pronto a gettare la spugna. «Diamine, però, che bella sensazione quando geme e sussurra il mio nome».

«Chase!», abbaiò Brad, e il pugno di Brandon si abbatté sulla mia tempia più veloce di un fulmine. *Merda, che male.*

Intontito com'ero dalla botta, riuscii comunque a scansare il pugno successivo e lo colpii alle costole prima che Derek e Zach lo trascinassero via, mentre Brad e Drew mi tenevano bloccato a terra.

Il tipo con cui scopava Bree ci superò con la tavola sotto il braccio, scuotendo la testa. «Pensavo fossimo venuti a fare un po' di surf. Certo, è divertente vedervi fare a botte, ma preferirei andare in acqua».

Io, Brad e Drew scoppiammo a ridere: questo ragazzo mi piaceva.

«Chase, sei davvero stupido. Sappi che la prossima volta non cercherò di fermarlo». Brad guardò Drew e fece un cenno con la testa verso il gruppo di Brandon. «Vattene». Quando Drew se ne fu andato, Brad mollò la presa e lasciò che mi mettessi seduto. Era di spalle agli altri ragazzi, e mi parlò a bassa voce fissando un punto dietro di me. «Fai così perché è vergine?».

Scossi la testa.

«Forse perché non ti ha voluto?»

«All'inizio».

«E adesso?». Non risposi, e lui sospirò. «È solo lei il motivo del litigio?».

Annuii. «Sì, solo lei».

«Odio dovertelo dire, ma Brandon ha ragione. Quante volte ti ha chiesto se Harper ti interessava, prima di provarci?». Gli ringhiai contro e lui sollevò i palmi. «Amico, sto dicendo che stavolta hai fatto una cazzata. Smettila di tormentare uno dei tuoi migliori amici solo perché hai perso la tua occasione».

Grazie a Dio, Brad aveva smesso di parlare quando Brandon ci superò per afferrare la sua tavola. Brad si alzò e guardò Brandon allontanarsi verso l'acqua; poi si chinò a offrirmi una mano per rialzarmi.

«Vieni, entriamo in acqua. Adesso voi due vi dimenticate di quello che è successo, e ce ne torniamo tutti a casa a fare una festa da urlo. Chissà, magari stasera vi trovate un'altra ragazza». Io gli lanciai un'occhiataccia, e lui si risollevò e fece un passo indietro. «O forse no».

Le onde erano perfette quella mattina e riuscimmo a surfare per ore. Proprio quello che mi serviva dopo ciò che era successo in spiaggia, ed era una settimana che ne avevo bisogno. Certo, non sarebbe bastato, ma almeno mi avrebbe aiutato a non esplodere. Come aveva previsto Brad, il mio umore era già migliorato dopo la prima mezz'ora, e quando risalimmo tutti in spiaggia cercai di trattenermi e non perdere la testa nel vedere Brandon con lo sguardo praticamente puntato su Harper. Ma chi volevo prendere in giro? Certo che avevo perso la testa, semplicemente cercavo di non darlo a vedere. Infilai la tavola nella sabbia e mi asciugai: Harper intanto stava parlando al telefono con qualcuno. Vedendola sorridere, ripensai a quando le avevo dato un bacio nella doccia, sfiorandole la bocca, e desiderai averla baciata allora, e anche prima di quel momento.

Poi all'improvviso vidi Harper che cominciava a correre, allontanandosi dal nostro gruppo, e non sapevo se rincorrerla o chiedere a Brandon cosa diavolo le avesse fatto stavolta. Prima che riuscissi a decidermi, la vidi andare incontro a un ragazzo e poi parlargli mentre lui la teneva abbracciata. *E adesso, chi cazzo è questo?* Brandon si alzò e si diresse con calma verso di loro, ma quando lo vidi stringere i pugni mi guardai e mi accorsi che anch'io stavo facendo lo stesso. Lasciai cadere l'asciugamano sulla sabbia accanto agli altri e rimasi in piedi ad aspettare di vedere cosa sarebbe successo. Dopotutto, la voglia di fare a botte non mi era per niente passata.

Li vidi tornare verso di noi, e non potei fare a meno di lanciare un'occhiataccia a quel ragazzo che non avevo mai visto prima: già avevo il problema che Harper stesse con il mio migliore amico, quindi non c'era affatto bisogno che ci si mettesse anche questo figlio di puttana, chiunque fosse. Quel tipo non riusciva a staccarle gli occhi dal seno. Brandon doveva essere davvero incazzato, perché invece di stare vicino a Harper, che in quel momento era avvinghiata al braccio del tipo, venne a mettersi proprio accanto a me.

«Chi è questo pagliaccio?»

«Guarda che è il suo migliore amico. Si chiama Carter». Sospirò e incrociò le braccia sul petto mentre continuava a pugnalarlo con lo sguardo.

«Carter. Pagliaccio. È la stessa cosa».

Brandon sbuffò, e Harper si voltò verso di noi. «E questo è Chase. Il fratello di Bree».

Il pagliaccio mi porse la mano, e io non abbassai neppure lo sguardo. Continuai a fissarlo, e quasi sorrisi quando riabbassò il braccio e fece un passo indietro. *Fai bene, stronzo. Fatti indietro.* Brandon tirò Harper verso di sé e si sedette sull'asciugamano grande, mentre io presi posto accanto a lui per continuare a ucciderlo con lo sguardo. Per una volta ero contento che Brandon fosse qui con la principessa. Lei continuava ad avvicinarsi al pagliaccio e a toccargli il braccio, o la mano, o la gamba, e ogni volta Brandon la tirava verso di sé. Harper non si era accorto che quel tipo la stava divorando con lo sguardo? Rimasi seduto in silenzio mentre lui parlava di Harper e diceva cose che davvero avrebbe dovuto risparmiarsi, e a un tratto si mise anche a insultare Brandon. Quando insinuò che Brandon e io, oltre a vivere insieme, fossimo una coppia, giuro che mi venne quasi da ridere per quanto ci stava facendo incazzare. Mi sforzai in ogni modo di trattenermi. Tremavo tutto, travolto da una risata silenziosa, ma quando il pagliaccio pronunciò l'unica cosa che non avrebbe mai dovuto dire davanti a Brandon o me, mi irrigidii all'istante.

«Consideralo un avvertimento: se metti le mani addosso alla mia ragazza, preparati a finire nei guai».

Oh, cazzo. Brandon e io stavamo per alzarci entrambi, quando la mia fiera principessina afferrò il tipo per il braccio e praticamente lo trascinò via. Brandon cominciò a seguirli, ma io lo bloccai con una mano sulla spalla. «No, lascia che se la sbrighi da sola».

Rimanemmo a guardare mentre lei gli faceva la ramanzina, e non potei fare a meno di sorridere. Quella ragazza era davvero speciale. Brandon rise e sussurrò dolcemente: «Brava la mia ragazza».

Giusto, la *sua* ragazza. Perché io avevo fatto una cazzata, come aveva giustamente detto Brad. Sospirando, mi voltai e tornai a sedermi sull'asciugamano, provando a ignorare Harper, il pagliaccio e Brandon per il resto del pomeriggio. Avrei voluto prendere a pugni Brandon quando lo invitò alla festa quella sera. Del resto, io sarei stato al lavoro, e poi erano invitati tutti. Così digrignai i denti e rimasi in silenzio, finché alla fine mi alzai e me ne andai.

«Mamma, papà... sono qui. Adesso smettetela di fare sesso».

«Lo abbiamo già fatto prima!». Mamma rise mentre si chinava a sbirciare oltre il bancone.

«Ehi, mamma, ma come? Stavo solo scherzando, non voglio saperlo».

«Be', sei tu che ce l'hai chiesto!».

Risi e presi posto al bancone. «Allora, qual è il programma per oggi?»

«Niente, ci rilassiamo un po'». Alzò le spalle. «Come stai? Certo che stai dormendo spesso qui. È un po' strano, no? Avrei giurato che avessi una casa tutta tua».

«Va bene, se non mi volete qui, allora...».

«Oh, smettila, Chase, lo sai che ci fa piacere che tu stia qui. Ma è strano, non credi? Hai una casa enorme, e nonostante ciò dormi qui quasi tutte le notti. Che sta succedendo, piccolo mio?».

Mi morsi la guancia e tamburellai le dita con impazienza sul bancone di marmo. «Be'... Ecco... Harper...».

Mamma spalancò gli occhi, senza dire niente, e si portò

un dito alla bocca quando mio padre entrò nella stanza, per fargli capire che doveva stare zitto.

«Esce con Brandon».

«Be'... Buon per lei. Brandon è un ragazzo così carino. Si comporterà bene».

Smisi di tamburellare le dita sul bancone e allungai le braccia. «Eh? No... cioè, sì, lo farà. Ma per me non è una bella notizia!».

«Sai cos'altro avrei giurato?», continuò lei mentre prendeva le tazze dalla credenza. «Di averti sentito dire che era solo una ragazza come tante».

«Perché lei... adesso... be', insomma, non lo è».

Mia madre posò le tazze e si mise a strillare e a battere le mani come una bambina. «Ecco, lo sapevo! Allora perché non hai fatto niente per conquistarla?»

«Non lo so. Perché sono un idiota? Pensavo che sarebbe stata meglio senza di me, e lo penso ancora, ma praticamente non ho fatto altro che cederla a Brandon. E adesso loro due stanno insieme, e io mi prenderei a calci ogni giorno per questo. Giuro che se li vedo entrare insieme un'altra volta in camera di Brandon lo sbatto fuori di casa».

«No che non lo farai».

«Lo so che non lo farò, ma è quello che vorrei».

«Allora cerca di conquistarla». Papà alzò le spalle. «Non ci riuscirai mai se non le fai capire che ti piace».

«Non servirebbe a nulla. È convinta che io voglia soltanto liberarmi di lei».

«Be', magari se provassi a...».

«Mamma, ci ho già provato. Le ho detto che non ho mai incontrato un'altra ragazza come lei. Ma le ho anche spiegato che ha bisogno di trovare qualcuno degno di lei, e che quel qualcuno non sono io. Ecco, ho perso la mia occasione».

«E basta? Ti arrendi così?», mi fece notare papà.

«No, non so che cosa farò. So soltanto che mi piace da morire».

«Chi ti piace da morire?», domandò Bree, e quando mi voltai vidi lei e la mia principessa. Sembrava piuttosto a disagio e arrossì mentre mi guardava.

Questa ragazza, proprio questa qui. La desidero. Più di ogni altra cosa. «Stavo dicendo che sto morendo di fame, ma la mamma non si decideva a mettere il cibo in tavola perché non eravate ancora arrivate. Era ora!».

«Oh, Harper, tesoro! Che bello riaverti qui!». Mia madre uscì da dietro il bancone e la abbracciò forte. Harper rimase con le braccia penzoloni per qualche secondo prima di decidersi a ricambiare la stretta.

«Spero di non disturbare. Bree mi ha spiegato che le domeniche sono dedicate alla famiglia, quindi non volevo venire, ma lei mi ha praticamente costretta».

Grazie a Dio lo ha fatto.

«Certo che non ci disturbi, anzi. Sei sempre la benvenuta, specialmente la domenica». La mamma mi strizzò l'occhiolino e io alzai gli occhi al soffitto. «Bree, tesoro, adesso però ho bisogno un attimo del tuo aiuto in cucina... da sola».

Complimenti, mamma. Davvero astuta. Harper mi sembrò allarmata, e io avrei voluto dire a mia madre che aveva soltanto peggiorato le cose invece di aiutarmi, ma non potei più biasimarla quando Harper si avvicinò e rimase in piedi accanto a me.

«Chase, forse non sarei dovuta venire».

«Fidati, mia madre è contenta di averti a casa. Se si è presa in disparte Bree non è certo per rimproverarla di averti portata qui, te lo giuro».

Lei si tormentò il labbro inferiore e cambiò posizione un po' di volte, per poi guardarmi da sotto quelle ciglia incredibilmente lunghe. «Per te va bene che sia venuta qui?».

Scesi dallo sgabello e la tirai verso di me, e lei adagiò la testa sul mio petto. «Va più che bene, principessa». Mi chinai a sussurrarle nell'orecchio e la sentii rabbrividire contro di me. «Ti voglio *sempre* qui con me».

Improvvisamente sussultò e cercò di respingermi, ma io la tenni stretta a me. «Chase, ti prego. Ho bisogno che tu...», protestò e chinò la testa, la fronte contro il mio petto, e si guardò le mani, adagiate contro i miei addominali. «Ecco, ho bisogno che tu, ti prego... che tu mi lasci stare».

«Un giorno di questi, principessa». Dio, spero proprio che sia così, pensai. «Un giorno». La liberai e mi sedetti di nuovo sullo sgabello. Lei fece qualche respiro profondo per calmarsi e mi lanciò un'occhiataccia; poi andò a sedersi il più lontano possibile da me.

Il resto della giornata passò fin troppo velocemente. Harper riuscì a sbloccarsi con i miei genitori prima ancora che fosse pronto a tavola, e già dopo un po' smise di starmi lontana ed evitare di guardarmi. Quando finimmo di mangiare, rimase seduta accanto a me: naturalmente, non mi dispiacque affatto. Trascorremmo la giornata pigramente, guardando la TV, e io non riuscii a trattenere un sorriso quando si sedette accanto a me sul divano, o un'ora dopo, quando iniziò a stiracchiarsi e lasciò che le prendessi i piedi e li poggiassi sulle mie gambe. Invece di spostarsi, mi sorrise, sfiorandomi la pancia con il piede, e poi si voltò di nuovo a guardare la TV. Mi sembrava tutto perfetto, e avrei voluto che non finisse mai.

La mattina seguente ero in cucina quando entrò Brandon strascicando i piedi. Sorrisi tra me e me, sapendo che Harper era da sola nel suo lettino allo studentato.

«Buongiorno».

Lui grugnì e afferrò una tazza. «Chiunque abbia fissato una lezione alle otto del mattino di lunedì deve avere dei grossi problemi».

Aggrottai la fronte e mi voltai di nuovo verso il timer del microonde. «Fratello, mi dispiace dirtelo, ma sono quasi le undici».

«Lo so, infatti sono appena tornato, ma questo non significa che sia sveglio».

«Divertente. Be', allora è stata una fortuna che Harper non sia rimasta qui a tenerti sveglio tutta la notte».

«Non ho intenzione di parlarne con te». Sospirò e finì di versarsi il caffè.

«Lo sai, vero, che ogni domenica lei è tutta per me? Ieri è stato... perfetto». Sì, dovevo ammetterlo, gliela stavo mettendo giù dura. La giornata era stata davvero perfetta, ma non in *quel* senso.

«Chase, sul serio fratello, non mi...».

«Dovresti vedere come si lascia andare quando non ci sei».

Lui mise giù la tazza con un movimento così brusco che rovesciò il caffè, e si aggrappò al bordo del bancone. «A che gioco stai giocando? Che ci guadagni se mi fai incazzare?»

«Oltre ad avere la principessa appiccicata a me quando tu non ci sei? Nient'altro, davvero».

«Figlio di puttana! Se ti azzardi a toccarla, ti uccido. Mi hai capito?»

«È un po' tardi ormai». Lo guardai mentre cercava di controllare la rabbia. «Anche con te gode ad alta voce?»

«Stai dicendo sul serio?», ruggì battendo un pugno sul bancone.

Io feci spallucce e mi avviai verso la porta. «Lo interpreterò come un no». Brandon aveva il respiro affannato e si sforzava in tutti i modi di evitare lo scontro fisico, ma io lo provocavo: era proprio quello che stavo cercando, perché ne avevo bisogno. *Ancora non riesco ad accettare che la mia principessa stia con lui, e ho bisogno di ricordarmi che io non l'avrò mai.* «A quanto pare, fratello, non la stai soddisfacendo granché. Ti consiglio di fare qualcosa prima che lei decida di rimanere nel mio letto per sempre. Perché quei gemiti che fa... cavolo, sono la cosa più dolce che abbia mai sentito».

Non finii di pronunciare l'ultima frase che Brandon aveva già fatto il giro del bancone, ma stavolta ero pronto. Lui era un lottatore, certo, ma questo non era il solito ring a cui era abituato: stavamo per scontrarci per una ragazza di cui lui era innamorato esattamente quanto me, quindi non stava pensando a nessuna strategia. Voleva colpirmi e basta. Ed era proprio ciò che avevo sperato. Mi prese per il colletto della camicia e mi sbatté contro il muro. Mi aspettavo che mi colpisse, e invece prese il muro accanto a me.

«Se la tocchi sei finito. Dannazione, stai lontano da lei, Chase!».

Aspettai finché non fece un passo indietro prima di mollargli un pugno sulla mascella. *Ben ti sta.* «Mi dispiace, non posso farlo».

Lui alzò lentamente lo sguardo su di me, digrignò i denti un paio di volte e mi sputò in faccia. Sangue. «Puoi, e lo farai. Lei è mia. Non mi lascerò trascinare in questa cosa: tu sei come un fratello per me». Fece un passo indietro e scosse la testa; poi si avviò verso la sua camera.

«Non mi meraviglio che lei venga di corsa nel mio letto. È ovvio che non riesci a finire quello che hai iniziato».

Brandon si bloccò e rimase così per un paio di secondi; poi si voltò e venne verso di me. Mi piombò addosso e sentii che mi mancava l'aria. Poi si spostò, ma prima che potessi riuscire a respirare mi sferrò un pugno nello stomaco.

«Stai. Lontano. Da. Harper».

«Non è colpa mia», ansimai, cercando di riprendere fiato, «se non riesci a farle urlare il tuo nome».

Proprio mentre Brandon prendeva la spinta per mollarmi un altro cazzotto, qualcuno lo circondò con le braccia per trattenerlo. Mentre Derek e Drew lo tiravano via, lui continuò a voltarsi e a scalciare verso di me. «Adesso basta, hai capito?».

Io mi sforzai di alzarmi e feci una smorfia per il dolore allo stomaco. *Dio santo, questi ragazzi dovrebbero davvero smetterla di interrompere le risse.* Brandon si liberò dai ragazzi e scattò verso di me, ma un attimo dopo arrivò anche Zach a trattenerlo, mentre Brad mi si era piazzato davanti e mi spingeva verso la mia stanza.

«Sei davvero un coglione, Chase. Perché non lo lasci in pace?»

«Perché sta con la ragazza che per me è tutto».

Capitolo 6

«Che cosa stai disegnando oggi?». La principessa si sporse dallo schienale del divano per guardare il mio album.

Nascosi subito il disegno appoggiandomi l'album contro la pancia e mi voltai a sorriderle. Aveva il viso così vicino che sentivo l'odore di menta della sua gomma da masticare. Dovetti fare uno sforzo sovrumano per non lanciarmi su quelle labbra ad assaporarle.

«Eh, no, non è carino da parte tua! È top secret?»

«Forse, o forse semplicemente non voglio che tu guardi i miei disegni». Non era vero: avevo notato come le si illuminava il viso mentre analizzava ogni mio disegno a casa dei miei genitori, e questo mi aveva fatto innamorare di lei ancora di più.

All'inizio non aveva capito che fossi un tatuatore e la sua reazione mi aveva strappato una risata, ma mi aveva reso felice, perché per una volta era rimasta affascinata, e non disgustata come accadeva di solito. Non guadagnavo certo come Brandon e, nonostante amassi la mia attività, spesso la gente mi trattava con sufficienza. Invece Harper fece un sorrisone e i suoi occhi scuri si fecero ancora più grandi quando le mostrai i miei album da disegno: avrebbe passato ore a sfogliarli.

«Dici sul serio? Sei davvero maleducato». Le sue dita mi sfiorarono la clavicola, ma mi liberai di botto dal suo tocco delicato: mi girai di scatto, mi inginocchiai sul divano in modo da averla di fronte e le bloccai le mani sul cuscino.

«*Questo* non è carino. Non è giusto, Harper, tu conosci i punti di pressione».

«Invece è giustissimo! È l'unica arma che ho per sperare di battere i ragazzi. A voi basta sollevarmi, e la lotta è finita».

Aggrottai la fronte, ma un attimo dopo le liberai le mani, la presi per la vita e la trascinai sul divano. Lei sussultò, e seppi che finalmente stava per arrendersi. Allungò le mani per toccare un altro punto di pressione, ma io mi distesi su di lei. La sua bocca si chiuse all'improvviso, le mani bloccate sul mio petto. Mi chinai su di lei, e a nemmeno un millimetro dalle sue labbra sussurrai: «Brava. Ora, se hai smesso di provare a farmi male, torno a quello su cui stavo lavorando».

Lei annuì, e io mi sollevai, sperando che non notasse la mia erezione. Raccolsi l'album dal pavimento e mi misi comodo. Harper si alzò dal divano, ma io le afferrai la mano e la riportai di nuovo accanto a me, senza distogliere gli occhi dall'album che tenevo sulle gambe.

«Ho detto che ero pronto a ricominciare a lavorare, ma non certo a farti andare via».

«Chase, devo soltanto...».

«Siediti qui con me».

Le stavo ancora stringendo la mano. Lei posò l'altra sulle nostre mani unite, e si mise a giocherellare nervosamente con le dita. «Allora, va bene se ti guardo?».

Io la scrutai nei suoi grandi occhi grigi e sussurrai: «Va molto più che bene. Per favore, non andartene».

Lei non ripose. Allontanò la mano dalla mia, piegò le gambe contro il petto e poggiò il mento sulle ginocchia mentre guardava l'album da disegno. Spalancò gli occhi e le si illuminò il viso. Dio, adoravo come reagiva davanti ai miei disegni.

In quel momento entrò Bree e fui contento che non fosse arrivata prima, quando ero steso sopra Harper. Non osavo immaginare cosa sarebbe successo. «Visto che oggi c'è brutto tempo abbiamo deciso di guardarci un film. Qualche preferenza?».

La principessa scosse la testa mentre studiava l'ultimo disegno, e io sorrisi. «Va bene qualunque film, io tanto devo lavorare».

Entrarono anche mamma e papà con delle ciotole di popcorn, e si misero a discutere con Bree per decidere quale film guardare per primo. Gli occhi di Harper non si staccarono mai dal mio foglio. Pensai che un giorno di questi avrei dovuto disegnarle qualcosa.

Harper si addormentò solo qualche minuto dopo il secondo film, e io avrei potuto spostarmi sul pavimento in modo da farla stendere sul divano, ma tenerla accanto a me per quelle due ore era stato fantastico, e poi potevo averla solo per un giorno alla settimana. Non mi sarei certo perso quell'occasione. Afferrai un cuscino e me lo poggiai sulla gamba sinistra, per poi adagiarvi delicatamente Harper. Lei non fece resistenza e subito si accoccolò contro di me. Aveva la pelle d'oca sulle braccia e sulle gambe, quindi presi la coperta dallo schienale del divano e gliela stesi sopra. Lei la afferrò senza rendersene conto e la tenne stretta, per poi allungarsi e riaddormentarsi. Era così bella quando dormiva. Quanto avrei voluto non aver perso tempo quella prima notte con lei. Quanto avrei voluto, al mio risveglio, guardarla dormire proprio come adesso! Avrei potuto passare ogni mattina della mia vita a guardarla dormire, e non mi sarebbe comunque bastato.

Una mano uscì da sotto la coperta per afferrare il cuscino, e la coperta le scivolò giù mostrando il suo seno perfetto. Stavo per coprirla di nuovo perché sapevo che avrebbe avuto freddo, ma lasciai scorrere lo sguardo lungo il collo e poi sul viso. La bocca era socchiusa, quelle ciglia incredibilmente lunghe che tanto adoravo erano adagiate appena sopra le guance, e i lunghi capelli le ricadevano scomposti intorno al viso, alle spalle, al petto. Sapevo che non avrei mai potuto dimenticare quel momento, ma volevo comunque immortalare quell'attimo nei minimi dettagli. Girai la pagina dell'album e feci un sospiro profondo prima di iniziare ad abbozzare i lineamenti della mia principessa. Speravo solo che non si svegliasse e si arrabbiasse.

Il film era quasi finito e stavo terminando anch'io il mio disegno, quando il rumore di una forte esplosione fece risvegliare Harper.

«È solo il film», mormorai a bassa voce per rassicurarla e le accarezzai la guancia. «Non ti muovere, principessa».

«Non mi devo muovere? E perché?»

«Ho quasi finito. Dammi un altro minuto».

Lei rimase ferma, ma per fortuna non mi fece altre domande. Io finii il disegno e scivolando da sotto il cuscino mi alzai dal divano per andare a inginocchiarmi a terra di fronte a lei. Rimase senza fiato e le si illuminarono gli occhi, e io non potei fare a meno di guardare quel labbro perfetto che avevo appena riprodotto su carta. Desideravo così tanto baciarla: quella ragazza bellissima non aveva idea dell'effetto che mi faceva. Non era più questione di volerla solo baciare: avevo *bisogno* di baciarla, avevo bisogno di sapere esattamente cosa avrei provato se avessi avuto quelle labbra sulle mie.

«Perché non dovrei muovermi?».

Le sue parole spezzarono il silenzio, e io mi bloccai. «Oh. Be'... ecco. Non ti arrabbiare, ok? Non volevo farti arrabbiare».

«Non bisogna mai dire a una persona di non arrabbiarsi, sai? Perché basta questo a farla arrabbiare».

Chase rise. «Be', allora non colpirmi e non usare di nuovo i tuoi trucchetti dei punti di pressione». Feci un bel respiro e poi sollevai l'album per mostrarglielo. Lei arrossì tutta e spalancò la bocca. «Merda», esclamai e lo allontanai di scatto, chiedendomi come avessi mai potuto pensare che sarebbe stata una buona idea mostrarglielo. «Sapevo che ti avrebbe fatto schifo».

«Chase, non faceva schifo. Posso vederlo di nuovo?».

Ehm. Cavolo. No.

I suoi occhi grandi guardarono dritto nei miei e mi supplicarono. «Ti prego».

Non poteva continuare a guardarmi così. Con quello sguardo mi avrebbe convinto a fare qualsiasi cosa. Le diedi il foglio e mi sforzai di sorridere, ma ero ancora arrabbiato con me stesso per averle fatto il ritratto di nascosto mentre dormiva. «Mi dispiace, ma eri troppo perfetta. Non potevo perdere questa occasione».

Arrossì di nuovo, ma io mi sforzai di non toglierle di mano il disegno mentre continuava a guardarlo. Passarono diversi minuti che mi sembrarono ore. «Chase, è...», si schiarì la gola scuotendo la testa, «...è incredibile».

«Davvero?». Non sapevo se me lo stesse dicendo per

farmi sentire meglio, ma il modo in cui mi guardò e il sorriso che mi rivolse, un sorriso infinitamente dolce, bastarono a scacciare via tutte le mie paure.

«Sì».

I suoi occhi guizzarono timorosi verso i miei, e come se all'improvviso si fosse resa conto di quanto fossimo vicini, si soffermarono sulla mia bocca e la sentii sospirare. Quando mi guardò di nuovo negli occhi, riuscii a vedere la sua profonda indecisione: avrei tanto voluto supplicarla di scegliere me. Non so chi dei due si fosse avvicinato per primo, ma proprio nel momento in cui eravamo vicinissimi dalla TV giunse una raffica di esplosioni, ed entrambi ci ritraemmo di scatto. Io mi voltai a guardare il televisore; poi lanciai un'occhiata ai miei genitori e a Bree. Mi ero completamente dimenticato di dove fossimo, e con chi. Mia madre sorrideva, cercando di non sbirciare, e io feci un sospiro mentre tornavo a guardare la mia principessa.

«Io... Ehm... Io... Vado a prendere un po' d'acqua», annunciò Harper.

Scossi la testa e la spinsi di nuovo sul divano. «Vado a prenderla io, principessa, tu rimani qui». Quando tornai in salotto, era seduta sulla poltrona con Bree, e mi domandai se non avessi definitivamente sprecato la mia ultima occasione. «Devo andare a lavorare un po', ci vediamo dopo». Porsi il bicchiere a Harper e salutai Bree toccandole la spalla; poi mi avvicinai a mamma e la baciai sulla guancia.

«Chase, non te ne andare; andrà tutto bene», sussurrò dolcemente.

«Non posso starle vicino in questo momento, mamma. Ci vediamo dopo».

Presi il furgoncino e tornai a casa mia per perdere un po' di tempo prima di andare al negozio, ma non appena vi misi piede, me ne pentii all'istante. I ragazzi erano tutti seduti in salotto a mangiare mentre guardavano la partita. Drew fu il primo a parlare.

«Ehi, sai che non mi ricordavo più la tua faccia?»

«Ah, ah, divertente. Chi sta vincendo?».

«Oh, mio Dio, c'è Chase!», esclamò Zach, e alzò un pugno mentre cercava di ingoiare il boccone. «Ti sei perso una festa fantastica venerdì. Ti ricordi quel tizio, Carter, l'amico della principessa?».

Già mi era venuto il disgusto e non volevo saperne nulla. Odiavo quel pagliaccio.

«Senti questa. Il tipo si porta fuori la principessa e la bacia proprio davanti a tutti. Le ha fatto una dichiarazione d'amore e l'ha baciata di nuovo, finché Brandon e Derek non si sono fatti avanti e lo hanno rimesso al suo posto. Poi è andato su tutte le furie quando Brandon si è rifiutato di fare a botte con lui e ha continuato a urlare e a dare fastidio. Alla fine Brad è stato costretto a far terminare la festa e ha mandato via tutti.

«Ottimo», sbuffai, e guardai Brandon come fosse pazzo. «Lui l'ha baciata e tu non hai fatto *niente*?».

Lui stava per replicare, quando Derek lo interruppe. «Ha gestito la cosa nel modo migliore, e a quanto pare la principessa ha gradito. Il mattino dopo l'ho sentita gemere».

Rimasi impietrito, e Brandon cominciò ad agitarsi e lanciò un'occhiataccia a Derek. «Chiudi il becco. Lo sai che non devi parlare di lei in questo modo».

Derek alzò le mani e sorrise. «Era solo per dire che, qualsiasi cosa stavate facendo, lei sembrava più che contenta».

«Taci, amico. Della tua donna puoi parlare quanto vuoi,

ma lascia stare la mia. Quello che facciamo non ti riguarda».

Strinsi i pugni, e Brad fece un passo avanti e iniziò a spingermi fuori dal salotto, sussurrando: «Non farlo, Chase. Non torneremo di nuovo su questa dannata questione. Lascialo stare. Loro due stanno insieme, lo sai, quindi la cosa non dovrebbe più sconvolgerti. Devi cominciare a fartene una ragione».

Dannazione, fino a poco tempo prima Harper era vergine e adesso per colpa di Brandon non lo era più. Altro che farmene una ragione! Volevo solo tornare dentro e farlo a pezzi, ma con tutti gli altri intorno non sarei riuscito a dargli neanche un cazzotto. Pensai ai momenti che avevo trascorso con lei, e poi a quello che avevo appena scoperto. Venerdì si era fatta baciare dal pagliaccio, sabato si era scopata il mio migliore amico, e oggi era sul punto di baciarmi? E aveva pure il coraggio di farmi sentire in colpa perché mi aveva visto con un sacco di ragazze, e continuava a ripetermi che la consideravo solo una delle tante. *Maledizione, guardati un po' allo specchio, principessa. Perché è evidente che* io *sono per te solo uno dei tanti.*

«Chase!».

Sospirai e mi maledissi, perché nonostante quello che avevo appena scoperto su di lei non desideravo altro che stringerla tra le mie braccia.

«Che fai, adesso non mi parli?».

Continuai a camminare lungo il corridoio e mi fermai soltanto quando me la ritrovai proprio di fronte, con le mani sui fianchi.

«Ma perché fai così?».

Diceva sul serio? Voleva davvero sapere perché mi comportavo così?

«Ho fatto forse qualcosa che ti ha offeso? È da domenica che non mi rivolgi la parola. Ultimamente sei bipolare. Non so mai cosa aspettarmi da te».

Aggrottai la fronte e la guardai. Non sapeva cosa aspettarsi da me? Almeno io, a differenza sua, ero sincero. Be', forse no, ma almeno non me ne andavo in giro a comportarmi da verginella innocente quando in realtà mi scopavo tutti.

Le guance di Harper avvamparono all'improvviso, e adesso davvero non ci capivo più nulla. Non era semplicemente arrabbiata con me? Perché pareva in imbarazzo? Batté le ciglia e aggrottò la fronte. Mi veniva da ridere: rieccola, la mia principessina orgogliosa.

«In ogni caso, mi sono stufata di cercare di capirti. Se vuoi fare il coglione, accomodati. Ma non puoi far finta ogni domenica, di punto in bianco, che tra noi sia tutto perfetto».

Oddio, davvero mi stava dicendo questo? Il problema non ero certo io che facevo il coglione, ma il modo in cui si comportava lei con gli altri ragazzi! «Ancora con questa storia?»

«Wow, è successo un miracolo. Quest'uomo parla!».

«Tu pensi che io mi comporti in modo ambiguo? Santo cielo, Harper, questa sì che è bella. Senti chi parla: la ragazza che mi ha ripetuto più volte di starle lontano, ma che si precipita tra le mie braccia non appena ha un problema con il fidanzato. Allora, vuoi che ti stia lontano oppure no?».

Feci un passo verso di lei, e un altro ancora quando lei indietreggiò. Mi avvicinai e le sussurrai dolcemente all'orecchio, come facevo quando volevo che si stringesse a me. E non rimasi deluso neppure quella volta. «Perché continui a combattere l'inevitabile, piccola? Tu mi vuoi. Persino in questo momento il tuo corpo sta tremando perché ti stai costringendo a non toccarmi. Mi basta sfiorarti per farti venire i brividi. E adesso dimmi di andarmene, dimmi che è quello che vuoi».

«Sei veramente un coglione. Non capisco perché non possiamo essere sempre amici. La domenica sono tua amica, tutti gli altri giorni invece nemmeno mi rivolgi la parola. Non mi sta bene. Voglio la stessa cosa, ogni giorno. Perciò deciditi e poi fammi sapere».

Cercò di oltrepassarmi e allontanarsi, ma io appoggiai la mano contro il muro, bloccandola e impedendole di lasciare il corridoio. «Te lo dirò, se tu lo dirai a me».

«Ma di che parli?»

«Mi sembra di essere solo uno dei tanti "ragazzi di Harper", ma a me non tocca nessuno dei privilegi. Quindi dimmi, se mi comporto da amico, potrò scoparti anch'io?».

Stavo cercando di trattenere un sorriso al pensiero di scoparmela per davvero, ma in un baleno mi ritrovai con la schiena contro il muro. Brandon era davanti a me, l'avambraccio premuto contro la mia gola.

«Che cazzo le hai detto?». Diventava sempre più rosso in viso, e premeva sempre più forte. Anche stavolta non potevo parlare, così gli sputai in faccia.

Poi a un tratto non sentii più la pressione sulla gola, ma prima che potessi riprendere fiato mi arrivò un pugno nello stomaco. Sollevai il braccio destro come per colpirlo, e lui si scostò beccandosi così il mio gancio sinistro.

«Oddio, fermatevi!». La voce preoccupata di Harper era forse l'unica cosa a cui avremmo potuto dare ascolto in quel momento, ma da troppo tempo aspettavamo quel confronto.

Brandon alzò la gamba, ma prima che potesse piantarmela nello stomaco io gli colpii l'altra gamba. Riuscii solo a colpirlo un'altra volta; poi mi bloccò per assestarmi un pugno sulla mascella, e sentii la bocca riempirsi di sangue. Gli sputai in faccia e tirai indietro il braccio per darmi la spinta e colpirlo, ma lui mi afferrò da dietro prima che potessi raggiungerlo. All'improvviso mi ritrovai le braccia bloccate dietro la schiena. Qualcuno mi stava allontanando da lì, mentre Derek bloccava Brandon con tutto il suo peso per impedirgli di alzarsi.

Mi dimenai e cercai di liberarmi da Brad e Zach che mi spingevano dall'altra parte del salotto. «Cazzo, Chase, datti una calmata. Sul serio, sono stufo di questa merda», sbuffò Brad e mi spinse ancora più indietro fino a quando noi tre non ci ritrovammo nel bagno grande. «Devi smetterla con queste stronzate! Lui non ti ha fatto niente, e stai rovinando la vostra amicizia per una ragazza che non ti vuole».

«Cavolo, se non mi vuole; voi non l'avete vista quando è con me».

«Eh? Che cosa?!», esclamò Zach, sgranando gli occhi. «Che hai detto?».

Brad lo spinse fuori dalla stanza e poi chiuse la porta sbattendola. «Non mi interessa se questa è casa tua, Chase. Devi finirla con questa storia. Lascia in pace Brandon e Harper. Quei due stanno bene insieme, e lo sai».

«No che non lo so, cazzo! Era vergine, e dopo neanche un mese e mezzo dall'inizio della loro relazione non lo è più! Lui dovrebbe prendersi cura di lei, e invece non lo fa!». Aprii la porta per andarmene, ma lui la bloccò con entrambe le mani e la richiuse.

«Perché, tu non avresti fatto lo stesso se avessi avuto una possibilità con lei? Non penso che sareste nemmeno durati così a lungo insieme, e probabilmente non avresti avuto neppure metà della sua discrezione! Brandon non permette a nessuno dei ragazzi di parlare di Harper in quel modo, e non parla mai di quello che fanno. Se scopano o no è una cosa che riguarda solo loro due, e lui si assicura che sia così. Almeno dovresti essergli grato per questo. Non la sta facendo passare per una puttana: la sta proteggendo, malgrado tutto! Sei tu quello che si vanta sempre delle sue conquiste. Non ti ci vedrei proprio a tenere la bocca chiusa su una come Harper».

Lo allontanai dalla porta con una spinta e gli puntai un dito contro. «Tu non sai proprio nulla di lei e di ciò che rappresenta per me, hai capito? Non ho intenzione di arrendermi finché non sarà mia».

«Se cerchi di fare a botte tutti i giorni con il suo fidanzato rovinerai qualsiasi possibilità ti sia ancora rimasta con lei!».

Sentii Brandon, Derek e Drew che urlavano dall'altra parte della casa, e spalancai la porta. Percorsi a grandi passi il corridoio e spinsi via Zach che cercava di impedirmi di entrare in salotto. Derek e Drew stavano facendo lo stesso con Brandon, che sembrava davvero molto incazzato. *Ottimo.*

«Allora, ho sentito che adesso lo sai anche tu, eh!», strillai rivolto a Brandon. «Le piace stare sotto di te, è così, *fratello*?».

Zach e Brad cominciarono a urlarmi di star zitto mentre Brandon minacciava di uccidermi, e Derek e Drew gli gridavano di stare calmo. Lui provò di nuovo ad aggredirmi, e i ragazzi colsero l'occasione per spingerlo indietro in corridoio e costringerlo a tornarsene nella sua stanza.

«Vattene!». Brad mi spinse verso la porta d'ingresso. «Esci da qui finché non ti sarai calmato!».

Se l'alternativa è rimanere qui ad ascoltarli mentre scopano, me ne vado volentieri. «Con molto piacere».

Non ero di turno, ma andai comunque al negozio e raccontai tutto a Brian. Lui la pensava come Brad. Bastardo.

«Chase, fratello, devi conquistartela, ma con l'astuzia. Stai facendo dei passi avanti con lei ogni domenica, ma poi all'improvviso fai delle stronzate come questa, e torni punto e a capo».

«Non posso sopportare il pensiero che stiano insicme. Il solo pensiero... Diamine, il solo pensiero mi fa incazzare ogni volta di più».

Mi squillò il telefono, e risposi senza neppure guardare chi fosse. «Sì?»

«Chase!», strillò Bree. «Che diavolo le hai fatto?».

Feci un respiro profondo e mi appoggiai al bancone della postazione di Brian. «A lei nulla». *A Brandon, piuttosto...*

«Brandon si è appena presentato qui allo studentato, in cerca di Harper, ma lei non è qui, e lui sbraitava contro di te quando se n'è andato. Quindi dimmi: cosa diavolo le hai fatto?»

«Merda, era a casa con Brandon quando me ne sono andato. Dove può essere andata, Bree?»

«Non lo so, Chase! Che cosa le hai fatto?».

Uscii dal negozio, salii sul furgoncino e inserii la chiave nel cruscotto. «Non le ho fatto niente, ho solo... merda, le ho detto una cosa».

«Che cosa?»

«Sono stato un coglione. Lei era arrabbiata perché continuavo a ignorarla, e le ho fatto notare che in realtà ha un paio di ragazzi e che io sono soltanto uno di loro, ma non godo del privilegio di scoparmela».

Bree ebbe un sussulto e ripeté quello che le avevo appena rivelato a qualcuno che era insieme a lei in quel momento. «Chase Grayson! Sei un vero coglione! Come ti è venuto in mente di dirle una cosa del genere? Lo sai che è vergine! Non mi meraviglio che se ne sia andata: l'hai messa di nuovo in imbarazzo!».

Soffocai una risata. «Vergine? Sì, come no».

«Che vorresti dire?»

«Che *era* vergine. So tutto su di lei e il suo migliore amico, e ho sentito anche che si scopa Brandon».

«Qualunque cosa tu abbia sentito, ti sbagli. Carter non le piace nemmeno! Lui ha tentato continuamente di baciarla, ma Harper lo ha respinto e gli ha detto di smetterla. E non fa sesso con Brandon, idiota! Lei e io parliamo di tutto, quindi so esattamente quello che fanno e non fanno, e posso assicurarti che non fa affatto sesso con lui. Sei proprio un coglione: a volte non riesco a credere che tu sia mio fratello. Trovala subito e rimedia a quello che hai combinato!».

«Che significa che non fa sesso con Brandon?»

«Significa esattamente quel che ho detto. A te che importa?».

Allontanai di scatto il telefono dall'orecchio e imprecai ad alta voce. «Bree, se lui la trova, fammelo sapere. Adesso devo andare».

Chiusi la chiamata e lasciai cadere il telefono nel portabicchieri. «Figlio di puttana!».

«Harper». Sospirai e mi morsi il labbro per soffocare un gemito quando vidi il suo sguardo ferito; poi si voltò e se ne andò dall'altra parte.

Ero già rincasato giovedì sera quando Brandon aveva telefonato a Derek per chiedergli dove l'avesse portata, sapevo quindi che Harper era al sicuro, esattamente come sapevo che aveva passato tutto il weekend in una camera d'hotel con Brandon. Ma questo non voleva dire nulla: aveva già passato interi weekend con Brandon nella sua stanza, e secondo Bree era ancora vergine. Quindi speravo che fosse andata così anche stavolta. Bree gridò il nome di Harper, e io capii che avevo solo qualche minuto a disposizione prima che se ne andasse. Le afferrai la mano e la bloccai.

«Principessa, fermati e parlami».

«Perché? Così puoi ripetermi di nuovo che mi consideri una troia?»

«Non è vero». Dio santo, avrei potuto essere più stronzo con lei? «Non credo che tu sia una troia. Mi hai solo beccato nel giorno sbagliato».

«Fammi indovinare, Chase: mi hai fatto male solo perché eri troppo arrabbiato… Ho ragione?».

Al sentirmi ripetere quella frase che io stesso le avevo detto, mi tornarono in mente i lividi sulle sue braccia e provai un terribile senso di colpa. La bloccai contro il muro e le scostai una ciocca di capelli che le nascondevano il viso, in modo da poter guardare i suoi occhi grigi. «È per questo che ti ho detto che non sarei mai stato degno di te. Non faccio altro che ferirti, principessa».

«Qui non si tratta di quanto sei degno. Io voglio solo esserti amica, e tu me lo impedisci».

Amica. Quella semplice parola mi fece così male che non riuscii neppure a pronunciarla. Non capiva che avevo bisogno di averla tutta per me, altrimenti preferivo rinunciare a lei? Perché essere suo amico mi faceva comunque sperare di potere cambiare le cose, pur sapendo che, per il suo bene, non sarebbe mai dovuto accadere. Poi scorsi di nuovo quell'espressione supplichevole nei suoi occhi, e capii che ero perduto: avrei fatto qualsiasi cosa per quello sguardo. Sempre. In preda all'esasperazione, agitai un pugno in aria e sussurrai con un filo di voce: «Ok, mi sta bene, siamo amici. Ma non mi devi più parlare, né a casa mia, né al college».

Lei sobbalzò come se le avessi dato uno schiaffo. «Cosa? Ma è così che è andata nelle ultime tre settimane! Non cambierà proprio niente».

«È l'unico modo». Mi voltai mentre mi sforzavo di dire qualcosa che la facesse scappare via. *Lasciala andare, amico, lasciala andare e basta.* I miei pensieri furono interrotti da un dolore che mi trafisse improvvisamente il petto, e mi voltai di nuovo a guardare quella ragazza, che per me era tutto. «La domenica è l'unico giorno in cui posso averti. È l'unico giorno in cui sei con me». Lei aprì la bocca per parlare, ma io la fermai: «Certo, lo so che non sei lì per me… Però ci sei. E lui no. Ho bisogno di quel giorno con te, Harper. Ma tutti gli altri giorni, tu sei sua, quindi è meglio che non mi avvicini troppo. Perciò stammi lontana. Per favore».

«Chase…».

«Se pensi che sia facile far finta che tu non esista, ti sbagli di grosso: è la prova più difficile che abbia dovuto sostenere in tutta la mia vita. Odio non parlarti, odio non bisticciare come se fossimo una coppia sposata da anni, odio non passare ogni singolo giorno al tuo fianco, ma è così che deve andare: Brandon mi odia e, principessa, credimi se ti dico che ne ha ogni diritto. Perciò se dopo tutto quello che ti ho fatto sei ancora convinta di volere la mia amicizia, dobbiamo accontentarci solo delle domeniche».

«Per Brandon non è un problema se siamo amici».

Ah, principessa! Sei sfrontata e dolce come nessun altro, ma non sei affatto sciocca. «So che non sei così ingenua. Adesso va' a pranzo con mamma e Bree, e poi torna subito qui, così potrò godermi le poche ore che mi è permesso passare con te».

«Chase?», fece, senza voltarsi, dopo aver fatto qualche passo verso la porta.

«Sì, principessa?».

Fece un respiro profondo e si guardò indietro, catturando i miei occhi con il suo sguardo. «Per favore, puoi smetterla di farmi del male... in ogni senso?».

Maledizione. Posso anche passare il resto della vita cercando di rimediare a tutto quello che le ho fatto, e ancora non riuscirò a perdonarmi. Mi precipitai verso di lei e la abbracciai forte, tentando di memorizzare quello che provavo nello stringerla tra le braccia. Inspirai il suo profumo di vaniglia, e avrei tanto voluto prometterle che non l'avrei mai più ferita in alcun modo, ma entrambi sapevamo che non sarei stato in grado di mantenere quella promessa, mai. «Vai a mangiare, tesoro». Le diedi un ultimo abbraccio; poi la lasciai andare e mi voltai per salire le scale.

Capitolo 7

«Ciao tesoro! Non mi aspettavo di vederti stasera. Tu e i tuoi amici non avevate organizzato una festa?»

«Ah, sì? Non mi aspettavate? Ma è la vigilia di Capodanno!».

Mia madre spalancò gli occhi e lanciò una rapida occhiata a papà. «Be', ultimamente non ti sei fatto vedere molto. Sei venuto soltanto per un'oretta a Natale...». Si interruppe e mi guardò, aspettandosi una giustificazione.

Ma io non ne avevo. Be', in realtà sì, ma non avevo voglia di parlarne. Brandon aveva portato la mia principessa in Arizona per trascorrere lì una parte delle vacanze invernali. L'aveva portata *a casa*. Sapevo che la amava, e sapevo che ormai era una storia seria, ma non ero pronto al fatto che potesse essere *così* seria. Nelle ultime due settimane avevo passato ogni momento libero a fare surf o al negozio: cercavo di tenermi impegnato per non pensare a Harper. E a Natale, quando mia madre era scoppiata a piangere perché i regali di Harper erano ancora sotto l'albero, io me n'ero andato. Già dovevo sopportare il fatto che quei due se ne fossero andati via insieme e fossero sempre più innamorati: non avevo certo bisogno che la mia famiglia me lo ricordasse. Ma, grazie a Dio, quella sera Harper sarebbe venuta a casa, e mia sorella aveva promesso che sarebbero rimaste con noi per il resto delle vacanze. Per due settimane l'avrei avuta soltanto per me, senza Brandon di mezzo, e non vedevo l'ora.

Alzai lo sguardo e mi accorsi che i miei genitori stavano ancora aspettando una risposta. «Sono stato impegnato, ma adesso sono più libero».

I miei accolsero e abbracciarono gli invitati che stavano entrando in casa e io salutai educatamente, anche se non mi importava degli altri ospiti: mi interessava soltanto lei.

«Bree e Harper non sono ancora arrivate?»

«Non so neppure se verranno. Pensavo venissero a casa tua, stasera, a festeggiare».

A casa mia? No, grazie, non volevo passare l'ultimo dell'anno con Harper e un mucchio di studenti ubriachi. «Adesso mando un messaggio a Harper. Non voglio che vadano alla festa stasera».

Sarete a casa stasera?

«Chase, tesoro?»

«Mmm?»

«Sai, tra lei e Brandon sta diventando una cosa seria. Pensi che... magari non sarebbe il caso di...?».

Guardai mia madre e inclinai la testa. «Non sarebbe il caso di fare cosa, mamma?»

«Forse dovresti smetterla di aspettarla, che dici? Stai rovinando la tua amicizia con Brandon per una ragazza che è innamorata di un altro. Non ne vale la pena, tesoro».

Il mio telefono vibrò, e abbassai gli occhi.

PRINCIPESSA: No, passiamo la serata in famiglia.

Perfetto.

Sorrisi tra me e me e guardai di nuovo i miei genitori. «Quando si tratta di quella ragazza, mamma, non importa nient'altro. Quindi no, penso che non dovrei smetterla. Ti voglio bene». Le diedi un bacio sulla guancia e salii di sopra a tirar fuori il regalo per Harper.

Afferrai la scatola incartata: dentro c'era l'anello che avevo trovato qualche settimana prima, mentre camminavo verso il furgoncino, e sperai con tutto il cuore che la principessa accettasse il mio regalo. Oltre ai gigli rossi, di cui l'avevo sentita parlare spesso con mamma e Bree, il simbolo della trinità era l'unica cosa che le piacesse, ne ero sicuro. Non sapevo quale significato avesse per lei, ma dovunque fossimo, se lei si trovava in mano carta e penna, finiva per disegnare quel simbolo: su un fazzoletto, un foglietto di carta, sul polso… dappertutto. Quindi quell'anello, con il simbolo della trinità intrecciato, era il regalo perfetto per lei. O almeno lo speravo.

Camminai in tondo in camera mia per quelle che mi sembrarono ore, finché non sentii Harper, Bree e i miei genitori parlare tutti emozionati nella stanza accanto. Sbuffando, mi sedetti sul letto e chiusi gli occhi mentre ascoltavo la voce di Harper. Santo cielo, quella voce mi era mancata. Mi era mancato tutto di lei. Fin dalla settimana del Ringraziamento – quando non ero più riuscito a trattenermi e avevo provato a baciarla, ma lei mi aveva supplicato di non farlo – non l'avevo neppure sfiorata, e quella distanza mi stava facendo impazzire. Quelle ultime due settimane che avevo trascorso senza vederla erano state le più lunghe della mia vita, e non sapevo se ora sarei riuscito a mantenere le distanze.

Sentii che le dicevano che le avrebbero dato il tempo di riposarsi un po' e, non appena la porta si richiuse, feci un ultimo respiro profondo e mi avviai verso la camera di Bree. Bussai piano mentre aprivo la porta, e giuro che il mio cuore si fermò quando vidi Harper seduta sul pavimento.

«Ehi, principessa».

Quando alzò lo sguardo e mi vide spalancò gli occhi. «Chase. Non pensavo che ci fossi anche tu».

Merda, avrei dovuto dirglielo. «Ti ho chiesto se stavi venendo a casa».

«Vero, ma pensavo che ti riferissi a casa tua».

La guardai mentre mi scrutava, cercando di capire se fosse felice o meno di vedermi. All'improvviso mi sentii mancare l'aria e vidi che il suo petto si alzava e si riabbassava in fretta. Dovevo smetterla: non ero stupido, sapevo che era davvero innamorata di Brandon; chiunque fosse stato nella stessa stanza insieme a loro lo avrebbe capito, ma quando mi vedeva le sue reazioni non erano le stesse che manifestava con Brad o con Konrad, il ragazzo di Bree. Si morse il labbro dolcemente e un leggero rossore le coprì le guance. Dio, era bellissima. Poi notai tutti i regali che aveva intorno e mi ricordai il motivo per cui ero lì. Feci qualche passo verso di lei e mi sedetti abbastanza vicino da sentire il calore del suo corpo, anche se non così vicino da toccarla.

La mia mano tremava mentre le porgevo l'anello, e parlai con voce emozionata. «Buon Natale, Harper».

Rimasi con il fiato sospeso mentre lei guardava la scatolina incartata, e risi per il sollievo quando dopo un po' chiese: «Perché?»

«Perché sei la mia ragazza preferita, ricordi? Appena l'ho visto, ho capito che dovevo assolutamente prenderlo. Ti prego, aprilo».

Mentre la guardavo sollevare l'astuccio, il cuore mi martellava così forte contro il petto che di sicuro poteva sentirlo anche lei. Sussultò e poi sgranò gli occhi mentre guardava l'anello. Quando alzò di nuovo lo sguardo verso di me, fui sollevato di vederla scuotere la testa con un'espressione meravigliata. Poi mi chiese: «Come facevi a saperlo?»

«Ogni volta che ti ritrovi in mano un pezzo di carta disegni questo simbolo».

Lei annuì e con voce soffocata mormorò: «Chase…». Chinò la testa, ma riuscii a vedere lo stesso le lacrime che le rigavano il viso. Dannazione.

«Non piangere, Harper. Se non ti piace, o ti dà fastidio che te l'abbia comprato io, non c'è problema: lo riporto indietro».

«Lo adoro! Ti prego, non portarmelo via».

Allora perché stai piangendo, spezzandomi il cuore?

«E allora cosa c'è che non va?». Le sollevai il mento e le asciugai le lacrime mentre la guardavo negli occhi. Mi si bloccò il respiro quando finalmente la toccai di nuovo dopo tanto tempo, e il mio cuore cominciò a martellare impazzito quando i suoi occhi si chiusero per qualche istante.

«Non ho mai avuto niente di tutto questo prima. E non mi riferisco solo ai regali… ma all'amore che mi dà la tua famiglia. Adesso so cosa significa, è così straordinario. Non ho proprio idea di cosa possa aver fatto per meritarmi tanto, e non so davvero se riesco a farvi capire quello che provo».

«Ma certo. Credimi». Guardai il suo bellissimo viso rigato di lacrime e le asciugai gli occhi. C'erano così tante cose che avrei voluto dirle in quel momento. *Ti amo.*

Vorrei che fossi mia. «Tu sei speciale, Harper. Non è difficile amarti». Dovetti andarmene subito, temendo di aggiungere qualcos'altro che poi l'avrebbe fatta scappare via da me, ancora una volta. Senza pronunciare un'altra parola, mi alzai e uscii dalla stanza.

Tornai in camera mia e cercai di convincermi ad andare via ora che le avevo dato l'anello, ma poi sentii lo scroscio d'acqua nella doccia e mi buttai sul letto soffocando un gemito. Mi passai le mani sul viso mentre mi sforzavo di non immaginare la principessa nuda nella doccia, ma non ci riuscivo. Dovevo ringraziare mia sorella per aver convinto Harper a indossare il bikini e ripensai a quando l'avevo vista in spiaggia o distesa a bordo piscina a casa mia. Quei costumi non lasciavano molto alla fantasia, e quelle immagini miste al rumore dell'acqua che in quel momento scorreva nella doccia stavano facendo esplodere la mia erezione, che era già diventata dolorosa. Erano passati mesi dall'ultima volta che ero stato con una ragazza, e anche prima Harper era stata al centro delle mie fantasie. Non fu diverso nemmeno quella volta. Sbottonai velocemente i jeans e dovetti trattenere un altro gemito quando finalmente venni.

«Chase». Qualcuno bussò forte alla porta. «Tuo padre mi ha detto che sei qui. Ha bisogno del nostro aiuto per trasportare dentro alcune cose».

Dovete per forza rompermi i coglioni? Mi piaceva Konrad: trattava bene mia sorella e si trovava a suo agio in famiglia, ma in quel momento l'avrei ucciso.

«Chase, figliolo». Sentii la voce di papà in fondo al corridoio. «Andiamo. Ci sono delle ghiacciaie e un sacco di cibo da portare dentro».

Fantastico. Ormai qualsiasi fantasia potessi avere su Harper, mi era passata. Mi ricomposi e mi si sistemai i pantaloni prima di aprire la porta. «Bene, andiamo allora».

L'ultimo carico era abbastanza piccolo per riuscire a trasportarlo in due, così io e mio padre tornammo fuori a prenderlo, mentre Konrad andò a cercare Bree. Dovevo assolutamente andarmene via di lì se volevo mantenere un minimo di controllo, ma quando vidi la principessa vicino a uno dei tavoli dove si giocava a poker, in piedi dietro Bree e Konrad, capii che invece sarei rimasto. Era stupenda, anche più del solito. Mi tornò in mente come me l'ero immaginata soltanto dieci minuti prima, e lottai contro il desiderio di prenderla e portarla nella mia stanza per assistere a quella scena dal vivo. Quando la osservai di nuovo mi accorsi che anche lei mi stava guardando, e arrossì, posando di nuovo gli occhi sul tavolo del poker.

Notai un posto vuoto al tavolo e mi avviai in quella direzione, studiando ogni centimetro del suo corpo mentre mi avvicinavo. Vidi scintillare qualcosa e, guardandole la mano, notai che portava al dito l'anello che le avevo appena donato. Mi si gonfiò il petto d'orgoglio, e non potei fare a meno di prenderle la mano destra e sfiorare l'anello per un istante; poi lasciai la presa e andai a sedermi.

La partita procedeva in fretta: non stavo vincendo ma, grazie a Dio, non stavo neanche perdendo troppo. Per la maggior parte del tempo rimasi con lo sguardo puntato su di lei, e mi concentrai molto poco sulle mie carte e sulle mosse degli altri giocatori: un metodo infallibile per perdere tutti i soldi che avevo puntato. Ma ne valeva la pena, solo per poter guardare finalmente la mia principessa dopo ben due settimane.

«Devo correre in bagno». Konrad si alzò in piedi, stiracchiandosi. «Prendi il mio posto, ragazzina, ma ti prego, non farmi perdere altri soldi».

Non avevo mai capito perché Konrad la chiamasse "ragazzina", ma non potevo certo dirgli nulla visto che anch'io le avevo affibbiato un nomignolo. La osservai mentre prendeva posto e fece un'espressione corrucciata mentre studiava le carte. Dio santo, era davvero una schiappa a giocare a carte, ma era divertente vederla provare.

«Meglio se ci passi subito tutte le sue *fiches*, principessa, tanto non ci saranno più quando Konrad tornerà». Le feci un sorrisetto e vidi le sue guance colorarsi di quel rossore che tanto adoravo.

Bree le si avvicinò per sussurrarle qualcosa nell'orecchio, e io la osservai con attenzione mentre lei e Harper parlavano a bassa voce.

Il mio sorriso si dileguò quando Harper impallidì, aggrottò la fronte e s'intristì all'improvviso. Cosa diavolo le aveva detto Bree?

Konrad tornò al tavolo prima che arrivasse il momento di scoprire le carte, e notai che Harper evitava di guardarmi; poi d'un tratto si alzò e si allontanò dal tavolo. Ma cosa diamine stava succedendo? Lanciai un'occhiataccia a mia sorella, che invece era impegnata a flirtare con il suo ragazzo. Se ne stava seduta lì a divertirsi, quando era ovvio che in qualche modo aveva ferito la principessa. Cercai Harper e la vidi parlare con i miei genitori, per poi dirigersi lentamente in cucina.

Posai le carte sul tavolo, lanciai le mie *fiches* a Konrad per ripagarlo di tutti i soldi che gli stava facendo perdere Bree e mi alzai in fretta. «Io non gioco più». In cucina, vidi Harper che aveva tirato fuori dal frigo cinque birre e le stava poggiando sull'isola. Scossi la testa. «Oh, oh. Se non bevo io, non bevi nemmeno tu».

Lanciò uno sguardo nella mia direzione, per poi abbassare di nuovo gli occhi. «Be', allora perché non ti prendi una birra?»

«Perché non bevo più».

Si mise una mano sul fianco e finalmente si voltò verso di me. «Da quando?».

Da quando? Smisi di guardarmi intorno in cucina e puntai gli occhi su di lei. *Non ha notato tutti i cambiamenti che ho fatto per lei da quando l'ho incontrata?* «Da quando mi sono comportato come un coglione e ho ferito la mia principessa».

Spalancò gli occhi, e sentii che stava cercando di riprendere fiato. «Oh… non me n'ero accorta».

«Sei stata tu a dirmi che dovevo smettere».

«Ma non dovevi mica farlo per forza, Chase. Sei adulto, puoi fare quello che vuoi».

«Lo so. Ma non ho mai ottenuto niente di buono grazie all'alcol, in ogni caso». *E se avessi continuato a bere, non ti avrei mai avuta.* Non che adesso invece fosse mia… ma l'alcol mi avrebbe tolto anche quelle poche possibilità che mi restavano.

Lei batté le ciglia e abbassò di nuovo gli occhi sulle birre che stava per portare via. «Ce ne facciamo una a metà? Non succederà nulla se ti bevi mezza birra, giusto?».

Non sarebbe successo nulla neanche se me ne fossi bevute tre, ma non c'era motivo di ricominciare con l'alcol. Sorridendole, cercai di imitare la sua voce. «Credo che il mio corpicino possa reggerla».

«Sei un cretino. Dammi una mano a portare queste, sono seduta al tavolo di tua madre».

Tornammo al loro tavolo, e io mi presi una sedia e la accostai a quella di Harper, per poterle stare vicino. La guardai chinarsi per sussurrare qualcosa a mia madre e pensai che se Harper fosse stata mia moglie sarebbe stata perfetta nella mia famiglia. Quel pensiero mi assalì all'improvviso, e dovetti appoggiarmi allo schienale mentre quella fantasia mi travolgeva la mente. Ogni sentimento che Harper suscitava in me andava oltre qualsiasi cosa avessi mai sperimentato, eppure prima di quel momento non avevo mai pensato al matrimonio. In cuor mio, sapevo però che se avessi potuto sposare Harper lo avrei fatto immediatamente. La guardai ridere con mia madre, e i suoi occhi guizzarono verso di me per pochi intensissimi istanti, prima di tornare a posarsi sul tavolo. *È ufficiale. Sono cotto di questa ragazza.*

Stava per iniziare il conto alla rovescia di Capodanno e pian piano la gente lasciava i tavoli da poker per prendere posto davanti ai televisori. Ci rimasi male quando la mia principessa si alzò senza degnarmi di uno sguardo o una parola e si diresse verso Bree. Poi la vidi lanciare un'occhiata a Bree e Konrad che stavano pomiciando, e rise tra sé e sé scuotendo la testa. Sollevò la mano destra e guardò l'anello che le avevo appena regalato, e ciò che fece dopo mi convinse a prendere finalmente la mia decisione. Mentre guardava l'anello, si morse il labbro inferiore, le guance le si arrossirono leggermente e fece un sorriso dolcissimo; poi rimise giù il braccio e riprese a guardare la TV. In quel momento ebbi un'illuminazione. Mi resi conto che avrei dato tutto per sposare quella ragazza, e ancora non l'avevo baciata. Ma adesso non avrei più aspettato. Mi diressi verso di lei. La afferrai da dietro per la vita e la trascinai nel corridoio buio. Lei ebbe un sussulto, ma mi misi subito davanti e le chiusi la bocca, spingendola di schiena contro il muro. Alzò lo sguardo per incontrare il mio, e io le presi il viso tra le mani e le sfiorai dolcemente le guance con i pollici mentre la guardavo negli occhi scuri. Schiuse leggermente le labbra, e anche se in casa stavano facendo tutti il conto alla rovescia la sentii prendere fiato e poi finalmente, *finalmente*, premetti le mie labbra sulle sue. Sentii il suo corpo irrigidirsi per qualche istante; poi si rilassò e mi gettò le braccia al collo. Quando iniziò a muovere la bocca contro la mia, pensai che potevo anche morire, perché ero felice.

Le accarezzai con la lingua quelle labbra che amavo così tanto e gemetti quando le dischiuse. La trascinai verso la parete di fronte, le lasciai il viso e le afferrai i fianchi per stringerla tra le mie gambe. Lei si abbandonò volentieri e, quando premetti una mano sulla sua schiena per spingerla verso di me, la sentii gemere nella mia bocca e inarcare il corpo contro il mio. Mi staccò le mani dal collo per chiuderle a pugno nella mia camicia e stringermi più forte, e io sorrisi, mordicchiandole il labbro e baciandola di nuovo. Quando ci staccammo l'uno dall'altra, avevamo entrambi il respiro affannato. Appoggiai la fronte contro la sua, mentre cercavo di riprendere fiato.

Lei si portò una mano al petto ma non disse nulla. Si rifiutava di guardarmi e continuava a fissare il pavimento. Ma io avevo bisogno che mi guardasse, avevo bisogno di sapere cosa stesse pensando. Quel bacio non era stato ciò che avevo sperato quando finalmente avevo deciso di baciarla: era stato molto di più. Era stato appassionato, famelico, come se non potessimo averne mai abbastanza l'uno dell'altra. *Allora, perché adesso non mi guarda?*

«Harper».

Lei spalancò gli occhi all'improvviso, e sentii una fitta allo stomaco. Aveva un'espressione stravolta, ferita. Io non mi ero mai sentito così vivo, e lei sembrava invece sul punto di scoppiare in lacrime.

«Penserò a questo bacio per il resto della mia vita». La allontanai delicatamente da me e vidi il dolore guizzare nei suoi occhi. Chissà, forse avevo appena commesso il peggior errore della mia vita. Mi incamminai spedito verso il furgoncino e mi allontanai da casa dei miei il più in fretta possibile. Se Harper si era pentita di quel bacio, non volevo saperlo. Perché ero certo che non sarei stato in grado di sopportarlo.

«Chase, piantala».

Colto di sorpresa, mi voltai e aggrottai la fronte. Era Brad. «Eh?»

«Che ti sta succedendo? Devo ammettere che nelle ultime settimane è stato piacevole non vedere te e Brandon litigare per tutto il giorno, ma è da un po' che non fai che rispondere male a tutti ed evitare i tuoi coinquilini, e ogni volta che ti vedo... sembri uno zombie! Che succede?»

«Niente».

Prima che potessi afferrare la maniglia, lui bloccò la porta con la mano e ricominciò: «Una volta eravamo amici, ma qualunque cosa ti stia succedendo adesso, li stai perdendo tutti gli amici, me incluso».

«Che vuoi dire, amico. Lo sai bene cosa mi sta succedendo, e stai prendendo le difese di Brandon».

«Non è così. Ti stai solo comportando male. Stai causando inutilmente guai, e chiunque si sente a disagio a stare nella vostra stessa stanza».

«Ecco, lo vedi? Per questo non ci sono mai».

«Ti rendi conto di quanto sia stupido questo tuo comportamento?». Indicò tutt'intorno con la mano. «Diamine, questa è casa tua, e tu non ci sei mai. Senti, amico, lo so che quella ragazza ti piace...».

«La amo», gli rivelai interrompendolo, e Brad spalancò gli occhi.

«Ehm... ho capito. So che la *ami*, ma hai perso la tua occasione. Be', almeno per adesso. In questo momento Harper sta con Brandon, e se speri che un giorno tu e lei vi metterete insieme devi smetterla di comportarti così».

«Succederà», mormorai guardando la porta d'ingresso. «Io so che anche lei mi vuole».

«Be', cavolo, lo spero proprio, Chase! Non ti ho mai visto interessato a una ragazza per più di qualche minuto. Quando Natalie viene qui non la guardi nemmeno, ed è l'unica con cui sei stato a letto più di una volta. So che ci tieni moltissimo a Harper: non sono cieco! Ma se sei così sicuro che ti voglia anche lei, allora non mandare al cesso la tua amicizia con Brandon per causa sua».

«Brandon è preso esattamente quanto me, quindi è impossibile».

«Be', allora serve che ti inventi qualcos'altro, perché non è questo il modo giusto di affrontare la situazione».

Sospirai e mi voltai verso di lui. «Abbiamo finito, dottor Strizzacervelli?».

Brad scosse la testa. «Sul serio, amico, che cazzo ti succede?»

«Senti, mi dispiace, so che ultimamente ho fatto lo stronzo. Io... non so come spiegarlo... Se qualcuno uscisse con Sarah, tu che cosa faresti?»

«La mia Sarah?». Annuii, e lui continuò: «Lo gonfierei di botte e me la riprenderei».

Alzai le sopracciglia, continuando a guardarlo negli occhi.

«Ma è diverso, fratello. Sarah e io stiamo insieme da due anni! Tu non sei neppure mai stato con Harper».

«Lo so, ma se lei mi dicesse di sì, la sposerei oggi stesso».

«Chase», esclamò guardandomi come se fossi pazzo, «ma se nemmeno la conosci!».

«Sì che la conosco, e farò qualsiasi cosa per averla. Pensa ciò che vuoi, ma non far finta di non aver visto come mi ha ridotto, senza neppure volerlo. Non si è neppure accorta che avevo smesso di bere per lei. Dalla fine di agosto non ho avuto nessun ragazza. Non ho neppure *pensato* a qualche ragazza. E lo stesso è stato con l'alcol. Ma la cosa buffa è che non mi importa nulla. Non mi importa di essermi perso tutte le feste degli ultimi quattro mesi. Tutte queste cose non mi interessano più: mi importa solo di lei. E uno di questi giorni sarà mia». *O almeno, lo spero proprio.*

Lui fece un passo indietro, sollevando le mani. «Ok, amico... va bene. Cerca solo di essere un po' più furbo, capito?».

Io gli feci un sorrisetto e annuii mentre aprivo la porta d'ingresso. «Mi lascerò ispirare da lei».

Era quasi una settimana che non vedevo né sentivo la principessa, da quando l'avevo baciata alla festa di Capodanno, e ogni giorno Brian mi faceva sentire un cretino per essermene andato via subito dopo averla baciata. Aveva persino fatto venire Marissa al negozio a farmi una ramanzina: secondo loro, in quel modo non avevo fatto altro che ferirla ancora di più. Non sapevo se avessero davvero ragione, ma ero deciso a scoprirlo.

Una domenica avevo sentito le ragazze discutere in cucina. Parlavano di fiori, e Harper aveva detto che i suoi preferiti erano i gigli rossi. Non potevo certo regalarglieli io, ma era una cosa che mi era rimasta impressa e avevo disegnato quattro grandi gigli rossi che avrei voluto tatuarle addosso. Lei in effetti voleva un tatuaggio, e io le avevo rivelato che ne avevo uno in serbo per lei, ma avrebbe scoperto di cosa si trattava solo a opera conclusa. Però, non era ancora venuta in negozio solo perché sapeva che Brandon glielo avrebbe impedito. Peccato che lui adesso fosse in Arizona! Salii sul furgoncino e tirai fuori il telefono.

Allora... vieni a farti quel tatuaggio?
PRINCIPESSA: Quando sei libero?
Dici sul serio?
PRINCIPESSA: :) Prendimi un appuntamento. Verrò.
Apriamo alle quattro, vieni.
PRINCIPESSA: Posso sapere che cosa mi tatuerai?
Lo vedrai quando sarà finito. Ti avverto, ci vorranno ore.
PRINCIPESSA: Chase, ti giuro che se mi disegni addosso qualcosa che non mi piace... ti ammazzo.
Ti prometto che lo adorerai.
PRINCIPESSA: Non farmene pentire.
Ci vediamo tra un paio d'ore, principessa.

Evvai!

Misi in moto e mi diressi a tutto gas al negozio per lavorare al disegno, così sarei stato pronto per quando fosse arrivata Harper. Avevo quasi finito quando entrò Brian.

«Grazie al cielo Chase è tornato in sé: finalmente ha fatto sesso con qualcuno!».

Alzai gli occhi e lo guardai con aria interrogativa.

«O forse no».

«La seconda che hai detto», mormorai mentre tornavo al mio disegno.

«Allora come mai quel sorriso smagliante?»

«La principessa sta venendo qui a farsi tatuare da me».

«Non posso crederci! Devo dirlo a Riss!».

Lo guardai sbuffando. «Ma devi dire proprio tutto a Marissa?».

Brian addentò con aria famelica il suo burrito e fece uno sguardo stranito. «Be'... sì».

Scossi la testa e tornai al mio disegno.

«Riss ha detto che è fantastico che Harper venga qui», mi riferì lui dopo un po', dando un altro morso. «Secondo lei, o non è poi tanto arrabbiata con te, oppure è curiosa di vedere come va a finire».

«Ringraziala per l'interessamento, Bri».

«E vuole sapere se hai intenzione di baciarla».

Lasciai cadere la penna e alzai lo sguardo. «Brian, non lo so, amico. Innanzitutto, non pensavo che Harper avrebbe accettato; e non so neppure se si presenterà. Di' a Marissa che, se è così interessata, può venire a vedere di persona». Brian diede un altro morso al suo burrito, annuì e cominciò a digitare sul telefono. «Ehi, no, non dirglielo per davvero! Non voglio far arrabbiare la principessa! E quindi devi fingere di non sapere neppure chi sia. Probabilmente scapperebbe via urlando se vedesse i sorrisetti che mi fai quando ti parlo di lei. Penserà che sei un tipo strano, Bri, quindi cerca di stare calmo».

«Non posso stare calmo», replicò con un'alzata di spalle. «Se faccio la parte del tipo silenzioso e introverso, lei penserà: "Cavolo, quel tizio è così sexy", e ti lascerà a secco perché si invaghirà di me».

La gomma che stavo masticando mi andò quasi di traverso e dovetti aspettare un paio di minuti prima di rispondere. «Hai appena detto "sexy" con la voce un po' roca, o sbaglio? Caspita, abbiamo un vero sciupafemmine qui!». Risi e scansai l'involto appallottolato del burrito che mi era precipitato addosso. «E dovrebbe lasciarmi per te? Ma per favore, Brian. Sei un capellone, hai la barba di giorni e giorni, e sei coperto di tatuaggi e piercing. Te l'ho detto, scapperà via urlando».

«Che dici? Tu sei pazzo, amico».

«E tu ti atteggi troppo. Lasciami stare adesso, voglio finire questo disegno prima che arrivi la principessa».

«Scommetto che tra poco mi toccherà scrivere a Riss la telecronaca in diretta».

Io scossi la testa. «Fa' quello che vuoi, ma tieniti a distanza».

Trenta minuti dopo, avevo già terminato il disegno e me ne stavo seduto ad aspettare insieme a Brian, quando vidi entrare in negozio la principessa. Era in tuta, ma nonostante questo mi sembrò più bella di qualunque altra ragazza avessi mai visto.

«Merda, è lei»?, chiese Brian, e io annuii mentre mi alzavo. «Diamine, devo assolutamente farle una foto e mandarla a Marissa: certo che la tua ragazza è proprio sexy».

«Santo cielo, non fare l'idiota. Ricorda, devi rimanere invisibile. Tu sai tutto di lei, ma lei non sa niente di te». Mi avviai verso l'entrata e, quando lei mi sorrise, ebbi l'impressione di aver ricominciato a respirare dopo giorni e giorni di apnea. Le presi la mano e la accompagnai alla mia postazione.

«Non ci credo, sei venuta davvero».

«Lo so, me la sto facendo sotto».

Merda. «Allora non lo faremo, principessa. Aspetteremo che tu sia pronta».

Lei spalancò gli occhi e scosse la testa. «No, no. Lo voglio fare oggi, ma ho paura che faccia male, ed è davvero strano non sapere cos'è. Ti prego, fammelo vedere».

Eh, no. Doveva rispettare il patto. «Voglio essere sincero: farà male, ma la reazione è soggettiva, cambia da persona a persona. Alcuni odiano i contorni, altri le ombreggiature. Altri ancora non sentono proprio niente e c'è chi invece soffre per tutto il tempo. Te l'ho detto, ti farà impazzire, ma è una sorpresa, non posso dirti cos'è».

Lei mi morse il labbro e si guardò intorno per qualche istante; poi si voltò di nuovo verso di me. «Va bene, mi voglio fidare di te, Chase».

Le misi una mano dietro la nuca e la strinsi a me. «Lo so, Harper, grazie». Le baciai la fronte e dovetti appoggiarmi contro il bancone per impedirmi di premere le labbra contro le sue. «Dove lo vuoi?»

«Mmm... hai detto che è grande, giusto?». Annuii.

«Mi dici almeno quanto è grande? Perché la posizione dipende dalla grandezza».

«Girati».

«Cosa? Perché?».

Spalancò di nuovo gli occhi e io risi. Le presi i fianchi e la feci voltare dall'altra parte. «Ho già pronti i contorni e ora vado a prenderli così posso iniziare a segnare le estremità. Non voglio che guardi però». Presi della carta da lucido e la poggiai sopra i contorni, misi dei segni in corrispondenza delle estremità e la feci girare di nuovo verso di me. «Così».

«Ok, lo voglio qui». Prese il foglio e se lo mise sul fianco. «Voglio che parta dal lato sinistro della pancia per poi risalire su tutto il fianco».

Era quasi esattamente dove me l'ero immaginato anch'io. Dovetti fare un respiro profondo quando mi resi conto che stavo per toccarla liberamente; poi allungai la mano per sollevarle la maglietta in modo che non fosse d'intralcio. «Stenditi sul fianco». Quando si fu sdraiata sul tavolo, le abbassai leggermente i pantaloni della tuta e il mio cuore accelerò i battiti. Quasi nello stesso istante la sentii sospirare. «Sarai sempre coperta, te lo prometto. Devo solo tirare un po' giù i pantaloni da questo lato». La mia voce era roca e profonda, e cercai di contenermi. Avevo fatto tatuaggi a diverse donne in posti molto più intimi di quello, ma non mi ero mai sentito così.

«Chase?»

«Sì?»

«Hai detto che ci vorranno ore?».

«Sì, probabilmente tre. Come vedi il tatuaggio è grande, e le ombre sono molto dettagliate. Quella sarà la parte più lunga. Adesso ho bisogno che ti fidi di me. Sto per iniziare i contorni. Per favore, non guardare». Chiuse forte gli occhi e contrasse il viso nell'espressione più dolce che avessi mai visto. «Se per caso vuoi che mi interrompa, basta che me lo dici, ok?»

«Ok, sono pronta. Forza, facciamolo».

Terminati i contorni, preparai la macchinetta e l'inchiostro e mi infilai i guanti. Mi voltai verso la mia principessa, e non potei fare a meno di fermarmi a guardarla per qualche istante. Santo cielo, era perfetta. Sentii qualcuno tossire e, alzando gli occhi, vidi Brian che annuiva con il pollice alzato. Gli mostrai il medio scuotendo la testa; poi avvicinai la sedia al tavolo e strinsi la mano della mia principessa. «Hai scelto il punto perfetto, sarà incredibile».

«Lo spero per te».

Sorrisi e iniziai a lavorare ai contorni. La sentii subito rilassarsi, ma giunto quasi a metà lavoro guardai le sue mani e vidi che erano ancora strette a pugno. Per il momento stava andando tutto incredibilmente bene: niente sussulti o gemiti di dolore. Fare un tatuaggio alla ragazza che per me significava tutto – e *quel* tatuaggio in particolare – lo consideravo un momento ancora più speciale del bacio, e volevo che anche lei potesse goderselo. «Stai bene?»

«Sì, ma fa' attenzione».

Risi. Pensava davvero che non avrei fatto attenzione con lei? Finii i contorni, preparai la macchinetta per cominciare le sfumature, e tornai alla principessa e ai suoi gigli. Cercai di non far caso al cuore che mi martellava e ai jeans che sembravano restringersi sempre di più, mentre la toccavo. Morivo dalla voglia di strapparmi i guanti e mettermi a esplorare ogni millimetro del suo corpo. Non mi fu certo d'aiuto vederla mordersi il labbro, e vedere il suo petto che si alzava e riabbassava ritmicamente. Fece un lieve movimento, come se si sentisse a disagio, e cavolo, cominciai a pensare a tutti i modi in cui avrei potuto metterla a suo agio. «Principessa, devi smetterla di muoverti». *Per l'amor di Dio, ti prego, smettila di muoverti, o ti prendo proprio qui, in mezzo al negozio.*

Lei si bloccò e chiese scusa a bassa voce, mentre io cercavo di pensare al surf per schiarirmi la mente e riprovare a concentrarmi. A metà lavoro, mi sembrò di percepire un suono, ma non era musica, non era la macchinetta e non era nemmeno il mio telefono. Alzai gli occhi per capire cosa fosse, ma non lo sentii più. Quando riabbassai gli occhi, lo udii di nuovo. Spensi la macchinetta e sorrisi.

«Stai canticchiando». Santo cielo, che dolcezza.

Lei aprì gli occhi di scatto e rimase impietrita. «Forse».

Ridendo, mi tolsi i guanti, tornai al bancone e cercai il telefono. Lo presi insieme agli auricolari, aprii iTunes, e tornando da lei glielo porsi. «Stai andando benissimo, ormai manca poco». Senza pensarci, la baciai dolcemente sul collo, e lei arrossì, ma grazie a Dio si infilò gli auricolari senza dire nulla.

Un'ora dopo avevo finito e, dovevo ammetterlo, il tatuaggio sembrava perfetto. Era venuto anche meglio di come lo avessi immaginato. Avevo già visto come reagiva Harper quando guardava i miei disegni, e anche se ero davvero nervoso, non vedevo l'ora di sapere come avrebbe reagito stavolta. Sollevai la macchinetta e mi tolsi i guanti, e quando mi voltai la principessa aveva ancora gli occhi chiusi, e si stava ancora muovendo al ritmo di una canzone. Decisi di sfidare la fortuna: mi chinai su di lei e le diedi un bacio sulle labbra.

Lei spalancò gli occhi e si tolse gli auricolari. «Mi sto muovendo troppo?»

«No, principessa, ho finito. Sei pronta a vederlo?»

«Ma certo!».

Sospirai. Maledizione, era così carina. «Chiudi gli occhi di nuovo, te li farò riaprire quando sarai di fronte a uno specchio». La aiutai a scendere dal tavolo e la accompagnai allo specchio grande, facendola girare un po' in modo che il tatuaggio fosse ben visibile. Feci un respiro profondo; poi mi avvicinai e le sussurrai all'orecchio: «Apri gli occhi, Harper».

Lei incrociò il mio sguardo nello specchio, e dopo qualche istante carico di tensione abbassò gli occhi. Sussultò, e io mi irrigidii tutto quando la vidi rimanere a bocca aperta. Si scostò leggermente per avvicinarsi allo specchio, e trattenni il fiato mentre si osservava il fianco sinistro. Poi, ancora senza dire una parola, si voltò, si avvicinò e mi passò una mano tra i capelli, mentre con l'altra mi sfiorava il collo.

«Ti prego, dimmi cosa ne pensi». *Perché, giuro su Dio, sto per impazzire.*

Così, senza alcun preavviso, mi diede un lungo bacio, e io credetti di morire. Il fatto che lei mi baciasse... significava tutto per me. Presi a baciarla anch'io appassionatamente, e sentii quegli stronzi di Brian e Jeff che ci gridavano di andare a proseguire in privato. Harper si ritrasse. Il suo viso era rosso fuoco: abbassò lo sguardo e si mordicchiò il labbro inferiore per non sorridere. La presi per mano, la accompagnai di nuovo al tavolo e finii il lavoro applicando la pomata e la garza sul tatuaggio. Ancora non aveva detto niente, ma decisi di interpretare quel bacio come conferma del fatto che i gigli le fossero piaciuti.

«Come mai hai scelto proprio i gigli?».

Alzai gli occhi e le sorrisi. «Ti ho sentito mentre ne parlavi con Bree e mia madre, dicevi che erano i tuoi fiori preferiti. Desideravo regalarteli fin da quel giorno, ma sapevo che probabilmente se l'avessi fatto mi sarei beccato un altro cazzotto. E questa era l'unica soluzione».

«Sono bellissimi Chase, grazie».

Grazie a Dio.

Alzai le spalle, ma lei mi prese il viso tra le mani e mi fece chinare, e adesso ero a meno di un centimetro da lei.

«Dico sul serio. Adoro questo tatuaggio, grazie».

La baciai delicatamente e le sfiorai la guancia con il naso, inspirando il suo inconfondibile profumo di vaniglia. «Dio, sei bellissima, Harper».

I suoi occhi grigi brillavano e mi rivolse un sorriso radioso, ma proprio mentre mi stavo avvicinando le squillò il cellulare, ed entrambi ci bloccammo per un istante. Poi lei infilò la mano in tasca e tirò fuori il telefono.

«Ehi, baby», disse, rispondendo alla chiamata.

Che cosa? Sta scherzando forse?

«Ehm... non è ancora finito, ti posso richiamare?».

Trattenni il fiato e sul suo viso si dipinse un'espressione ferita, la stessa della festa di Capodanno, dopo il nostro bacio. *Figlio di puttana.*

«Ti amo anch'io. Divertiti stasera».

Poi chiuse la chiamata. Eh, no, non poteva baciarmi e allo stesso tempo parlare con il suo fidanzato, dicendogli che lo amava, mentre io ero lì davanti a lei! Mi allontanai dal tavolo, cercando di scuotermi di dosso la sensazione di aver ricevuto un pugno nello stomaco.

Harper si staccò il telefono dall'orecchio e alzò gli occhi verso di me. «Chase...».

No, cazzo, no. Così non va. Non volevo essere un segreto per lei. La desideravo, ma non volevo che mi considerasse un passatempo. «Allora, devi comprare un sapone antibatterico per pulirlo».

«Ti prego, parlami».

«Ci sto provando». Presi un foglio di carta e mi voltai verso di lei, evitando il suo sguardo. «Senti, qui ci sono le istruzioni. Non toglierti la garza prima che sia passata almeno un'ora. Se ti sembra che ci sia qualcosa di strano, chiamami». Lasciai cadere il foglio, mi allontanai e lanciai uno sguardo al salottino d'ingresso, dove Brian ci stava fissando, confuso. Porse il catalogo a un cliente e mi fece segno che stava andando sul retro.

«Chase!».

Alla fine cedetti e mi girai verso di lei, sussurrando a denti stretti: «Ho un altro appuntamento, non ho tempo. Ci vediamo dopo».

Lei annuì e scosse la testa sospirando. «Quanto ti devo?»

«Niente. Era un regalo. Ora però sono impegnato. Ti

prego, vai». Senza degnarla neppure di uno sguardo, mi voltai e raggiunsi Brian sul retro.

«Amico, che cazzo succede? Sembrava andasse tutto alla grande nelle ultime ore, quindi perché adesso hai quella faccia?»

«Brandon l'ha appena chiamata...».

«Oh, cazzo».

«Proprio così». Feci un profondo sospiro e mi buttai su un divanetto che avevamo sul retro. «Gli ha spiegato che era impegnata e doveva chiudere, ma l'ha chiamato "baby" e gli ha detto che lo ama... tutto questo mentre mi teneva una mano sul collo e si stringeva a me».

«Troia».

«Chiudi quella boccaccia, Bri. Io... Io non farò mai più una cosa del genere. Voglio che sia mia, non voglio essere un passatempo segreto per quando Brandon non c'è, fatto per cui poi si sente pure in colpa». Brian si accigliò e mi guardò sconvolto. «Che c'è?».

Alzò le spalle mentre cercava le parole giuste. «Sai, non immaginavo che lei significasse davvero così tanto per te. Sei cresciuto un sacco negli ultimi mesi. Lo so che ti prendo tanto in giro per le ragazze che vengono qui per te o con cui sei stato, ma è incredibile vederti così. Voglio dire, è davvero un peccato che tutto questo sia successo grazie a una ragazza che sta con il tuo migliore amico, ma è bello vederti cresciuto».

Sbuffai e mi guardai intorno. «Mah... Devo esserne contento, allora?»

«Sai cosa intendo. Allora, vuoi dire che adesso la smetterai di fare tutto quel casino con Brandon?»

«Non so. Litigare con lui mi aiuta a tenere bene in mente che Harper sta con lui, e non con me. Ti assicuro però che ho smesso di provarci con lei. Pensavo ne valesse la pena, anche solo per averla per poco tempo… Ma non posso continuare così».

«Capisco». Annuì, ma poi fece un sorrisetto. «Scommetto che i tuoi buoni propositi dureranno un mese, e poi ti rimetterai a inseguirla».

«Allora proverò a starle lontano per più di un mese».

«Ecco, proprio come pensavo. Ora vado a occuparmi del prossimo cliente, ci vediamo dopo».

Capitolo 8

Parcheggiai nel vialetto vuoto davanti alla casa dei miei genitori, contento che fossero fuori città per il weekend. Due giorni dopo avrei dovuto fare un tatuaggio a Brian sulla gamba, e avevo lasciato lì l'album con il disegno. Dopo che io e la principessa ci eravamo visti in negozio una settimana prima, avevo cercato di evitare sia lei sia la mia famiglia.

Sentii il suono della TV e qualche secondo dopo vidi Harper distesa sul divano. Mi bloccai, e lei spalancò gli occhi. Avrei voluto uccidere Brad: quasi un'ora prima mi aveva mandato un messaggio dicendo che erano andati tutti a Los Angeles, e che Harper si era unita a loro.

«Ma tu non dovevi andare a Los Angeles?»

«No, ho detto a Bree che stavo male».

«Ed è vero?». Feci un passo avanti, ma mi costrinsi a fermarmi e la guardai a distanza. Sembrava stesse bene: più che bene, a dirla tutta.

«Sto bene, volevo solo stare da sola».

Sospirai. «Be', me ne vado tra pochi minuti. Devo solo prendere alcune cose. Come va… con il tatuaggio?».

«Bene, è stupendo. Possiamo parlare dell'altro giorno?».

Che cosa? No, assolutamente no. Mi voltai e mi diressi verso le scale. «Non c'è nulla di cui parlare».

«Sì invece che c'è: ti sei chiuso in te stesso e non hai fatto altro che evitarmi da quel momento!».

Mi sforzai di proseguire, anche se sapevo che mi stava seguendo. «Non ti sto evitando, non ho nulla da dire».

«Perché mi tratti così? Che cosa ho fatto?».

Ti sei messa con il mio migliore amico, tanto per cominciare. «Niente!».

«Quindi è così che fai? Fai sentire le ragazze speciali per qualche giorno e poi le tratti come se fossero delle nullità?».

No, maledizione, no. Mi voltai, e Harper dovette fermarsi di scatto per non venirmi addosso. «Vorresti davvero dare la colpa a me? Prima mi baci, e un attimo dopo parli con il tuo ragazzo e gli dici che lo ami!».

«Che cosa dovevo fare? Non rispondere?».

Sì, esattamente. Mi guardava come se fossi pazzo, e mi resi conto che non avrebbe mai potuto vedere le cose dal mio punto di vista, perché era ovvio che non provasse niente per me. «Guarda, non ha importanza, Harper. Lascia perdere».

«Ha importanza per me! Stare con te è come fare un giro sulle montagne russe, e io sono stufa! Non so mai quale Chase incontrerò ogni santo giorno. Sarà quello gelido, o quello divertente e pieno di attenzioni? Quello che va con quattro ragazze a serata, o quello che mi dice che sono bellissima e fa delle cose dolcissime per me, e nota dei particolari che nessun altro riesce a vedere?».

Dice sul serio? Pensa che sia io quello bipolare? E non ha ancora notato quanto io sia cambiato per lei?

«Sei imprevedibile, non so mai come comportarmi con te. Non so che cosa vuoi!».

«Io voglio te! Tu sei tutto quello che ho sempre desiderato».

«E allora perché cerchi ancora di farmi del male?»

«Perché così è più facile». Risposi sinceramente. «Stai con Brandon. Sai che cosa provo quando vi vedo insieme? Ti desidero tantissimo, ma so che è con lui che devi stare. Ti immagini quanto è difficile?»

«E se io volessi te?»

No, niente più giochetti. «Harper, no».

«Sono innamorata di Brandon, ma non posso cancellare quello che provo per te, e so che tu capisci di cosa sto parlando. Qualunque cosa ci sia tra noi… c'è dalla prima volta che ti ho incontrato. È come se non fossi mai sazia di te, ma tu non fai altro che allontanarmi. Non hai mai fatto altro!».

«Perché io non sono quello di cui tu hai bisogno, Harper!».

«E allora perché mi hai baciato, Chase? Sapevi che quel bacio avrebbe cambiato tutto, e così è stato. E allora spiegami, perché lo hai fatto?».

Questa ragazza mi fa disperare! Mi dice queste cose dopo aver fatto il tira e molla per quattro mesi e mezzo? Mentre parlavo accorciai la distanza tra noi: una metà di me mi urlava di andarmene, l'altra non desiderava altro che prenderla tra le mie braccia. «Ne avevo bisogno. Non riesco a pensare ad altro che a te, e questa cosa mi sta facendo impazzire! Avrei dato qualsiasi cosa per quel bacio, e sapevo che non avrei avuto una seconda occasione, perciò ho *dovuto* farlo. Dovevo sapere se anche tu provavi qualcosa».

Lei spalancò le braccia e sbuffò esasperata. «Non è evidente? Non è evidente che sono innamorata di te?».

Non persi un attimo e premetti subito la bocca contro la sua. Aspettavo quelle parole da così tanto tempo. Lei gemette, e il suo corpo si sciolse nel mio, mentre le cedevano le gambe. La afferrai per il sedere e mi avvolsi le sue gambe intorno ai fianchi, spingendola contro il muro nel tentativo di avvicinare i nostri corpi. Ci baciammo sempre più appassionatamente, e la pregai di dirmelo di nuovo.

«Chase», bisbigliò contro le mie labbra; poi mi prese il viso tra le mani e mi guardò negli occhi. «Ti amo».

Il cuore mi martellava contro il petto. Mesi e mesi passati ad aspettare, a chiedermi cosa fare, ed eccola, finalmente. Premette le labbra contro le mie, e io gemetti contro la sua bocca. «Dio, Harper, ti amo così tanto, così tanto».

Mi allontanai dal muro e, senza staccare le sue gambe dai miei fianchi, la portai nella mia stanza e mi stesi sul letto insieme a lei. Harper smise di accarezzarmi i capelli e cominciò a tirarmi la maglietta. Emise un gemito, e io mi scostai solo il tempo necessario per togliermi la maglietta e gettarla a terra. Harper si sollevò leggermente e ci baciammo ancora con furore; poi la spinsi di nuovo contro il letto. Le sue dita percorsero il mio petto nudo e la pancia, e ripensai alle fantasie che avevo avuto mentre le facevo il tatuaggio. Mi scostai solo un attimo per toglierle la maglietta; gettai anche quella sul pavimento e baciai ancora una volta le sue morbide labbra. Poi la mia bocca scese a baciarle i gigli che le avvolgevano il fianco.

Le morsi delicatamente il labbro e Harper fu scossa da un leggero fremito. Sorrisi contro la sua pelle mentre le toglievo i leggings neri e gettavo via anche quelli: erano un altro capo che non gradivo indossasse in presenza di altri. Le baciai di nuovo la pancia, e le succhiai un capezzolo attraverso il reggiseno; poi premetti il mio corpo contro il suo, mentre le sue gambe si stringevano intorno alla mia schiena.

«Ti voglio».

Infilai la testa nell'incavo del suo collo, e gemetti: se non era già ovvio quanto la volessi, la mia erezione rendeva la cosa ancora più evidente. Le mordicchiai dolcemente la clavicola, cercando di fermarmi prima di spingermi troppo in là. «Non ho i preservativi, principessa».

«Non m'importa».

Risi. *Dio, questa ragazza sarà la mia morte.* «Non lo dire nemmeno. Non sono così forte».

Afferrò il bottone dei miei jeans e le sue mani tremanti che si muovevano alla cieca mi fecero pensare che Breanna avesse ragione sulla mia principessa. Le afferrai le mani e le spinsi via, e subito dopo ebbi la conferma di quello che stavo pensando. «Ti prego, Chase, non voglio più aspettare. Voglio che tu sia il primo con cui lo faccio».

Mi tirai indietro e la guardai, appoggiato sulle ginocchia. «Non posso».

Lei spalancò gli occhi, lo sguardo ferito. «Non mi vuoi?»

«Ma certo che ti voglio!». *Dio santo, non si vede?*

«Io non… non capisco». I suoi occhi grigi e burrascosi si guardarono intorno spaesati per qualche istante. Poi sembrò capire, e arrossì. «È perché sono vergine».

Merda, ha capito tutt'altro. «Non è quello che pensi. Fidati di me, voglio farti mia».

Mi prese il viso tra le mani e si avvicinò mentre sussurrava: «E allora, ti prego…».

«Principessa, non puoi volerlo fare con me. Dopo tutto quello che ho combinato… non mi merito una cosa del genere».

«Ma io lo desidero. Sono stanca di ignorare quello che provo per te e di negarmi ciò che voglio».

Abbassò gli occhi, e io rimasi a guardarla mentre pian piano incrociava di nuovo il mio sguardo. Mi aspettavo di scorgere nei suoi occhi un'espressione di indecisione come era successo nei giorni precedenti, ma stavolta c'era fiducia completa. «Sei sicura, Harper?»

«Voglio te. Voglio tutto».

Premetti di nuovo le mie labbra sulle sue e mi distesi sopra di lei mentre i nostri baci rallentavano, e le sue mani tremanti raggiungevano di nuovo i miei jeans. Appoggiandomi sugli avambracci, mi sollevai per permetterle di slacciare il bottone e la cerniera e abbassarmi i jeans lentamente, insieme ai boxer. La aiutai a toglierli di mezzo con il piede e le sollevai la schiena per trovare il gancetto del reggiseno. Quando anche quello e le sue mutandine furono sul pavimento insieme a tutti gli altri vestiti, indugiai un po', studiando ogni centimetro di lei, imparando quello che la faceva gemere e chiudere gli occhi; memorizzai ogni suono che faceva quando le succhiavo il seno o le mie dita le sfioravano i punti più caldi.

Presto il suo respiro affannoso si interruppe, e si irrigidì tutta quando finalmente mi spinsi dentro di lei. Quando un breve grido le uscì dal petto, avrei voluto a tutti i costi risparmiarle quel dolore, ma ciò che mi stava offrendo era tutto, e solo, per me. Quando il suo corpo si rilassò, cominciammo a muoverci di nuovo l'uno contro l'altra, le nostre bocche che si cercavano fameliche, mentre facevamo l'amore lentamente, molto lentamente. Le bloccai entrambe le mani sopra il cuscino e le sussurrai nell'orecchio che la amavo, mentre lei veniva di nuovo giusto qualche momento prima che mi lasciassi andare anch'io.

Crollai sul letto, girandomi e tenendola tra le braccia, e rimanemmo così mentre il nostro respiro si placava. Continuammo a baciarci dolcemente, stringendoci sempre di più. Non più di cinque minuti dopo, Harper si addormentò tra le mie braccia. Gettai le coperte sopra di noi; poi la baciai sulla fronte e giurai di amarla e prendermi cura di lei per sempre.

Il dolce profumo di vaniglia si fece strada nella mia mente, mentre sentivo le dita di Harper sfiorarmi le braccia e le spalle. Aprii gli occhi di scatto e, vedendo la massa di capelli sul mio cuscino e sulla sua spalla, non potei fare a meno di sorridere. Svegliarmi e ritrovarmela tra le braccia era una sensazione fantastica. E anche se avrei voluto guardarla mentre dormiva, era comunque meraviglioso vedere i suoi occhi scuri che esploravano a uno a uno i miei tatuaggi.

«Che bello».

I suoi occhi guizzarono verso i miei, e sorrise per poi tornare a esaminare i tatuaggi che avevo sulla spalla. «Volevo farlo fin da quella prima notte nel tuo letto».

«E perché non l'hai fatto?»

«Be', mi intimidivi un bel po', e poi mi hai fatto capire in modo non troppo sottile che non ero il tipo di ragazza con cui volevi stare».

Oh, cazzo. Mi ricordavo soltanto di aver cercato di spaventarla, e che lei mi aveva guardato con disgusto. «Che cosa ho detto?»

«Non ricordo esattamente. Stavi dando di matto perché pensavi di aver fatto rimanere una ragazza per la notte, e poi mi hai spiegato che non permettevi alle tipe che ti scopavi di rimanere a dormire». Si fermò e si morse il labbro;

poi mi guardò di nuovo e mi chiese dolcemente: «A proposito... ti sta bene che io sia qui?»

«Quando mi sono svegliato e tu eri tra le mie braccia... penso di non essere mai stato così felice». La baciai dolcemente su tutto il viso e poi sulle labbra tumide. «Sei l'unica ragazza con cui mi sia mai addormentato, e voglio che sia sempre così. Non sei una qualsiasi. Io ti amo, Harper, e non voglio che tu vada da nessun'altra parte». *Dio santo, ti voglio qui con me per sempre.*

Lei fece un gran sorriso. Poi mi prese alla sprovvista e fece ridere entrambi, quando si mise seduta e cominciò a baciarmi, sempre più appassionatamente. Mi spinse indietro e io appoggiai la schiena, tenendo le mani sul suo corpo nudo mentre saliva sopra di me e si inarcava contro il mio. Reggendole i fianchi, gemetti mentre si strusciava contro di me. Poi, quando la baciai sul seno, dalla pancia della mia principessa si levò un gorgoglio: non c'entrava nulla con quello che stavamo facendo. Entrambi scoppiammo a ridere mentre lei crollava sul mio petto, i capelli che le scendevano sulla fronte mentre il suo corpo tremava dalle risate. La mia ragazza doveva essere molto affamata.

«C'è qualche speranza che tu non l'abbia sentito?»

«Nessuna». Le scostai i capelli dal viso e le diedi un lungo bacio; poi la feci spostare e la adagiai sul letto. «Vado a preparare la colazione, torno subito».

«Ok, vengo a darti una mano».

No, non lo farai. Mi hai appena concesso te stessa, e adesso non sai quanto ti vizierò. «Lascia che te la prepari io, principessa», le dissi dolcemente mentre la spingevo indietro sui cuscini e le davo un bacio sulla guancia. «Rimani qui. Voglio trovarti esattamente così quando torno».

Mi salutò e si raggomitolò nel mio piumone. *Furbetta.*

Scesi dal letto e iniziai a rovistare nel mucchio di vestiti, quando la sentii sussultare. Mi voltai di scatto e vidi i suoi occhioni grigi spalancati. «Che succede?»

«Chase…», mormorò e batté più volte le ciglia, poi scosse la testa mentre incrociava di nuovo il mio sguardo. «Sei bellissimo».

«Bellissimo, eh?». Io invece ero sicuro che ciò che avevo davanti in quell'esatto momento era l'unica creatura che si potesse davvero definire bellissima. Salii di nuovo sul letto e mi stesi su di lei, baciandola dolcemente e sussurrando contro le sue labbra: «Stai cercando di togliermi la mia virilità, piccola?»

«Mi dispiace», sussurrò tra i baci. «Volevo dire che sei pericoloso. E affascinante. E molto, molto sexy».

Risi e le diedi un bacio sulla guancia; poi scesi di nuovo dal letto. Dio, era così carina. Presi i jeans, me li infilai e mi voltai di nuovo. Non potevo credere che fosse davvero nel *mio* letto; poi andai a preparare la colazione per la mia principessina.

Non ero neppure arrivato in fondo alle scale che sentii il suo telefono suonare. Quando raggiunsi il divano dove avevo trovato Harper distesa la sera prima, aveva già smesso di suonare e non riuscii a trovarlo. Entrai in cucina, misi a friggere la pancetta e accessi la caffettiera, mentre il suo telefono continuava a vibrare. Proprio quando avevo finito di sbattere le uova e il latte per l'omelette, il telefono squillò di nuovo. Corsi in salotto e rovistai sul divano, e finalmente lo trovai nascosto in mezzo alla coperta.

Brandon.

Feci un respiro profondo mentre fissavo lo schermo che mostrava undici chiamate perse, quattro messaggi vocali e otto messaggi da parte di Bree; oltre a sei chiamate perse, cinque messaggi vocali e dieci messaggi da parte di Brandon. Il telefono vibrò di nuovo. *Ed ecco il sesto messaggio vocale da parte di Brandon.*

Corsi in cucina a togliere la pancetta dalla padella, e non potevo crederci: un attimo dopo Brandon chiamò di nuovo. Avrei voluto cancellare tutti i messaggi e le chiamate da quel telefono, ma non potevo, e me ne rendevo conto. Però avevo paura di ciò che avrebbe comportato tutto quello per noi. Ripensai alla festa di Capodanno e a quello che era successo in negozio, ma scacciai subito dalla mente quei ricordi. Ciò che c'era stato tra noi quella notte non sarebbe successo, se lei non mi avesse voluto. Mi aveva detto che mi amava, e io le credevo.

Dovevamo solo affrontare e sistemare la cosa, il prima possibile.

Afferrai il telefono e salii per le scale. Quando raggiunsi la mia stanza, feci un altro respiro profondo. Poi aprii la porta, pregando Dio che Brandon non la convincesse a rimanere con lui. Gli occhi di Harper si illuminarono, e sul viso le comparve il sorriso più dolce del mondo: subito si dileguò, però, quando vide la mia espressione.

«Magari adesso rispondi, appena ti richiama». Le lanciai il telefono e provai a farle un sorriso rassicurante, ma sembrò più una smorfia. Poi mi voltai e uscii dalla stanza per tornare in cucina. Appena fuori dalla porta sentii vibrare il mio telefono in tasca e lo presi. Trovai cinque chiamate perse da parte di Breanna, due da parte di Brandon e ventidue messaggi in cui entrambi mi pregavano di andare a controllare che Harper stesse bene, perché era a casa da sola e non aveva risposto al telefono. Il messaggio più recente, da parte di Bree, annunciava che sarebbero ripartiti tutti nel giro di un paio d'ore. *Maledizione.*

Quando tornai di sopra con la colazione, Harper aveva messo la testa sotto il piumone, e quasi desiderai che si coprisse di nuovo quando lo tirò giù. Aveva di nuovo quello sguardo ferito, e anche se sapevo già quanto sarebbe stato difficile per lei tutto ciò – perché non era un segreto che fosse innamorata del mio migliore amico – non potevo vederla in quello stato. Posai i piatti sul letto e mangiai in silenzio mentre lei fissava le coperte tenendo in mano una striscia di pancetta. Rimase in quella posizione per quasi dieci minuti, e stavo quasi per supplicarla di rassicurarmi che sarebbe andato tutto bene. Desideravo con tutte le mie forze quella ragazza, ma avevo un brutto presentimento: dentro di me sentivo che le cose non sarebbero andate come desideravo.

Allungai la mano e le accarezzai la schiena con movimenti circolari. Poi finalmente la pregai di dirmi qualcosa.

«Brandon tornerà tra un paio d'ore».

«Merda». Mi adagiai contro la testiera del letto e mi passai le mani sul viso. Non volevo che Bree e tutti gli altri tornassero così presto; ma soprattutto non volevo che tornasse *lui*. «Pensavo che non sarebbe tornato prima di domani sera».

«Si è spaventato vedendo che non rispondevo al telefono. Bree gli ha detto che ero sola e non stavo bene, e dato che nessuno riusciva a contattarmi...».

«Bree mi ha telefonato un paio di volte, supplicandomi di controllare come stavi. A quanto pare stanno tornando tutti a casa».

«Chase», mormorò e si voltò a guardarmi, gli occhi spalancati e terrorizzati. «Cosa devo fare?»

«Non posso rispondere per te, principessa. Nessuno può farlo». Quella domanda mi aveva già scatenato un dolore al petto, e adesso, per carità di Dio, non volevo farle la domanda successiva. Anche se appena trenta minuti prima avevo pensato di conoscere la risposta, in quel momento temetti di non saperla. Guardai le sue mani, da cui non riusciva più a staccare gli occhi, e le chiesi tutto d'un fiato: «Che cosa vuoi?»

«Non lo so!», sbottò lei, alzando lo sguardo. «Ti voglio, Chase, ma non posso ferire Brandon. Non voglio ferirlo più di quanto abbia già fatto. Lo amo troppo».

Rimasi a bocca aperta, e sentii che mi mancava l'aria. *Che cazzo... Significa forse che...?* Avrei dovuto saperlo, ma io... io non potevo. *Come diamine faccio senza di lei?*

«Qualunque decisione io prenda, farò del male a qualcuno. Che succede se lo lascio? Lui abita a casa tua, Chase. Sarà costretto a vederci insieme, e questo lo ucciderà, non posso fargli questo! Mi ama, ha preso il primo volo perché è preoccupato e vuole tornare a prendersi cura di me. Come faccio a dirgli che amo un altro? Se lo lascio per te, sarà un male per noi due. Se la prenderebbe con te, i ragazzi si schiererebbero con te o con lui, e noi soffriremmo. Il mio corpo ti vuole, Chase, ma io mi sento come spezzata in due. Ho solo... ho solo bisogno di qualche settimana per pensarci. Puoi concedermela? Ti prego».

Ma anch'io ti amo. Non lo vedeva? Non si accorgeva che mi stava distruggendo? Serrai le mascelle per impedirmi di rivelarle una cosa del genere. Se volevo conquistarla, non potevo costringerla a scegliermi: doveva essere lei a cercarmi. «Chiederai un po' di tempo anche a lui?»

«No, non posso».

Che cosa? «E quindi tornerai da lui come se niente fosse? Farai finta che questa notte non ci sia mai stata? Ti preoccupi così tanto di non ferire nessuno, e non ti rendi conto che stai ferendo me?». Saltai giù dal letto. «Dannazione, Harper, ma non te ne accorgi? Sono io quello che ti deve vedere insieme al tuo ragazzo mentre aspetti di capire cosa diavolo vuoi!». Senza degnarla di uno sguardo, uscii sbattendo la porta.

Mi precipitai giù per le scale e cominciai a camminare avanti e indietro in salotto. Poi decisi di tornare su soltanto per prendere le mie cose e andarmene. Ma senza neppure accorgermene, avevo già il telefono all'orecchio.

«Mmm... pronto?»

«Bri, passami Marissa».

«Chase?», borbottò. «'Fanculo amico, sai che ore sono?»

«No. Passami Marissa».

«Merda, stai piangendo?». Adesso sembrava già più sveglio.

«No, io...». Mi passai una mano sugli occhi e mi accorsi che erano bagnati. «Cazzo, passamela e basta».

Si sentì un fruscio e poi la voce intontita di Marissa. Sapevo che Brian aveva messo il vivavoce, ma ormai non mi importava più nulla. *Sto perdendo l'unica ragazza che amerò mai; non m'importa nient'altro.* «Chase, che succede? Brian ha detto che stai piangendo».

«La sto perdendo, Riss, sto perdendo Harper, e non so che fare. Tra cinque secondi me ne andrò via di nuovo, ma ho bisogno di sapere se sto per rovinare tutto per sempre».

«Be', cosa è successo?»

«Sono andato a letto con lei, ieri notte...».

«Cosa?», strillarono entrambi.

«...e adesso Brandon sta tornando, e lei vuole che le conceda del tempo per pensare, ma io so che lo dice soltanto per non farmi soffrire, ma in realtà resterà con lui. Come se, cazzo, non fosse successo nulla tra noi!»

«Aspetta, aspetta! Torna indietro un attimo. Sei andato a letto con lei?». Marissa sembrava un po' più calma adesso. «Ok. Quindi o Brian non mi ha aggiornata sulla situazione o è successo qualcosa di importante soltanto ieri, quindi raccontami tutto». Coprì la cornetta e sussurrò a Brian. «Giuro che ti faccio a pezzi se non mi hai detto una cosa del genere».

«Riss, Brian non sapeva niente, lascialo stare». Rimasi in fondo alle scale e guardai in alto mentre le raccontavo della sera precedente e di ciò che era successo in mattinata. Il dolore al petto si fece sempre più intenso mentre rivivevo tutto. «Non posso perderla, ma in pratica ora che il suo ragazzo sta tornando mi sta sbattendo in faccia quello che è successo ieri notte, e ancora una volta mi accorgo di non contare niente per lei».

«Dio santo, Chase», esclamò Brian, «Da quando sei diventato una ragazzina?»

«Hai ragione», sospirai, «ma non posso farci niente, maledizione».

«Ehi, ricordati che avete scopato, baby!», strillò Marissa, e improvvisamente parlava a voce così alta che immaginai avesse tolto il vivavoce. «Chase, lei ti ama. Non è che non conti *nulla* per lei, è soltanto confusa. Non sa cosa fare. Brandon sta tornando, e lei si è resa conto di essere innamorata anche del migliore amico del suo ragazzo, e in più ha perso la verginità con lui. Dev'essere davvero sconvolta. Se ha detto che ha bisogno di qualche settimana, allora concedigliela, ma non andartene via così, Chach».

Sbuffai sentendola chiamarmi con quel nomignolo. «Pensi che questo sia soltanto un gioco per lei?»

«Assolutamente no. Altrimenti non si farebbe problemi a lasciarti».

Prima che potessi chiedere a Marissa come faceva a esserne sicura, in mezzo al rumore dell'acqua che scorreva nella doccia udii il peggior suono del mondo. «Cazzo».

«Che c'è? Cosa è successo?»

«La sento piangere». Mi passai una mano tra i capelli e mi allontanai dalla parete. «Devo andare da lei, Marissa».

«Devi andarci subito, cazzo. Tutta questa situazione è difficile anche per lei, e forse ancora di più, perché è lei quella che deve scegliere».

A sentire quella frase quasi inciampai a metà delle scale. «Non so cosa farò se dovesse scegliere lui», dissi in tutta sincerità. «Ho bisogno di lei».

«Lo so, Chach».

«Devo andare. Grazie, Riss». Ci salutammo, e poi gettai il telefono sul letto. Lo guardai: quella mattina il mio letto era stato lo scenario del momento più bello della mia vita. Adesso invece temevo che tutto ciò sarebbe rimasto solo un ricordo.

Aprii la porta del bagno e mi avvolse una nuvola di vapore. I singhiozzi di dolore che riempivano la stanza mi trafissero il petto.

Oh, principessa.

Quando entrai Harper era di spalle, appoggiata alla parete di mattonelle, e in quel momento sentii il mio cuore spezzarsi. Prendendola per la vita la feci voltare verso di me e la strinsi mentre il suo corpo era scosso dai singhiozzi. Il pensiero di perderla mi fece venire le lacrime agli occhi per la seconda volta quella mattina. Prima di allora, non ricordavo quando era stata l'ultima volta che avevo pianto. Ma dopo quella notte con la mia principessa, non sapevo come avrei fatto a vivere senza di lei. Quando i suoi singhiozzi si placarono, la strinsi più forte. Mi guardò, e vidi che aveva gli occhi gonfi e arrossati.

Mi fissò per quelle che sembrarono ore prima di riuscire a parlare, la voce roca e stridula per il pianto. «Perché sei qui?».

Dove altro dovrei essere? Tutto il mio mondo mi stava crollando addosso, e stavo cercando con tutte le mie forze di riprendermelo. «Perché tu hai bisogno di me, e se questa deve essere la mia ultima ora con te, non ho intenzione di sprecare nemmeno un secondo».

Mi chinai a baciarle le labbra e fui accolto da un bacio vorace che si fece sempre più inteso. Non avevo avuto il tempo di togliermi i jeans quando ero entrato nella doccia, così adesso erano inzuppati d'acqua, ma lei mi aiutò a toglierli con veemenza, mentre continuavamo a stringerci e a baciarci. L'acqua calda scrosciava su di noi mentre spingevo Harper contro la parete della doccia. Il vapore era così fitto da far sembrare che in quel bagno ci fossimo solo lei e io, nient'altro. Rallentando per non rovinare tutto, o anche solo per non rischiare di dimenticare quel momento, mi scostai per guardarla un attimo. Il labbro le tremava, e le lacrime le scendevano ancora dagli occhi colmi di passione mentre mi guardava memorizzare ogni centimetro di lei. Le presi il viso tra le mani, asciugandole le lacrime miste ad acqua; poi le mordicchiai il labbro, e presi la sua bocca con la mia.

Sentii le sue mani risalirmi sul petto, lungo il collo e tra i capelli, mentre facevo leva sul muro per alzarla, avvolgendomi le sue gambe intorno ai fianchi e posizionandomi davanti a lei. Gemetti, e lei emise un grido soffocato quando mi spinsi dentro di lei e cominciai a fare l'amore lentamente. Sperai che quella non fosse l'ultima volta, ma avevo il terribile presentimento che lo sarebbe stata. Come le avevo annunciato, se quella doveva essere l'ultima ora che passavo con lei, l'ultima volta con lei... be', non volevo sprecare neppure un momento. Lei venne, afferrando i muscoli tesi della mia schiena e delle spalle, e qualche secondo dopo venni anch'io. Desideravo che quel momento non finisse mai e rimasi lì in piedi, stringendola tra le braccia, la mia fronte contro la sua, gli occhi fissi nei suoi, e sperai che capisse che ero suo, completamente e innegabilmente, per sempre. Che se fosse stato possibile tornare indietro, avrei cambiato tutto. E che in ogni istante, in ogni situazione, avrei scelto lei. Sempre.

Un'ora e mezzo dopo eravamo seduti nel mio furgoncino, davanti casa mia, e io mi aggrappavo alla mano di Harper come fosse la mia ancora di salvezza. Non ci eravamo scambiati una parola da quando le avevo spiegato perché fossi entrato nella doccia, ma non c'era niente da dire che non avessimo già dimostrato all'altro: cioè che io la amavo, e l'avrei sempre amata. E non avevo dubbi che anche lei mi amasse: era scritto nei suoi occhi, anche se aveva di nuovo quello sguardo ferito, e io temevo che l'amore che provava per me non sarebbe bastato a trattenerla. Adesso sapevo che dovevo lasciarle tutto il tempo che le serviva per prendere la sua decisione. Anche se quella decisione avrebbe potuto cambiare tutto.

Poi, troppo presto, infilò la mano nella borsa e prese le chiavi della jeep di Brandon, per andare a prenderlo all'aeroporto.

Quando la sua mano raggiunse la maniglia dello sportello, sussurrai: «Harper, ti amerò per il resto della mia vita».

Lei fece un sospiro ma non si voltò a guardarmi e, prima di scendere dal furgoncino e allontanarsi, sussurrò dolcemente: «Sarai sempre nel mio cuore, Chase Grayson».

Mi sentii morire mentre la guardavo mettere in moto la jeep di Brandon, lasciandomi lì. Cercai di convincermi che si sarebbe risolto tutto, che lei sarebbe tornata da me, ma mentre facevo inversione di marcia e procedevo in direzione della spiaggia, i dubbi aumentarono ed ero sempre più sicuro che invece non sarebbe successo. E dopo avere passato un'ora sulla spiaggia, finii per convincermi che dovevo andare da lei e supplicarla di scegliere me.

La jeep di Brandon era già davanti casa quando feci ritorno, così come le macchine degli altri. Sentii la voce della principessa e mi diressi in cucina, da dove veniva un profumino di cibo cinese. Ero deciso a trascinarla nella mia stanza e convincerla con i fatti che sarebbe dovuta stare con me.

Girai l'angolo, e vidi Brandon e Harper. Harper indossava soltanto una maglietta di Brandon, ed era impegnata a ridere e a flirtare con lui.

Mi sentii cedere le gambe, ma ormai non riuscivo più a fermarmi. Non erano passate neanche tre ore da quando avevamo fatto l'amore contro la parete della doccia, e adesso lei era lì, con addosso nient'altro che la maglietta di Brandon. Harper smise subito di ridere quando mi vide e rimase a bocca aperta con gli occhi spalancati. Il suo sguardo guizzò velocemente verso Brandon, poi verso di me, e non ebbi bisogno di sapere nient'altro. A quanto pareva, le era bastato molto meno di una settimana per riflettere: le erano servite solo poche ore. Brandon mi fece un cenno di saluto con la testa, e io mi sforzai di ricambiare.

Poi tornai nella mia stanza, al mio tavolo da disegno, agli album e a tutte le stronzate possibili pur di stare lontano da loro e non vedere quella scena.

Pur di evitare di vederli, punto e basta.

Capitolo 9

«Chase, tesoro?».

Chiusi l'album da disegno e sospirai. «Sì, mamma?». Se adesso ricominciava con quella storia...

«Tesoro, dovremmo davvero parlare di quello che sta succedendo».

Ebbene sì, ancora la stessa storia.

«Ultimamente hai passato molto tempo qui da noi, ma adesso sei *sempre* qui. Certo, non ti vedo poi tanto perché di solito quando ci alziamo sei già a fare surf, e poi la sera vai direttamente in negozio, ma non sono così stupida: l'ho capito che ti sei trasferito qui».

«Tu non sei affatto stupida, mamma».

Posò sul tavolo due tazze di caffè e si sedette accanto a me. «Speravo proprio che lo dicessi!». Rise e mi accarezzò la schiena, ma la sua risata si dileguò quando vide che rimasi immobile con le braccia incrociate sul petto. «E siccome oggi mi hai concesso la grazia della tua presenza», e a questo suo commento io feci una smorfia mentre lei alzava gli occhi al soffitto, «ti costringerò a sederti qui e a parlare con me».

«Mi costringerai?». La guardai incredulo.

«Non mi provocare, Chase Austin Grayson. In tutta

serietà, tuo padre e io siamo preoccupati per te. Sinceramente, ero meno preoccupata quando vivevi a casa tua. Ora invece ti vedo qui, che cerchi di tenerti impegnato…».

«Non dovresti essere contenta del fatto che mi tengo impegnato?»

«Non in questo modo! Nelle ultime settimane, a parte tre giorni incluso oggi, ti sei alzato all'alba per andare a fare surf, sei venuto a casa a farti una doccia e poi sei corso a lezione. La sera te ne vai direttamente in negozio, e torni a casa quando io e tuo padre stiamo già dormendo! E nel frattempo passi la giornata a… lasciarti andare. Le poche volte che ti ho visto, mi sei sembrato spento, senza vita. La domenica non ci sei mai; Bree mi ha riferito che non ti vede da settimane e che Brad, Brandon e tutti gli altri stanno cominciando a preoccuparsi perché non parli più con nessuno e non li accompagni più a fare surf… Chase, cosa ti sta succedendo?».

Mi ripromisi di dire a Bree di chiudere quella boccaccia.

«Mamma, non so cosa ti aspetti che ti dica. Sono stato solo molto impegnato».

«Stronzate», mi liquidò papà unendosi alla conversazione. Era già pronto per andare al lavoro.

«Buongiorno a te, papà».

«Cerca di fare meno lo sbruffone. La mamma ti ha detto che siamo preoccupati per te, ed è vero. Sei adulto, hai la tua casa; lo sai che ti voglio bene, ma se non ci racconti cosa sta succedendo e non inizi a mostrarci rispetto, quella è la porta: puoi tornartene a casa tua».

Ma stanno scherzando? Rimasi seduto a guardarli per qualche minuto; poi capii che non stavano affatto scherzando e sospirai. «Sto pensando di trasferirmi».

«Sai che novità», sbottò papà.
«No, sul serio. Voglio andarmene da San Diego».
Mamma sussultò. «Che cosa?»
«Dopo la laurea».
«Perché?». Gli occhi della mamma si stavano riempiendo di lacrime, e papà mi guardava con aria interrogativa.
«Perché ho bisogno di farlo». Alzai le spalle. «È una cosa che voglio fare».
«Perché dovresti avere bisogno di trasferirti?». Cominciò a piangere. Io spalancai le braccia, e poi mi allungai a prenderle la mano.
«Mamma, va tutto bene. Non starò via per sempre. È solo che…». Mi interruppi, appoggiandomi allo schienale.
«Figlio mio».
Mi voltai verso mio padre e sospirai. «Non posso stare vicino a Harper e Brandon. Non posso proprio starle vicino mentre sta con lui. È troppo difficile per me. E lei ormai fa parte della famiglia, e in questo momento non riesco a gestire la cosa. Sono innamorato di una ragazza che non mi vorrà mai, quindi ho bisogno di andarmene».
«Ma quanto tempo ti servirà per abituarti all'idea? E se rimangono insieme? Non puoi startene lontano per sempre!». Mamma era sull'orlo di una crisi isterica.
«Non lo so». Guardai mio padre come a chiedergli aiuto, ma lui mi fissava scuotendo la testa, le braccia incrociate sul petto. «Non so nemmeno se mi trasferirò sul serio. Era solo un'ipotesi. Mamma, davvero, per favore non piangere».
«Solo un'ipotesi?» Si asciugò gli occhi e poggiò le mani sul tavolo. «Chase, stai già tagliando i ponti con tutti. Non è solo un'ipotesi, stai già mettendo in atto questo tuo pro-

getto infantile!». Si alzò di colpo dal tavolo e fece strisciare la sedia sul pavimento.

«Mamma».

Cercai di prenderle la mano, ma lei mi allontanò e si precipitò su per le scale.

«Se desideri quella ragazza così tanto da non riuscire nemmeno a stare nella stessa città con lei e il suo ragazzo», disse papà, «allora dovresti cercare di conquistarla. Non è certo scappando via che potrai risolvere la situazione». Prese la sua borsa dal tavolo e mi guardò. «Anche se sta con il tuo migliore amico, ci tiene comunque a te, e rimarrebbe comunque ferita se tu partissi».

«Ne dubito».

«Quindi lasciandoci punirai tua madre, me, tua sorella e Harper, solo perché non riesci a comportarti da uomo e a lottare per quello che vuoi? Non è questo che ti abbiamo insegnato, Chase». E pronunciate quelle parole, uscì di casa.

«Serve a poco lottare per ciò che desideri quando quello che desideri continua a spezzarti il cuore», sussurrai a me stesso nella cucina vuota.

Con un sospiro profondo, mi alzai dal tavolo e chiamai Bree mentre mi incamminavo verso il furgoncino.

«Be', cosa volevi che dicessi? Sono preoccupati per te e non ti fai più vedere la domenica. Stai facendo intristire la mamma!»

«Niente. Non dovevi dire niente, Breanna. Ho i miei motivi per comportarmi così, e davvero non c'è bisogno che tu vada dalla mamma a riferirle tutto quello che vedi o non vedi qui. E di sicuro non c'è bisogno che tu vada a raccontarle cosa dicono i ragazzi di me».

Lei aggrottò la fronte e fece un bel respiro per rispondermi a tono, ma un attimo dopo la rabbia svaporò e Bree si trattenne, mordendosi il labbro tremulo. *Dannazione.*

«Bree», le sussurrai, appoggiandomi sul tavolo della cucina, per guardarla bene negli occhi.

«Sei il mio fratellone, e sono preoccupata per te». Aveva gli occhi velati quando alzò lo sguardo. «Ho paura che tu ti metta nei guai se continui a comportarti in questo modo. Sei sempre così nervoso, e hai degli sbalzi d'umore pazzeschi. E parlo solo di quando ci vediamo. Per la maggior parte del tempo non ci sei. Sono preoccupata per quello che potresti fare…». Si interruppe.

«Ehi». Le diedi un bacio sulla testa e la abbracciai forte; poi mi appoggiai di nuovo al tavolo. «Non mi sto cacciando nei guai, lo giuro. Non sto facendo niente di illegale, niente che potrebbe far incazzare mamma e papà. Faccio solo molta fatica ad affrontare *certe cose*, e così sembra che me la prenda con tutti».

«Allora dimmi, quali cose?».

Scossi la testa. «Niente di cui devi preoccuparti. Risolverò la faccenda e cercherò di essere più presente, mi sforzerò di venire a casa la domenica e tutte quelle stronzate lì».

«Quelle stronzate lì. Carino». Sbuffò e abbassò le palpebre per scacciare via le lacrime. «Va bene. Se dici che non c'è nessun problema, ti credo. E cercherò di tenere la bocca chiusa con mamma e papà».

«Te ne sarei grato. Ti voglio bene, mocciosetta».

Lei fece un gran sorriso. «Anch'io ti voglio bene, teppistello».

Proprio in quel momento mi si rizzarono i peli sulle braccia e sul collo, e desiderai essermene andato via prima, o avere raggiunto Bree allo studentato anziché a casa mia. Mi staccai dal tavolo e cercai di rimanere calmo quando udii la sua voce.

«Ehm, buongiorno», ci salutò Harper dolcemente.

Bree sorrise ancora di più mentre sbirciava dietro di me. «Buongiorno, bambolina! Come è andata la nottata?».

Non volevo vederla, ma non riuscii a fare a meno di voltarmi a guardarla per un attimo, per poi girarmi di nuovo verso Bree.

«Bene», rispose Harper. «E a te?»

«È stata... grandiosa». Bree aveva un'aria sognante, e non serviva essere un genio per capire perché.

«Uff... Dai, Bree! Risparmiami i particolari, almeno finché non me ne sarò andato». Non ero stupido: immaginavo che la mia sorellina non fosse vergine, ma non volevo saperne nulla.

Senza neppure lanciare un'altra occhiata alla mia principessa, mi precipitai verso la camera da letto più grande e bussai un po' di volte alla porta prima che Brad aprisse. Aguzzò lo sguardo e raddrizzò la schiena per guardarmi dritto negli occhi, e capii subito che voleva fare a botte. D'istinto mi irrigidii, preparandomi alla sfida. Brad e io ci eravamo incontrati alla palestra di McGowan, all'inizio del primo anno alla San Diego. Ci mettevano sempre insieme sul ring perché eravamo quasi identici per peso e per altezza, e da allora eravamo diventati amici. Avevamo fatto degli incontri qua e là in quello che chiamavano il "sottobosco". Si trattava di combattimenti non proprio legali, ma la paga era ottima, ed erano organizzati con discrezione in modo che le forze dell'ordine ne rimanessero all'oscuro. Alla McGowan avevamo incontrato anche Brandon quando si era trasferito in città, e avevamo formato quella che Bree amava chiamare una "confraternita", perché ci dedicavamo tutti ai combattimenti e al surf. Sapevo che non avrei mai potuto vincere un combattimento contro Brandon: quello stronzo era davvero irrefrenabile sul ring e aveva anche una stazza notevole. Era alto solo cinque centimetri più di me, ma aveva quasi venti chili di muscoli in più. Quindi non mi ero mai aspettato di vincere contro Brandon, ma non era per quella ragione che avevo iniziato a partecipare agli incontri: volevo solo un'opportunità per prendere a pugni il ragazzo che avevo amato come un fratello, e che ora stava con la ragazza dei miei sogni. Brad, invece… Be', io e Brad eravamo alla pari nei combattimenti. Avevamo già combattuto l'uno contro l'altro diverse volte, senza mai sapere chi avrebbe vinto, e in quel momento capii dal suo sguardo che voleva farmi a pezzi, ma io ormai avevo smesso con le risse. Mi sforzai di rilassarmi, ma Brad stringeva ancora i pugni e mi guardava con un'espressione torva.

«Non è giusto che mi sfoghi con te», mi giustificai scrollando le spalle.

«Ma neppure Brandon merita le tue stronzate».

«Lo so. Infatti non ce l'ho con lui». Brad spalancò gli occhi e allentò i pugni mentre si allontanava dalla porta. Si sedette sul divano, e io mi accasciai sulla sedia che aveva posizionato davanti alla TV per giocare ai videogiochi. «È bello non vedervi più fare a botte, ma non volevamo neppure che sparissi».

Annuii. «Sta diventando sempre più difficile per me stare vicino a Brandon e Harper, ormai penso soltanto a lei. Eppure riconosco che sono stato io a mandare tutto al diavolo, non avrei mai dovuto respingerla».

«Non ti capisco, amico. Cambi la tua vita per lei, rovini

le tue amicizie per lei... poi sparisci per due settimane e infine ti arrendi così. Ma sei ancora innamorato di lei?». Prima che potessi rispondere, si fece un po' più avanti sul divano e sussurrò: «L'hai vista quel weekend?».

Spalancai gli occhi incrociando il suo sguardo e provai a parlare, ma non venne fuori nulla.

«Senti, ti ho taciuto di proposito che era rimasta a casa dei tuoi genitori perché sapevo che ci saresti passato, e questo probabilmente mi rende uno stronzo nei confronti di Brandon, esattamente quanto te. Però ho pensato che tu e Harper avevate bisogno di chiarirvi. E con tutte le stronzate deprimenti che mi avevi raccontato, ero sicuro che ti saresti tenuto a distanza da lei. Quindi dimmi, ma alla fine l'hai vista?».

Continuammo a fissarci l'un l'altro; poi mi accasciai sulla sedia con un gemito e mi passai le mani sul viso. «La amo».

«Lo so».

«Anche lei mi ama». Tenni gli occhi fissi sul soffitto mentre parlavo. «Ho passato quella notte e la mattina seguente con lei».

«Merda, Chase».

«E poi... be'... sai che sono tornati tutti prima del previsto. La principessa si è spaventata ed è tornata da Brandon».

«E tu non ti sei fatto più vedere».

«Già». Sospirai e lo guardai. «Ha detto che aveva bisogno di tempo, ma so che non è così. Ho fatto troppe stronzate, fin dall'inizio, per sperare che possa tornare da me».

«Quindi che hai intenzione di fare adesso? Continuerai a non farti vedere in giro?»

«Non lo so. Stamattina ho annunciato ai miei che sto pensando di andarmene da San Diego dopo la laurea, per allontanarmi da lei. Eppure, l'ho appena vista per un attimo dopo settimane, e non penso di potercela fare. Proprio non riesco a starle lontano».

La porta si spalancò, e Brandon non aspettò neppure di entrare nella stanza per urlare: «Harper è svenuta, e non si sveglia».

Provai un tuffo al cuore, e in un lampo mi alzai dalla sedia e corsi dietro a Brandon, con Brad al seguito, mentre la mia mente registrava l'accaduto. Quando arrivai in cucina la mia principessa, tutto il mio mondo, giaceva a terra madida di sudore. Aveva gli occhi spalancati e guardò prima Bree, poi Brandon e Brad, e infine me.

Brandon si inginocchiò accanto a lei, e io mi aggrappai forte al bancone. Avrei voluto essere io a controllare che stesse bene. «Si è svegliata?», domandò a Bree.

«Sta bene, Chase», mi rassicurò Brad a bassa voce in modo che potessi sentire soltanto io, e mi diede una pacca sulla schiena. «Sta bene, calmati».

Si sentì un tonfo, e poi un gemito da parte di Harper. «Ahi».

Mi aggrappai più forte al bancone quando Brandon si avvicinò a lei, e lei lo guardò negli occhi. «Brad, prepara il divano».

Brad si allontanò, e io mi sforzai di controllare il respiro mentre guardavo il mio miglior amico prendersi cura di lei. Avrei voluto odiarlo, ma non ci riuscivo. Harper gli chiese se si fosse addormentata in cucina e, per la prima volta da quando Brandon era venuto a chiamarci, mi venne da ridere.

Bree rise, ma era ancora molto scossa. «Non proprio. Sei svenuta».

«Davvero?». Gli occhioni di Harper si spalancarono ancora di più. Sembrava spaventata.

«Sì, Harper», rispose Bree, «ci hai fatto prendere un colpo».

Brad tornò in cucina. «Il divano è pronto».

Brandon si sollevò e guardò me e Brad, ma noi ci stavamo già avvicinando. Tutti avevamo visto Brandon portare in braccio Harper diverse volte, e io stesso ero in grado di sollevarla; ma non l'avevamo mai vista cadere a terra e nessuno di noi capiva cosa le fosse successo, così Brandon la prese da sotto la schiena, mentre io le reggevo la testa e le spalle e Brad le gambe, e in questo modo la portammo fino al divano.

«Sto bene», gemette Harper, e quando la adagiammo sul divano cercò subito di mettersi seduta. «Vi state comportando in modo ridicolo».

Brandon la guardò come se fosse pazza e la spinse di nuovo giù, delicatamente. «Tesoro, sei rimasta priva di conoscenza per...».

«Ho capito, ma adesso è tutto a posto». Sospirò e alzò gli occhi al cielo mentre il suo stomaco brontolava. Sorrise e si indicò la pancia. «Visto? Sto bene».

Mi sentii mancare il respiro. Bastò una cosa tanto ridicola come il brontolio dello stomaco a farmi balenare in mente l'immagine di noi due in camera mia, il corpo nudo di Harper che si inarcava sopra di me. Era stata la più bella mattinata della mia vita, e avrei dato tutto pur di tornare indietro e riviverla ancora.

«Ahi, Brad?». La voce di Harper mi riportò subito al presente, e la vidi sussultare mentre Brad le posava un tovagliolo sulla gamba. «Puoi smetterla, per piacere? Mi stai facendo male». Poi rimase a bocca aperta quando lo vide rialzarsi con il tovagliolo sporco di sangue. «Ma che diavolo...».

«Hai fatto cadere la tazza, e una scheggia piuttosto grossa deve averti ferito la gamba», si affrettò a spiegarle Brandon mentre le baciava il collo. Harper chiuse le palpebre e inspirò profondamente.

Il dolore che sentivo al petto si intensificò: ormai mi ero assicurato che stava bene, perciò non ce la facevo più a stare lì, così indietreggiai e mi allontanai da tutti, desiderando ancora una volta di poter tornare indietro nel tempo, a quando avevo incontrato per la prima volta quella ragazza dagli occhi grigi. Adesso, avrei agito in modo completamente diverso.

Tornai nella stanza di Brad a prendere le chiavi e, quando mi voltai per andarmene, me lo ritrovai davanti alla porta. «Te ne stai andando di nuovo?». Annuii, e lui chiese solamente: «Per quanto tempo stavolta?»

«Non lo so, amico, forse rimarrò dai miei. Continuare a vederla entrare e uscire dalla stanza di Brandon mi ucciderebbe. Tranquillo, però, mi farò vedere in giro». Guardò con aria interrogativa le chiavi che avevo in mano, e io mi passai una mano sul viso. «Devo andare a lezione, e poi al negozio. Voi domani andrete a fare surf al solito posto?»

«Come sempre».

«Bene, ci sarò».

Brad sorrise e io lo superai avviandomi lungo il corridoio. Quando passai davanti alla cucina, vidi Brandon che preparava la colazione, e cercai di non digrignare i denti quando mi parlò.

«Dove sei stato, fratello? Non ti ho visto per più di dieci secondi di fila da quando sono tornato in città».

«Sono stato semplicemente impegnato con il negozio». Alzai le spalle. «I miei abitano più vicino al mio luogo di lavoro, quindi per me è più comodo tornare lì». Sentii Bree e Harper parlare mentre s'incamminavano in corridoio, dirette verso la stanza di Brandon. «Sta bene?»

«Harper? Si rimetterà. Bree ha detto che non mangia da ieri mattina. Dev'essere svenuta per questo».

Guardai la colazione che le stava preparando e pensai all'unica volta che gliel'avevo preparata io, e ripensai anche a come, mentre cucinavo, la mia vita fosse diventata improvvisamente uno schifo. «Bene, abbi cura di lei».

Brandon sgranò gli occhi; poi aggrottò la fronte. Ma prima che potesse aggiungere altro mi precipitai verso la porta d'ingresso e uscii.

«Non c'è da meravigliarsi che i tuoi genitori ti abbiano sbattuto fuori di casa».

Spalancai gli occhi e lanciai un'occhiata a Brian e a Jeff, un altro tatuatore.

«Vedendoti conciato così, anch'io ti sbatterei fuori a calci», concluse Brian mentre spostava alcuni fogli dal mio bancone e ci si sedeva sopra. La porta si aprì, e io e Jeff ci voltammo. Brian invece rimase seduto lì, con un sorrisetto soddisfatto. «Oh, a proposito, Riss sta venendo a dirtene quattro».

«Dici sul serio, Brian? Hai chiamato tua moglie per farmi fare la ramanzina?».

«Chachi!», esclamò Marissa, e io gemetti. «È passato un mese. Un mese! Hai due alternative: o ti fai venire le palle e vai a chiederle cosa ha deciso di fare, o dimentichi quella troia e non ne parliamo più».

«Marissa», ringhiai in tono di avvertimento.

Lei sorrise maliziosa. «Come pensavo. Quindi vai subito a chiederglielo».

«Non posso!». Lanciai il mio blocco da disegno sul bancone e incrociai le braccia sul petto. «Ha già deciso. Non c'è niente da fare».

«No, ti ha chiesto di darle un po' di tempo, e tu l'hai fatto. Stai ancora male, e adesso tornerai a casa tua solo perché i tuoi genitori ti hanno sbattuto fuori. Lei non può scamparla così dopo quello che ha fatto».

«Cioè, cosa?»

«Non può dirti che ha bisogno di tempo per decidere, soltanto per far passare inosservata la cosa. Non puoi fargliela passare liscia. Tradisce il suo fidanzato e pensa di potersene tornare da lui senza problemi? 'Fanculo, Chach. La tua ragazza deve rimediare alla cazzata che ha combinato, e non lo farà mai se te ne stai seduto qui a sbavare a distanza. Altrimenti continuerà a comportarsi così, con te o con qualcun altro...».

«Sono io che l'ho spinta a farlo! Sono io che l'ho cacciata, spingendola dritta nelle sue braccia. Lei non ha fatto nulla, sono io che ho combinato questo pasticcio. Quindi smettila di parlare di lei come se fosse una puttana!».

«Be', se parla come una puttana e apre le gambe come una...».

«Marissa!». Misi giù le braccia e andai dritto da lei. «Chiudi quella boccaccia, subito! Non m'importa se sei la moglie di Brian e se sei una donna. Non ti azzardare mai più a parlare così della mia ragazza. Indipendentemente da chi sceglierà stasera. Hai capito bene?».

Lei fece un gran sorriso e saltellò su e giù un paio di volte, per poi gettarmi le braccia intorno al collo. «Allora le parlerai stasera? Chachi, sono fiera di te, e ricordati che noi ci saremo sempre, qualunque cosa succeda!».

«Che diamine! Ma... che cazzo...». Brian e Jeff risero di me, mentre rimasi con le braccia penzoloni. «Bri, tua moglie è bipolare!».

Marissa fece un passo indietro, ma continuò a tenermi le braccia intorno al collo. «Ho sentito i tuoi racconti su di lei, e non penso che sia una puttana. Penso soltanto che sia confusa e si sia innamorata di due ragazzi nello stesso momento, ma devi assolutamente andare a parlarle». Si avvicinò di nuovo per abbracciarmi forte, e io risi piano mentre ricambiavo l'abbraccio.

«Quindi mi hai detto tutte quelle stronzate solo per convincermi ad andare a parlare con lei?». La lasciai e mi scostai, poi la guardai mentre si gettava tra le braccia di Brian.

«Be', ha funzionato, non è vero?», chiese lei compiaciuta. «Hai detto "stasera"».

«Sì... grazie, Riss. La prossima volta, però, prova con un metodo diverso, ok?». La baciai sulla fronte, diedi uno scappellotto a Brian e una pacca sulla spalla a Jeff, poi presi le chiavi e il telefono. «Non ho nessun appuntamento stasera. Ragazzi, ci vediamo domani».

«Buona fortuna, Chach!».

Le parole di Marissa mi ricordarono ciò che stavo per fare e inspirai a fondo. Avevo la sensazione che avrei avuto bisogno di un bel po' di fortuna per sopravvivere alla serata.

Chiamai Brad, e lui mi riferì che le ragazze non erano ancora tornate dal pranzo domenicale, quindi mi diressi a casa dei miei genitori, e sospirai quando vidi la macchina di Bree parcheggiata nel vialetto. Sentivo già una fitta di dolore al petto, e sperai che la serata non andasse a finire male, così male da rovinarmi per sempre.

Dalla cucina giunse la risata di Bree, e mi incamminai piano in quella direzione. La trovai seduta al tavolo, e dietro di lei c'era Harper con in mano un sacchetto di patatine: erano intente a guardare il portatile di Bree. Mia sorella fu la prima ad accorgersi di me. Smise di guardare qualsiasi cosa stessero guardando, e incrociò le braccia sul petto mentre mi lanciava un'occhiataccia. La principessa aveva ancora gli occhi incollati allo schermo.

«Ehi, guarda un po' chi ha deciso di unirsi alla festa. Papà e mamma stanno già dormendo».

Continuai a fissare Harper, mentre lei si voltava a guardare mia sorella e poi me. Spalancò gli occhioni grigi, e il pacchetto di patatine le scivolò dalle mani.

«Sono stata impegnata». Naturalmente, i miei sapevano bene perché non mi fossi presentato a pranzo. «Harper, posso parlarti?»

«Oh. Sì, certo». Avanzò verso di me, ma poi impallidì all'improvviso, e si dovette aggrappare al bancone. «Accidenti».

«Stai bene?». Bree era già balzata in piedi, e io mi stavo precipitando da Harper, quando lei alzò una mano per fermarci.

«È tutto a posto, solo un piccolo giramento di testa. Ho temuto di svenire un'altra volta».

Strinsi i pugni. Desiderai che Bree non fosse presente: stavo facendo uno sforzo immane per non precipitarmi dalla mia principessa, a stringerla e a chiederle se stesse bene. Era malata? Non la vedevo da più di una settimana, da quando era svenuta nella cucina di casa mia, e pareva ancora che potesse cadere a terra da un momento all'altro.

Bree e Harper parlottarono tra loro a bassa voce; poi Harper le disse che sarebbe tornata subito e mi seguì fuori.

Senza dire una parola, camminai un po' lungo il vialetto della casa dei miei genitori; poi mi voltai a guardarla.

I suoi occhi mi scrutarono e, anche se era buio, vidi il suo viso riprendere colore: quel rossore che amavo così tanto. Si morse il labbro inferiore e spostò il peso da un piede all'altro un paio di volte; poi mi disse: «Ciao».

In quel momento tirai fuori tutto il fiato che stavo trattenendo. Eravamo rimasti un mese senza parlare, e adesso tutto ciò che sapeva dirmi era "ciao"?

«Ciao, principessa».

«Dove sei stato?»

«Ho lavorato un sacco, poi c'erano le lezioni, il surf. Le solite cose». Lei annuì e distolse lo sguardo; poi abbassò gli occhi e riprese a parlare. «La tua famiglia sente la tua mancanza».

Ecco, era proprio quello che avevo bisogno di sapere. Puntai i piedi e con voce tremante chiesi: «E tu?».

Lei si voltò di scatto a guardarmi, e odiai il dolore che vidi nei suoi occhi, anche se mi donò un soffio di speranza. «Ma certo, Chase».

«Harper, ti ho concesso tutto il tempo. Più che a sufficienza. Non posso più tenermi lontano da te, devo sapere chi hai scelto».

«Vuoi davvero parlarne adesso?», sibilò guardando la porta; poi si avvicinò e mi parlò a bassa voce. «Forse Bree ci sta ascoltando!».

«Sì, lo so». Dovevo approfittarne prima che mi venisse meno il coraggio. «Ma devo sapere».

«Chase, non puoi chiedermi di scegliere tra te e lui».

Che cosa?

«Mi hai lasciato, come fai sempre. Mi hai completamente evitato per un mese. Come potevo pensare che tu mi volessi ancora?».

Stava parlando sul serio? Che. Cazzo. Spalancai le braccia e la guardai come se fosse pazza. *Non si ricorda che cosa mi ha detto?* «Ti stavo solo dando tempo! Me l'hai chiesto tu!».

«Ma non ti ho mica chiesto di evitarmi come se avessi la peste, volevo che lottassi per me. Che mi dimostrassi sul serio che mi amavi, come avevi detto».

Come faceva anche solo a mettere in dubbio il mio amore per lei, dopo quello che era successo tra noi? «Ma io ti amo, Harper, ed è per questo che ti ho dato modo di pensare senza interferire».

Lei fece un passo indietro, ma io mi avvicinai di nuovo. I suoi occhi erano fissi nei miei, e li vidi riempirsi di lacrime. «Mi dispiace, Chase, ma non posso».

Oh, merda. «No. No, no...».

«Non posso stare con te. Io amo Brandon, mi dispiace».

No! «Piccola, ti prego, non dire così. Lotterò per te, lo prometto. Ti prego, concedi una possibilità a noi due».

«Anche una parte di me probabilmente ti amerà per sempre, ma non posso correre il rischio con te, Chase. Un giorno mi lascerai, e quando succederà il dolore mi ucciderà».

«Ehi... no! Non ti lascerei mai, ti giuro». Non capiva che lei era *tutto* per me? La presi tra le braccia e la strinsi mentre il mio corpo cominciava a tremare. Non potevo perderla. Mi ero preparato a quella eventualità, ma in quel momento non ce la facevo.

«Non puoi stare con una ragazza sola, tu sei fatto così. E va benissimo, Chase, va benissimo. Ogni sera vai con una diversa, io però quando penso all'amore penso all'eternità, e tu questo non puoi darmelo, perciò non ho intenzione di farmi del male rimanendo con te solo per un po'».

Le lacrime mi sgorgarono dagli occhi, e facevo fatica a respirare. Dopo tutto quello che era successo, pensava ancora che io facessi la vita di un tempo. Non si era ancora accorta che ero cambiato per lei? Non avevo mai detto di amare nessuna, oltre a lei, e non avrei mai *pensato* di amare qualcun'altra se non lei. Le avrei dato il mondo, se me lo avesse chiesto. E lei credeva di essere soltanto un'avventura?

Le presi il viso tra le mani e la allontanai dal mio petto in modo da poterla guardare, ma era sconvolta: gli occhi lucidi per le lacrime che minacciavano di scorrere a fiumi. «Non sono più stato con nessun'altra da quando hai iniziato a uscire con Brandon. Sapevo che non ci sarebbe mai stata una come te e non avevo intenzione di perdere tempo».

La principessa scosse piano la testa, si sollevò sulle punte e mi baciò l'angolo della bocca, per poi staccarsi dalle mie braccia. «Ti amo, Chase».

«Ti prego, piccola, non farlo!». Le afferrai la mano, deciso a non lasciarla andare.

«Devo, mi dispiace».

«Perché? Perché non puoi stare con me?». Non rispose, e io ingoiai la bile e decisi di chiederle l'unica cosa che mi aveva preoccupato di più nell'ultimo mese. «Vai a letto anche con lui, Harper?»

«E questo che importanza può avere?»

«Ti prego». Chiusi gli occhi e mi preparai a chiederglielo di nuovo. «Dimmi solo se vai a letto con lui».

«Sono stata solo con te», bisbigliò, e l'aria mi abbandonò

i polmoni mentre lei cominciava a indietreggiare. Alzai lo sguardo e proprio in quel momento lei si fermò. Si irrigidì tutta e fu scossa da un fremito.

«Che c'è? Cosa c'è che non va?»

«Devo andare», gridò, e cominciò a correre verso casa.

Rimasi lì in stato di shock per alcuni istanti; poi mi sforzai di tornare al furgoncino per andare da Brian e Marissa. Non avevo idea di cosa fosse successo: sapevo soltanto che il mondo mi era appena crollato addosso.

Venne ad aprirmi Marissa e, dopo avermi lanciato uno sguardo, spalancò gli occhi e si portò una mano alla bocca. «Oh, Chachi».

Schiusi le labbra, ma non mi venne fuori alcun suono e chinai la testa mentre qualche lacrima cadeva sul pavimento.

«Brian dovrebbe tornare presto», disse lei dolcemente e facendo un passo indietro. «Entra, puoi dormire qui stanotte». Poi chiamò Brian per fargli sapere che ero lì e si accomodò su una sedia di fronte al divano, dove mi ero accasciato io. «Vuoi parlarne?».

Scossi la testa. Non sapevo neanche se ci sarei riuscito.

«Che hai intenzione di fare, Chach?»

«Aspetterò...». Avevo la voce roca e mi sentivo un nodo alla gola. «Aspetterò. La aspetterò sempre. Per me rimarrà sempre Harper. Non smetterò mai di desiderarla».

«Chac...».

«Riss, non mi arrenderò. Non posso».

Capitolo 10

Harper mi aveva spezzato il cuore, e il giorno dopo mi ritrasferii a casa mia. Ero pronto all'idea di vederla insieme a Brandon, di vederli entrare e uscire dalla sua stanza, lei con addosso soltanto una maglietta presa in prestito da lui. Eppure, non l'avevo vista per niente: era passata una settimana, e tutte le volte che avevo visto Brandon, era sempre da solo. Lo avevo incrociato la mattina precedente in cucina, ma era arrivato proprio mentre io stavo uscendo, quindi non gli avevo detto nulla. Prima lo avevo odiato per essersi preso la mia ragazza. Ora che l'avevo avuta e Harper mi aveva lasciato di nuovo per lui, non potevo incrociare il suo sguardo senza desiderare di morire.

Seguivo la mia routine quotidiana. La mattina ero tornato a fare surf con Brad e i ragazzi, anche se Brandon nell'ultima settimana non si era fatto vedere. Durante il giorno seguivo le lezioni e la sera andavo al lavoro. Mentre me ne stavo fuori dall'aula a parlare con alcuni miei vecchi amici in attesa della lezione, qualcuno mi venne addosso.

«Ma che diavolo...», esclamai, ma quando mi voltai vidi una massa di capelli castani ramati tutti scompigliati e due grandi occhi grigi che mi guardavano. «Principessa?».

Senza dire nulla Harper si chinò a raccogliere il telefono, che era caduto a terra, e si voltò per andarsene. *Maledizione, no.*

«Harper, aspetta!». Appena la raggiunsi le afferrai il braccio e la feci voltare in modo che mi guardasse negli occhi. «Che c'è, adesso non mi saluti nemmeno? Non mi dici nemmeno ciao?».

Lei chinò la testa e mormorò un timido «ciao».

Perché non mi guarda neppure? Le sollevai il mento e provai una stretta al cuore quando vidi che i suoi occhi erano bagnati di lacrime. *Perché diamine sta piangendo, la mia principessa?* «Piccola, che succede?».

Le sue guance avvamparono, e batté le palpebre per scacciare le lacrime. «Niente. Deve essere un'allergia o qualcosa del genere».

Stronzate. Si guardò intorno in fretta, e mi resi conto che se l'avessi toccata e Brandon ci avesse visti non avrebbe certamente gradito, quindi feci un passo indietro e chinai la testa. «È da un po' che non ti si vede più a casa. Lo so che non vuoi stare con me, ma, ehi, la porta è sempre aperta. Non darò fastidio a te e a Brandon».

«Non è questo il motivo per cui non sono più venuta. Io... Ecco, ci siamo lasciati».

Alzai la testa di scatto, e guardai dritto nei suoi occhi cupi. «Che cosa? Be', perché non me l'hai detto?». Ero pazzo a sperare che forse, finalmente, avrei ottenuto quello che desideravo da più di cinque mesi?

«Una settimana fa, più o meno. Ma non riuscirò mai a spiegarti quanto mi è costato, e ho bisogno di tempo per superare la cosa. Non posso correre da te solo perché Brandon e io non stiamo più insieme».

Non posso correre *da te... Significa che ha intenzione di tornare da me?* Sentii riaccendersi la speranza e le presi il viso tra le mani, chinandomi a guardarla negli occhi. «Ti amo, ti concederò tutto il tempo di cui hai bisogno. A meno che... A meno che tu non mi desideri più».

Trattenni il fiato mentre mi prendeva la mano sinistra e la premeva sulla sua guancia. Poi chiuse gli occhi e fece un respiro profondo. «Te l'ho detto, ti amerò sempre, Chase, ma ancora non sono sicura che tu non mi lascerai, prima o poi. E per colpa di questa paura non so se posso stare con te. Sono successe delle cose dall'ultima volta che abbiamo discusso. Forse cambierai completamente idea su di me».

«Questo non è possibile».

Allontanò le mie mani dal viso e si gettò tra le mie braccia. Feci un respiro profondo e ringraziai Dio quando lei mi baciò il collo e nascose la testa contro il mio petto. Poi però sussurrò: «Vorrei che fosse vero».

Che cosa dovevo fare per convincere quella ragazza che la amavo più di ogni altra cosa? Improvvisamente i miei occhi si velarono, e la mia voce si incrinò mentre le lacrime mi rigavano il viso. «E invece è possibile, Harper. Ti amo così tanto, dannazione. Perché non riesci a capirlo?».

Anche i suoi occhi si inumidirono, e la mascella cominciò a tremarle. Un momento dopo si era allontanata e stava andando via. «Devo andare, mi dispiace».

«Harper, ti prego. Ti prego, non te ne andare. Parlami, piccola». Ma lei non si fermò e non si voltò a guardarmi. «Principessa, ti prego, fermati». Niente: continuò a camminare a testa bassa, e io avevo il terrore che se l'avessi lasciata andare sarebbe stato per sempre. «Harper, ti prego parlami!».

A un tratto si voltò, ma io continuai a camminare finché non la raggiunsi.

«Lo farò», promise. «Parleremo, ma adesso devo andare». Mi prese il viso tra le mani e mi asciugò le lacrime.

«Lo prometti?». Annuì, e io le sussurrai: «Ti amo». Le baciai il polso e la guardai allontanarsi. Ero così concentrato su Harper che non mi accorsi che c'era qualcun altro accanto a me, finché Bree non mi toccò il braccio. Il mio sguardo si spostò rapidamente dall'una all'altra, e mi irrigidii quando mi accorsi di aver parlato ad alta voce davanti a mia sorella. Entrambe però mi sorrisero senza dire nulla, e cominciai a rilassarmi. Poi mi guardai intorno e mi resi conto di aver attirato l'attenzione di altra gente. Chinando la testa, mi affrettai e ancora una volta mi allontanai dalla ragazza che amavo.

«Bello, eh?».

Brad sorrise mentre esaminava nel doppio specchio il tatuaggio che gli avevo appena fatto sulla schiena. «Sì, amico. A Sarah piacerà da morire».

Spalmai la pomata sul tatuaggio e lo coprii; poi Brad si rimise la maglietta e si sedette sul tavolo. Volevo scherzare un po' sul fatto che doveva essere proprio cotto per essersi fatto tatuare il nome di Sarah sulla spalla, ma io stesso avevo chiesto a Brian di tatuarmi sul braccio un disegno che nascondeva la parola "principessa", quindi non avevo nessun diritto di parlare.

Jeff si avvicinò alla mia postazione e lanciò una bibita a me e a Brad; poi aprì la sua e si sedette sul mio bancone. Era una serata molto tranquilla in negozio, e Brian era l'unico che avesse un appuntamento... con suo fratello.

«Andiamo a fare surf domani?», chiese Brad prima di prendere una lunga sorsata.

«Sì. Sai se viene anche Brandon?».

Brad alzò le spalle. «Giuro, voi due vi siete proprio scambiati di posto: ora che tu sei rinsavito, Brandon non si fa vedere più. Be'... a parte a pranzo l'altro giorno».

«Sì, ma se n'è andato appena sono arrivato io». E poi Brad si sbagliava di grosso su di me. Non ero affatto rinsavito: speravo soltanto che ogni giorno fosse quello giusto per tornare finalmente a stringere Harper tra le mie braccia, ma le speranze diminuivano con il passare del tempo.

«Non siete più in lite, vero? Voglio dire, Harper non sta né con te né con lui, quindi non c'è più motivo di litigare». Lo guardai incredulo e poi gli lanciai un'occhiata minacciosa. Brad alzò le mani in segno di resa e sorrise. «Ehi, amico, sai che faccio ancora il tifo per te. Voglio che tu sia felice, ma la verità è questa».

Scossi la testa e sospirai. «Non abbiamo più litigato da quando è tornato dalle vacanze di Natale, ma abbiamo parlato solo una volta, ed è stato la mattina che la principessa è svenuta».

«Non ti parlerei neppure io se ti fossi scopato la mia ragazza», sbuffò Jeff. Gli lanciai la mia bottiglietta vuota e lui la schivò. «Be', è vero!».

In passato mi ero scopato un sacco di ragazze. E una cosa era certa: quello che c'era stato tra me e la principessa non poteva essere considerato in nessun modo una semplice scopata. «Lui non lo sa».

«Sì che lo sa!», esclamò Brian dalla sua postazione, senza alzare lo sguardo dal polpaccio di suo fratello. Diamine, anche quando voi due non facevate altro che litigare, veniva lo stesso qui a farsi tatuare. Ora invece il tuo amico è scomparso. La tua ragazza lo ha scaricato, ma lui ti sta evitando lo stesso, anzi più che mai? Fidati, fratello, Brandon lo sa».

«Ne dubito», mormorò Brad, e io aggiunsi, scuotendo la testa: «Non è possibile. Mi farebbe a pezzi se lo sapesse».

«Esatto», concordò Brad, e mi puntò la bottiglietta vuota. «Avresti dovuto vedere come si è lanciato addosso a Chase. Non che lui non se lo meritasse, ma Brandon era davvero incazzato nero. Ed è stato prima che succedesse qualcosa tra Chase e Harper. Figuriamoci adesso».

«Lui lo sa», ribatté Jeff. «Altrimenti non ti eviterebbe».

«Sta evitando tutti». Mi aggrappai allo schienale della sedia. Il mio cuore aveva cominciato a battere all'impazzata all'idea che Brandon potesse sapere di me e Harper. Mi guardai intorno in negozio per assicurarmi che non ci fosse nessun altro, e il mio sguardo si posò sul nome che mi ero fatto tatuare sul braccio.

«Non riesco proprio a capire perché la aspetti ancora», disse Jeff. «Hai aspettato per mesi, e adesso che ha rotto con il suo fidanzato… quanto tempo è passato ormai?».

Digrignai i denti mentre rispondevo. «Più di un mese e mezzo». *E no, ancora niente…*

«Un mese e mezzo», continuò lui, «e a stento ti parla. Falla finita e dimenticati di quella ragazza».

«Ma la ama!», esclamò Brian dalla sua postazione, e io risi. Sopportava le mie lagne da più di sei mesi, e nonostante questo ancora mi capiva.

«Non importa», replicò Jeff esasperato. «È passato un mese e mezzo da quando Harper gli ha detto che dovevano "parlare", e ancora non è successo».

Continuai a fissare il suo nome sul mio braccio mentre pensavo alle poche volte che l'avevo vista da quando mi aveva comunicato di aver rotto con Brandon. Era capitato due o tre volte, o forse un po' di più, ma ci eravamo soltanto incrociati. Sì, mi aveva annunciato che mi avrebbe parlato, ma era già passato un sacco di tempo e ancora non lo aveva fatto. Tra due giorni però sarebbe stato il suo compleanno, e io avevo un piano. «Succederà». Guardai Jeff e poi Brad, che annuì. «Farò in modo che succeda».

L'indomani avrei avuto solo un'ora di lezione, ma era il compleanno di Harper, e avevo una sorpresa in serbo per lei. Così dopo l'ultima lezione della giornata passai dall'ufficio del mio professore e gli consegnai il compito, avvertendolo che il giorno dopo sarei stato fuori città. Avevo appena lasciato il suo studio, quando vidi Harper precipitarsi in bagno, con una mano sulla bocca. Mi guardai intorno per assicurarmi che non ci fosse nessuno e aprii la porta. Non appena entrai la sentii vomitare violentemente in una delle tre cabine. Per la fretta, aveva gettato a terra lo zaino e non aveva nemmeno chiuso la porta del bagno in cui si era precipitata.

Quando la raggiunsi, mi appoggiai alla parete e rimasi ad accarezzarle la schiena finché non ebbe finito.

«Vattene», mormorò mentre tirava lo scarico.

Non credo proprio. Mi allontanai, ma solo per bagnare qualche salvietta di carta e portargliele. «Tieni, principessa».

Le prese e si pulì la bocca; poi si alzò e si voltò verso di me. «Grazie».

La guardai, ma non sembrava che stesse male: al contrario, era bellissima. Assolutamente splendida. «Stai bene? Vuoi che ti porti da qualche parte?»

«No, sto alla grande».

«Alla grande? Hai appena vomitato, Harper».

Inspirò profondamente mentre mi guardava. Scosse la testa, abbassò di nuovo lo sguardo e mi superò, uscendo dal bagno e dirigendosi al lavandino per risciacquarsi la bocca. «Lo so, ma adesso mi sento bene».

«Se non vuoi che ti accompagni da qualche parte, almeno lascia che chiami Bree. Ti riporterà a casa». Pensai alla conversazione che avevo avuto con papà quella stessa mattina, e aggiunsi dolcemente: «A proposito, quando avevi intenzione di dirmi che ti sei trasferita a casa dei miei?».

Lei chiuse il rubinetto e si mise in bocca una gomma. La masticò un po' e poi mi chiese: «È un problema per te?»

«Niente affatto, ma ho scoperto solo stamattina che vivi con i miei da più di un mese. Sarei venuto più spesso se avessi saputo che eri là. Pensavo fossi allo studentato, a cercare di nasconderti da me».

«Non mi stavo nascondendo da te, Chase».

Mi venne quasi da ridere. Jeff aveva detto bene la sera prima: nell'ultimo mese e mezzo a stento ci eravamo parlati. Sapevo che aveva bisogno di tempo, ma sembrava sempre che volesse evitarmi. Chinai la testa e fissai il suo zaino, che era ancora per terra tra noi due. «Ne sei sicura?».

Lei rimase in silenzio per qualche istante, e poi parlò con la voce bassa e leggermente tremante. «Sono stata molto impegnata, e neanche tu ti sei fatto vedere troppo in giro. Sono mesi che non vieni a casa la domenica».

«Come l'altra volta, Harper, ti sto dando il tempo che mi hai chiesto».

«Ah».

Sì, proprio così.

Raccolse lo zaino e mi superò, e quando mi voltai a guardarla mi stava fissando con uno sguardo di attesa, la mano che indugiava sulla maniglia della porta. La seguii fuori dal bagno e rimasi in silenzio finché non vidi con la coda dell'occhio che mi stava ancora guardando.

«Harper, mi puoi dire una cosa?»

«Ti dirò tutto, Chase».

Le afferrai il braccio per fermarla e aspettai finché non alzò lo sguardo. «Be', volevo sapere se... Ho perso la mia occasione?»

«Che vuoi dire?»

«Con te. Noi. Ho perso la mia occasione?».

Aggrottò la fronte. «Che intendi?»

«Intendo tu e io, *noi*. Ho perso la mia occasione?».

Provai una fitta al cuore quando si avvicinò e mi abbracciò: mi tornò alla mente quella sera sul vialetto di casa dei miei, quando mi aveva baciato dolcemente per poi dirmi che stava con Brandon. Quando rispose, trattenni il respiro e la strinsi più forte.

«Mi dispiace che tu sia costretto a farmi questa domanda. Vorrei che potessi capire quanto ti amo, Chase. È stato solo un periodo duro per me. Non sapevo che mi stessi ancora dando tempo. Pensavo di averti già perso». Alla fine la sua voce si incrinò, e io stavo quasi per ringraziare Dio urlando come un pazzo.

«Diamine, piccola. Non è possibile». La baciai sulla fronte e la strinsi forte. «Cosa c'è che non va? È ancora per Brandon? Oppure c'è qualcosa che io non so?»

«Dobbiamo andare, Harper».

Mi staccai da lei e feci un passo indietro quando udii la voce di mia sorella. Ancora una volta, mi aspettavo che Bree desse di matto, invece lei mi sorrise e non disse nulla.

Harper mi guardò e mi sfiorò dolcemente il braccio. «Ci vediamo».

«Ciao, principessa».
Di nuovo la guardai allontanarsi da me, ma quella volta mi ripromisi che non sarebbe più successo. Il giorno dopo sarebbe stata mia.
O almeno lo speravo.

Capitolo 11

Ero andato a Los Angeles di mattina presto per prendere tutto l'occorrente per la sorpresa che volevo fare a Harper. Poi avevo lasciato tutto da Brian e Marissa ed ero riuscito ad arrivare al college appena in tempo. Posai il bouquet di gigli rossi sulla sedia all'entrata dell'aula dove Breanna e Harper avevano lezione, e poi mi nascosi. Cinque minuti dopo arrivarono le ragazze. Vidi la mia principessa alzare lo sguardo, poi osservare stupita la sedia. Sussultò quando si avvicinò lentamente al bouquet e lo prese in mano. Drizzò le spalle, si girò e guardò tra la folla; poi prese il bigliettino e, infilandosi il bouquet sotto il braccio, lo lesse.

Quando si voltò e si guardò di nuovo intorno, aveva un sorriso radioso, e dovetti fare uno sforzo sovrumano per non precipitarmi da lei. Bree le tolse di mano il bigliettino e scosse la testa; poi si guardò intorno anche lei. Non appena entrarono in classe, tirai fuori il telefono.

Sei bellissima oggi.
PRINCIPESSA: Mi stavi guardando?
Forse. Finalmente sono riuscito a darti i gigli rossi.
PRINCIPESSA: Me li avevi già dati qualche mese fa, ricordi?
Non riuscirei a scordare quel giorno nemmeno se ci provassi.

PRINCIPESSA: Be', avresti potuto darmeli di persona, lo sai. Mi sarebbe piaciuto vederti.

Ah, ma quel sorriso sul tuo volto… ne è valsa la pena.

PRINCIPESSA: :) Grazie dei fiori. Sono stupendi.

Come festeggi il compleanno?

PRINCIPESSA: Stasera cena con la tua famiglia, poi film a casa. Sei invitato.

Vedrò cosa posso fare.

Non sarei andato alla cena, ma speravo davvero che la mia sorpresa le piacesse.

Visto che quella mattina non mi era stato possibile, andai a fare surf con Brad e Drew per poi tornare da Brian e Marissa e aiutarli a preparare tutto per la serata. Non riuscii a trattenere una risata quando vidi Brian immerso fino al ginocchio in una distesa di gigli.

«In bocca al lupo, Bri».

Lui mi puntò contro un mazzo di gigli e mi guardò torvo. Considerata la sua stazza, la massa di capelli, i tatuaggi e i piercing, quella scena era davvero buffa. «Attento, Grayson. Sto facendo tutto questo per te!».

«E io te ne sono grato».

«Chachi?». Marissa si precipitò in salotto. «Pensi che questi fiori basteranno? Possiamo andare a chiedere a qualche altro fioraio in città».

Spalancai gli occhi mentre mi guardavo intorno in salotto. «Mmm, Riss. Abbiamo comprato tutti i gigli rossi e bianchi che c'erano al mercato dei fiori. Credo che bastino». Mi squillò il telefono, e risposi senza guardare. «Sì?»

«Ciao, tesoro!».

«Ciao, mamma, che succede?». Da quando i miei mi avevano rispedito a vivere a casa mia, non avevo più visto mia madre né avevo parlato lei più di tanto, perché sarebbe stato imbarazzante considerato che c'era sempre Harper con lei. E adesso speravo che le cose sarebbero cambiate.

«Be', ehm, non so se sai... perché sai... be', forse...».

«Mamma, parla».

«È il compleanno di Harper».

Io feci un gran sorriso. «Ah, sì? Bene».

«Per caso hai cambiato idea su quello che provi per lei?». Sembrava nel panico, e allontanai il telefono dall'orecchio per controllare lo schermo.

«Certo che no. Che succede? Stai bene, mamma?»

«Oh, bene... Questa è davvero una bella notizia».

Sul serio, perché si sta comportando in modo così strano?

«Be', andiamo tutti a cena fuori stasera per il suo compleanno, e so che le farebbe molto piacere se ci fossi anche tu».

«Sì, guarda, mi piacerebbe, ma davvero non posso. Stasera sono impegnato». Se non mi fosse sembrata così strana, avrei potuto rivelarle i miei piani; ma quel comportamento era troppo bislacco, non era da lei.

«Spero che tu non ti sia arreso riguardo a te e Harper, tesoro».

«Mamma». Le parlai dolcemente. «No, non l'ho fatto, lo giuro. Però stasera ho delle cose da fare... Ok? Ma se questo ti fa stare più tranquilla, ho deciso di rimanere a San Diego dopo la laurea».

Lei sospirò sollevata. «Oh, grazie a Dio! Ottimo! Be', se dovessi cambiare idea, sappi che stasera usciamo alle sei».

«Alle sei, va bene. Ti voglio bene, mamma».

«Anch'io, tesoro».

Sistemammo tutti i fiori prima che andassi in negozio per il primo appuntamento della giornata; e quando ebbi terminato con il secondo corsi a prendere i gigli, andai a casa dei miei genitori e disposi i fiori in modo da ricoprire ogni superficie del salotto e del bancone. Poi andai in cucina in cerca di qualcosa da spizzicare e il mio sguardo cadde su un libro poggiato in fondo al tavolo. Quando lessi il titolo, dovetti guardare meglio. Rimasi impietrito.

No. Cavolo.

Esitando, mi avvicinai al tavolo, pregando di avere qualche problema alla vista.

Che cosa aspettarsi quando si aspetta. Quel titolo era proprio lì, davanti ai miei occhi. «Spero che sia uno scherzo», sussurrai tra me e me nella stanza vuota, e notai un segnalibro bianco che sporgeva da una pagina a circa un quarto del libro. Feci un respiro profondo, aprii il libro in corrispondenza di quella pagina e scoprii che il segnalibro in realtà era una foto. Un'ecografia.

Konrad. Lo avrei ucciso.

Tirai fuori l'ecografia e lasciai cadere di nuovo il libro sul tavolo mentre fissavo la mia nipotina o il mio nipotino. La porta d'ingresso si aprì, seguita da fischi e sussulti, e poi la sentii richiudersi. Mi voltai e mi misi a strillare, ancor prima di uscire dalla cucina per andare incontro alla mia famiglia. «Mi state prendendo in giro? Come avete potuto nascondermi una cosa del genere? Dove diavolo si è nascosto? Giuro su Dio che lo ammazzo!».

«Chase!», esplose mio padre piazzandosi davanti alla principessa, alla mamma e a Bree per proteggerle. «Calmati, che succede?».

Calmarmi? Dovrei calmarmi? Ma sta scherzando? «Ho visto il libro e anche quella maledetta ecografia!».

Papà drizzò la schiena e incrociò le braccia sul petto, con sguardo di sfida. «E allora?»

«E allora? *Papà!*». Spalancai le braccia e indicai le ragazze. «Bree è incinta, e tu sai dire solo "e allora"?».

Anche Bree incrociò le braccia sul petto e in quel momento sembrava proprio uguale a papà. «Per favore. Non sono mica stupida come te, non sono incinta».

«Breanna!», sibilò mamma, gli occhi sgranati.

«Non sei stupida come me? Cosa… diamine… E allora di chi diavolo è questa?». Le piazzai davanti l'ecografia e la tenni lì con la mano tremante, finché Harper non me la tolse. La sua voce era dolce e controllata.

«È mia, Chase».

Guardai la principessa, e stavo per scusarmi per aver fatto quella scenata proprio il giorno del suo compleanno, quando finalmente recepii le sue parole. È mia, Chase. Il libro, l'ecografia… appartenevano a lei? *La mia principessa è incinta? Ma mi ha detto che è stata soltanto con… Oh, merda.* Le gambe cominciarono a tremarmi mentre mettevo insieme i pezzi: tutto cominciava a quadrare. Non riuscii a bloccare il sorriso radioso che mi attraversò il viso: la ragazza che amavo più della mia stessa vita era incinta del *nostro* bambino.

I miei occhi si spostarono in basso, finché notai il pancino leggermente arrotondato. *Oh, merda.* Come avevo fatto o non notarlo prima? «Sei incinta, principessa?»

«Sì», sussurrò.

Alzai lo sguardo e le sorrisi, per poi guardarle di nuovo la pancia. Nel frattempo lei si era coperta con le mani. «Ed è… è mio?»

«Ma certo».

Sentii un'ondata di calore diffondersi in tutto il corpo. Sapevo benissimo cosa stesse dicendo. Sapevo cosa significasse, ma non potei trattenermi dal chiederle: «Avremo un figlio?»

«Sì».

Le tolsi di mano l'ecografia, sfiorando con le dita la sua pancia rigonfia. «Questo è il nostro bambino?»

«Sì».

Guardai di nuovo la mia principessa dagli occhi grigi, e ammirai il suo bellissimo sorriso mentre le lacrime cominciavano a rigarle il viso.

«Stiamo per avere un figlio», annunciai ad alta voce.

Lei rise e annuì mentre continuava a guardarmi.

Feci una risatina e mi passai una mano tremante tra i capelli, afferrando una ciocca e lasciandola andare; poi guardai di nuovo la pancia di Harper, l'ecografia di nostro figlio, e ancora la sua pancia. Era nostro. Quel bambino era nostro. E il sorriso di Harper diceva più di quanto potessero dire le parole. Quella bellissima ragazza era mia.

«Ti amo così tanto». Feci un ultimo passo verso di lei e mi avventai sulle sue labbra.

Lei mi avvolse le braccia intorno al collo, e io drizzai la schiena, sollevandola da terra mentre muovevamo le nostre bocche, l'una contro l'altra. Per la prima volta dopo quasi tre mesi mi sentii di nuovo vivo, e decisi che non volevo mai più vivere senza Harper. La rimisi a terra e la baciai ancora una volta; poi mi inginocchiai in modo da accostare il viso alla sua pancia. Accarezzai dolcemente il piccolo rigonfiamento, e sospirai. Non potevo crederci che non mi avessero detto nulla. Le sollevai un po' la maglietta e il mio cuore ebbe un fremito quando ammirai i gigli rossi tatuati che si avvolgevano intorno al fianco fino a sfiorarle la pancia.

Era mio.

Chinandomi in avanti, baciai per due volte il piccolo rigonfiamento; poi lo accarezzai di nuovo, mi alzai e mi rivolsi a Harper, prendendole il viso tra le mani. «Perché non me l'hai detto?».

Harper alzò le spalle, le lacrime che luccicavano nei suoi occhi grigi. «Ero spaventata. E lo sono ancora».

«Non devi aver paura», sussurrai, e le baciai dolcemente il naso. «Mi prenderò io cura di voi», promisi. *Sempre.*

Lei si guardò intorno e prendendomi la mano si rivolse ai miei genitori e a mia sorella. «Potete scusarci un attimo?».

La seguii su per le scale fino alla mia stanza. Appena entrati, la sentii sospirare mentre guardava il letto per qualche istante, poi andò a sedersi sul bordo. Mi sedetti anch'io e la tirai indietro verso di me, così eravamo distesi, io sulla schiena e lei rannicchiata contro di me. Rimanemmo in silenzio per un minuto; poi le presi la mano e la baciai, intrecciando le mie dita alle sue.

«Avremo un figlio, non riesco a crederci».

Harper fece un respiro profondo, e io cominciavo già a irrigidirmi. «A proposito… Chase…».

«No». Non le avrei permesso in nessun modo di distruggere quello che c'era tra noi due. «Non farlo di nuovo, ti prego».

«Stammi a sentire, ok?». Si appoggiò sul gomito e mi guardò dritto negli occhi. «Tu hai ventidue anni, stai per finire il college, e non voglio portarti via ciò che ti spetta. Se vuoi vivere la tua vita, io non ti fermerò. Solo perché questo bambino è tuo, non ti devi sentire costretto a stare con me… con noi. Io *voglio* che tu stia con noi, non fraintendermi. Ma ti lascerò andare, se è quello di cui hai bisogno».

Sapevo che parlava sul serio, ma non riuscii a trattenere un sorriso. «Hai finito?»

«Sì».

Bene. Adesso è il mio turno. Visto che, a quanto pare, non hai ancora capito come stanno le cose. «Harper, ti amo così tanto che non riuscirò mai a fartelo capire fino in fondo. Da quando ti ho incontrata la mia vita è cambiata. Pur pensando che non avresti mai potuto essere mia, non potevo continuare a vivere una vita che tu detestavi. La notte in cui mi hai confessato di amarmi è stata la più bella della mia vita, be', fino a stasera. Non voglio mai più che te ne vada, voglio stare con te per il resto della mia vita. Un giorno ti sposerò, Harper». Mi interruppi quando vidi spalancarsi i suoi occhioni grigi. «Farei qualsiasi cosa per te. Non so come convincerti che è vero, ma cercherò di dimostrartelo per il resto dei miei giorni».

«Vuoi davvero sposarmi?», chiese lei dolcemente.

Più di quanto desideri respirare. «Non sai quanto».

«Non solo perché sono incinta?».

La tirai di nuovo verso di me in modo da farla adagiare sul mio petto e delicatamente le sollevai la testa per baciarla. «Niente affatto. Devo ammetterlo, per me è un vero shock, ma ho sempre voluto stare con te, metter su famiglia. E anche se è successo prima di quanto pensassi, sono così eccitato... Quando dovrebbe nascere il marmocchio?»

«Il marmocchio?»

«Sì, perché sarà un maschio».

Lei mi sorrise con dolcezza e mi passò le dita tra i capelli. «La data prevista è il quattro ottobre».

Contai rapidamente i mesi e feci un gran sorriso. «Sei mesi, allora? Vuoi saltare il prossimo anno?»

«Non posso tornare al college».

Le accarezzai la spalla. «Ma certo che ci tornerai, ti darò una mano io».

«No, non è quello. So che lo faresti». Fece un respiro profondo e si scostò, prendendomi la mano. «Ho rivelato a Sir, mio padre, che sono incinta».

«E lui?»

«Lui… ehm, non ha intenzione di pagarmi più la retta. Ha detto che non sono più la benvenuta in casa sua».

«Bastardo», mormorai. «Dici sul serio? Troveremo un modo. Se vuoi finire l'università ci inventeremo qualcosa».

«Davvero, non so nemmeno se voglio continuare dopo questo semestre, ma non è per questo che sono triste. Proprio non sopporto che mio padre sia fatto così. Odio il fatto che mi rimproveri di essere nata».

La feci distendere di nuovo accanto a me e le passai la mano sul fianco. Come fosse possibile che qualcuno potesse odiare quella ragazza, andava oltre la mia comprensione. «Non è colpa tua. È un coglione, si è perso una figlia straordinaria ed è solo colpa sua».

«Avevo paura che anche tu ti saresti arrabbiato con me», ammise stringendosi a me, «perché ero rimasta incinta. Tu volevi fermarti, sono stata io a spingerti a continuare».

«Non hai mica dovuto insistere, eh! Ti volevo così tanto». Risi, ma lei rimase in silenzio mentre mi accarezzava il petto. «Non ce l'ho e non ce l'avrò mai con te, Harper».

Si chinò per baciarmi appassionatamente, e rimanemmo distesi in silenzio finché mia sorella non aprì la porta per dirci che stavano per guardare un film. Quando la porta si richiuse, Harper non si mosse, e neppure io.

«Harper, voglio che tu sia mia, e non solo perché stiamo per avere un bambino… anche se ti avverto che ho intenzione di dirlo a tutti». I suoi occhi si illuminarono, e io le sorrisi e la baciai sul naso. «Ma voglio poterti abbracciare in pubblico, voglio far capire a tutti che sei già impegnata, che sei mia. Sarai mia per sempre. Non ne posso più di stare lontano da te. È una tortura. Possiamo piantarla, finalmente?»

«E tu la pianterai di lasciarmi?», ribatté lei. Mi spostai e mi misi sopra di lei, la mia bocca a meno di un centimetro dalla sua.

«Non ti lascerò mai più, tesoro».

«Allora sono tua».

Si sollevò per baciarmi e io sorrisi. *Finalmente. Questa ragazza è mia.*

«Brandon, aspetta!».

Lui esitò un attimo, ma poi richiuse lo sportello della jeep. Si sfregò il viso e lasciò cadere le mani sul volante.

«Dobbiamo parlare».

Non ci parlavamo dalla mattina in cui Harper era svenuta. Tutti i ragazzi della casa ora sapevano che era incinta e che stavamo insieme, ma una volta Drew aveva fatto una battuta sul pancione della principessa e all'improvviso Harper si era agitata un sacco. Io mi ero spaventato, e avevo cercato di capire cosa fosse successo, e quando avevo alzato lo sguardo avevo visto Brandon allontanarsi. Non avevo idea di cosa gli avesse detto Harper quando lo aveva lasciato, e non sapevo nemmeno se lui avesse scoperto che era incinta dalle nostre battute. Gli dovevo comunque una spiegazione.

«Non ho un cazzo da dirti». Tenne gli occhi fissi davanti a sé, la mascella contratta.

«Harper è incinta».

Lui sbuffò. «Lo so. E so che il bambino è tuo».

«Mi dispiace che tu sia venuto a saperlo in quel modo: avrei dovuto dirtelo per primo».

«Non era necessario, tanto lo sapevo già. Me l'ha rivelato lei il giorno in cui l'ha scoperto».

Rimasi sorpreso. «Quindi tu lo sapevi, e non mi hai detto nulla?»

«Non spettava a me, Chase. È il tuo bambino. Doveva essere Harper a dirtelo».

«No, non intendevo questo». Scossi la testa e feci un respiro profondo. «Io… io non sopportavo che lei stesse con te. Non sopportavo di averla respinta all'inizio e di averti persino detto che non mi interessava. Per questo facevo il coglione con te. Cercavo di provocarti solo perché volevo un'occasione per scontrarmi con te. E tu invece lo sapevi… da quanto tempo? Due mesi? E non hai mai fatto niente?»

«Tre mesi».

«Cosa?».

Si voltò a guardarmi, con lo sguardo vitreo. «Lo so da tre mesi. Me ne sono reso conto non appena sono tornato dall'Arizona. Prima non riuscivi a stare un giorno senza provocarmi; poi hai smesso di rivolgermi la parola e sembravi completamente assente… e lei non faceva altro che rimirare quell'anello che le avevi regalato. Ancora non sapevo che era incinta, ma sapevo già di averla persa».

Sentii una stretta allo stomaco per il senso di colpa. «E non hai fatto nulla?»

«E cosa, Chase? Che cosa avrei potuto fare per cambiare le cose? Era innamorata anche di te. Eri già andato a letto con lei. Era già incinta! Cazzo, non potevo cambiare proprio nulla. Non potevo cambiare i suoi sentimenti per te! Quindi che senso aveva massacrarti di botte? Tanto la situazione non sarebbe cambiata di una virgola».

Vidi le lacrime rigargli il viso e, per la prima volta da

quando era iniziato tutto, mi sentii davvero in colpa. Mi ero concentrato su Harper, su quanto la desiderassi, e non avevo mai pensato a quanto avrei fatto soffrire il mio migliore amico, il ragazzo che consideravo come un fratello. Avevo pensato solo a me stesso, al fatto che mi sentivo morire senza di lei. «Mi dispiace».

«Eri come un fratello per me». Prima che potessi replicare si voltò di nuovo e mi lanciò un'occhiataccia. «Ma sono sicuro che mi capisci, quando ti dico che tra noi è finita».

Cercando di ingoiare il nodo che avevo in gola, annuii e mi feci indietro quando mise in moto la jeep.

«Chase». Si schiarì la gola e scosse la testa. «Quella ragazza è tutto per me. E quindi anche il suo bambino. Non ti farò mai quello che tu hai fatto a me e a Harper, ma sappi che se non ti prendi cura di loro… be', non esiterò a fartela pagare. Hai capito bene?»

«Ho capito. Li amo, e mi prenderò sempre cura di loro».

Fece un cenno con la testa; poi ingranò la marcia e partì.

Capitolo 12

«È tutto pronto per oggi?», chiese Brad mentre si sedeva sul bancone e faceva accomodare Sarah tra le sue gambe.

«Certo che sì». Diedi l'ultimo morso alla mela e gettai il torsolo nell'immondizia. «Ho chiamato il concessionario e il bed & breakfast. Dovrebbe essere tutto pronto».

«Harper sarà contentissima, Chase», esclamò Sarah con un gran sorriso. «Sei così carino a fare tutto questo per lei. Ma sappi che, vedendo tutto ciò che hai organizzato, penserà che vorrai farle la proposta».

Sorrisi. «So già quando farle la proposta, e non sarà oggi».

«E quando?». I suoi occhi si illuminarono e si mise a saltellare sul posto.

«Lo vedrai». Alzai le spalle e presi al volo la bottiglietta d'acqua che mi aveva lanciato. «Non lo dirò a nessuno, è una sorpresa».

«D'accordo, come vuoi. Quindi oggi scoprirete se è un maschio o una femmina?»

«Sì, il termine è il 4 ottobre, quindi oggi fanno sedici settimane, e la dottoressa ha detto che dovremmo essere in grado di saperlo… Ma io so già che…». Mi interruppi, e il mio sorriso smagliante si dileguò quando Brandon entrò in cucina.

«Come se non sapessi che cosa sta succedendo», mormorò senza guardare nessuno mentre prendeva una bottiglia di Gatorade e due bottiglie d'acqua. «Non dovete smettere di parlare solo perché ci sono io».

Lo sguardo di Brad guizzò avanti e indietro tra noi due, e Sarah si coprì la bocca mentre scuoteva piano la testa e guardava Brandon con gli occhi pieni di compassione.

Lui prese un paio di barrette proteiche e, dopo aver infilato tutto nella borsa, finalmente ci guardò, gli occhi fissi su di me. «O forse sì». Senza un'altra parola, lasciò la cucina e Brad abbassò la testa imbarazzato.

Io mi allontanai dal bancone e lo seguii. «Fratello…».

«Non siamo più fratelli, pensavo fosse chiaro».

Toccandogli la spalla, lo fermai prima che potesse raggiungere la porta. «Senti, mi dispiace. Mi dispiace averti fatto questo».

Lui si voltò a guardarmi, alzando un sopracciglio. «Ti dispiace. E quindi… dovremmo tornare a essere una coppia affiatata?»

«Non lo so, amico, ma così non va affatto bene».

«E perché no? Tu non mi hai fatto passare un solo giorno in santa pace con lei. Io ti ho forse fatto qualcosa, da quando noi due ci siamo lasciati?». Si fermò, ma io non risposi. «No, non ho fatto niente. Tu hai reagito facendo il coglione, e adesso lascia che mi comporti a modo mio. E non ho intenzione di far finta che tu non mi abbia rubato la ragazza».

«Non ti ho rubato Harper!».

Aprì la porta e fece un passo di fuori, con la mano tremante sulla maniglia. Quando si girò verso di me, il suo sguardo era piatto e spento. «Mi hai rubato tutto, tutto il mio mondo».

«Chase». Mi voltai e vidi Brad appoggiato al muro. «Devi lasciarlo stare. Ha ragione, ti sei comportato veramente da coglione quando lui stava con Harper. Ora che lei sta con te, non puoi pensare che voi due torniate a essere amici come prima. Ha bisogno di tempo per superare quello che gli avete fatto. Sai che ha confidato a Derek che aveva intenzione di sposarla?»

«No». I miei occhi si fecero piccoli piccoli. «Dove vuoi arrivare, Brad?»

«Il suo miglior amico e la ragazza che voleva sposare lo hanno pugnalato alle spalle. Avrebbe tutto il diritto di cercare di rovinarti tutto, o come minimo di gonfiarti di botte. E invece si è fatto da parte… Quindi lascialo stare, così non fai altro che rivoltare il coltello nella piaga».

Annuii e sospirai. «Cazzo».

«E poi… be', tu stai per scoprire se tuo figlio sarà effettivamente un maschio. E hai organizzato un weekend fantastico. Sarah è davvero gelosa». Sbuffai, e lui mi diede una pacca sulla spalla. «Quindi cerca di essere allegro. Perché se Harper si accorge che c'è qualcosa che non va, vorrà saperlo, e non puoi parlarle di questa storia. Già si odia abbastanza per quello che ha combinato».

«Lo so». Non c'era bisogno di ricordarmi che la donna che portava in grembo il mio bambino amasse ancora qualcun altro.

Ma non ci volle molto perché il mio umore cambiasse di nuovo: come sempre, mi bastò vedere Harper e stringerla tra le braccia per sentirmi di nuovo bene. E il pensiero che stavo per vedere il nostro bambino per la prima volta mi fece dimenticare tutto. Incontrai la dottoressa e mi feci spiegare tutto quello che mi serviva sapere e, quando arrivò il momento dell'ecografia, entrai nella stanza quasi di corsa. La principessa rise e mi prese la mano, e rimasi accanto a lei quando la dottoressa spense le luci per iniziare l'ecografia.

E in quel momento pensai soltanto: *Oh, merda.*

Mi si bloccò il respiro non appena il nostro bambino apparve sullo schermo, e sentii un nodo in gola. Aprii la bocca, ma non mi venne fuori nulla, e quando il rumore del battito cardiaco inondò la stanza feci uno sforzo immenso per non scoppiare a piangere. *È il nostro bambino.* Mi voltai a guardare Harper e vidi i suoi occhi luccicare nel buio mentre ascoltavamo il cuore martellante del nostro piccolino.

«È incredibile, il vostro bambino in questo momento è in una posizione assolutamente perfetta! È davvero stupefacente». La dottoressa rise. «Ora, volete sapere il sesso, o preferite che sia una sorpresa?»

«Io lo so già». La mia principessa guardò di nuovo lo schermo e sorrise quando le strinsi la mano ridendo.

«Te l'avevo detto, piccola», sussurrai. «Te l'avevo detto che era un maschio».

Entrambi guardammo la dottoressa Lowdry. «È un maschio, vero?»

«Oh, puoi dirlo forte. Certo!». Rise di nuovo, e guardai il nostro bimbo muoversi sullo schermo.

Poi tornai a guardare la mia bellissima ragazza e la baciai dolcemente, sfiorandole le labbra: «Ti amo, Harper», le sussurrai. «E amo anche nostro figlio. Vi amo tantissimo».

Feci un passo indietro e vidi che i suoi occhi brillavano: aveva il viso bagnato di lacrime. Con i pollici le asciugai le guance e lei mi ringraziò con un sorriso mozzafiato.

Poi la dottoressa ci consegnò l'ecografia, e mentre Harper e io lasciavamo l'edificio continuai ad ammirare nostro figlio. Sapevo da mesi di essere innamorato della ragazza che avevo accanto, e sapevo che avrei dato tutto per averla, sempre. Non mi sarei mai aspettato, però, di rinnamorarmi di lei, o di innamorarmi all'istante del nostro bambino.

Quando arrivammo al mio furgoncino, la presi per la vita e la trascinai verso di me, la mia bocca contro la sua. Harper rise dolcemente, e mi gettò le braccia al collo. La feci indietreggiare piano, fino a spingerla contro il mio furgoncino. Il nostro bacio fu lento e appassionato mentre cercavo di dimostrarle quanto mi stesse rendendo felice.

Sbuffando interruppi il bacio e la guardai in quegli occhi grigi e sorridenti. «È stato… assolutamente incredibile!». Risi e la baciai un'altra volta, con infinita passione.

Poi lei si scostò e mi accarezzò i capelli. «È stato così speciale perché c'eri anche tu. Le ultime due volte ho pensato solo a quanto desideravo che condividessi questa esperienza con me». Gli occhi di Harper si riempirono di dolore quando sussurrò: «Mi dispiace di averci messo così tanto a dirtelo».

«Oggi non c'è nessun "mi dispiace". Ti amo, e noi due stiamo per avere un bambino». *Santo cielo, stiamo davvero per avere un bambino.* Sorrisi e le scostai una ciocca di capelli dal viso. «Oggi sono permessi solo i "ti amo"». Lei annuì e io aprii lo sportello e la aiutai a salire sul furgoncino; poi feci il giro fino al posto del guidatore e montai su anch'io.

Con la coda dell'occhio vidi che la principessa stava guardando l'ecografia e sorrideva. Sperai che il resto della giornata la rendesse altrettanto felice.

Ci fermammo a prendere del cibo messicano, ma grazie a Dio Harper pensava ancora alla visita dalla dottoressa ed era troppo distratta per accorgersi che avevo a stento toccato il piatto. Avevo le mani sudate, e mi chiesi se non avessi esagerato e non fosse troppo presto per tutto quello che avevo organizzato. Come avevo spiegato a Sarah e a Brad, avevo già deciso quando avrei fatto la proposta di matrimonio all'unica ragazza che avessi mai amato. Non gliel'avrei fatta quel giorno, ma la sorpresa che le avevo organizzato era sufficiente a spaventarla.

Ero così teso che non riuscivo neanche a tenerla per mano mentre la portavo alla concessionaria Ford dove avevo fatto arrivare la sua macchina preferita. Così tenni la musica ad alto volume in modo che non ci fosse bisogno di parlare e mi tenni stretto al volante per non cedere all'istinto di prenderle la mano. Se lo avessi fatto, si sarebbe accorta che stavo tremando.

Harper muoveva la testa a tempo di musica, e appena parcheggiai smise all'improvviso di cantare. «Ma cosa...?».

Mi voltai sorridendo e dovetti schiarirmi la gola prima di riuscire a parlare. «Stavo pensando che presto avrai bisogno di una macchina tutta per te, e sapevo che desideravi una Expedition nera».

«Chase...».

«*Potrei* aver chiesto di farne arrivare una qui».

«No, non è vero». I suoi occhioni si fecero ancora più grandi, e spalancò la bocca mentre guardava le macchine.

«Ho detto che *potrei* averlo chiesto. Non ho detto che l'ho fatto».

Mi diede un colpetto sul braccio; poi aprì lo sportello e scese dal furgoncino. Io feci un ultimo respiro, poi andai dalla sua parte e la presi tra le braccia. Si stava guardando intorno mordendosi il labbro, e finalmente incrociò il mio sguardo. «Ma dici sul serio?».

Sorrisi e le baciai il collo. «Sì, ma possiamo dare un'occhiata in giro. Magari preferisci qualcos'altro».

«Amore! Non posso permettermi una macchina».

Niente. Proprio non vuole capire. «Tu forse non puoi, ma *noi* sì».

«Vuoi comprarla a metà?».

Mi sfuggì una risata quando vidi la sua espressione confusa: era davvero adorabile. «Non esattamente. Ok, dimmelo se sto andando troppo veloce: siccome ho in mente di sposarti presto, volevo condividere il mio conto in banca con te, così potrai disporre dei miei soldi».

«Chase», mormorò lei. Era rimasta a bocca aperta, e io trattenni il respiro. «Non ho bisogno che tu faccia questo per me, e non ho bisogno che mi compri una macchina».

«Lo so, principessa, ma è quello che desidero. Al negozio guadagno abbastanza bene, e poi Bree e io abbiamo ricevuto un bel po' di denaro quando sono morti i nostri nonni paterni. Perciò ho da parte una somma più che sufficiente per prendermi cura di voi due e comprarti una macchina. Non è un problema, davvero».

«So che lo desideri, e a dirla tutta è anche eccitante sapere che vuoi condividere una cosa così importante con me. Ma... davvero non ce n'è bisogno. Se il conto sarà in comune, allora voglio metterci dentro anche i miei soldi».

«Harper, non è necessario». Sospirando di sollievo, la abbracciai di nuovo e pensai di aver sentito male quando mi rivelò la cifra che aveva messo da parte. *Eh?... Che cosa?* Non era proprio la somma che avevo da parte io, ma io l'avevo ereditata. Con quello che guadagnavo in negozio mi pagavo le spese e le bollette, quindi raramente riuscivo a mettere da parte qualcosa. *Lei invece era riuscita ad accantonare quel gruzzolo solo con il suo lavoro alla base?*

«Sul serio? Hai guadagnato così tanto solo lavorando alla base?». Lei annuì, e io feci un fischio. «Be', diavolo, piccola. È fantastico. Se vuoi aggiungere i tuoi risparmi al nostro conto, va benissimo, ma preferirei che non toccassi quei soldi, possiamo tenerli da parte per le emergenze. Lascia solo che mi prenda cura di te».

Mi sarei aspettato qualche protesta o esitazione, ma lei scrollò le spalle e rispose soltanto: «Come preferisci», e mi baciò dolcemente mentre si scioglieva tra le mie braccia.

«Sei pronta a scegliere una macchina?»

«No! Non c'è bisogno di scegliere, so già che voglio la Expedition!».

Si liberò all'improvviso dalle mie braccia e prendendomi la mano si avviò verso il parcheggio. Io risi e la trascinai invece verso l'autosalone. Harper provò il SUV con i vetri oscurati e se ne innamorò, proprio come avevo sperato. Facemmo tutte le pratiche per comprarlo e il ragazzo che ci serviva ci rise in faccia quando dissi che avrei pagato subito. *Coglione.* Una volta terminato con quello stronzo, salimmo ognuno sulla sua macchina e andammo in banca. Lì avviai le procedure, molto più brevi, per aggiungere Harper come beneficiaria del mio conto e mettere i suoi risparmi in quello che era adesso il *nostro* conto. Lei sorrideva radiosa e non stava più nella pelle, e mi dissi che ero stato inutilmente in ansia per quella giornata.

La mia famiglia sapeva già cosa avevo programmato, ma il sollievo fu visibile negli occhi di papà e mamma quando Harper, tutta eccitata, mostrò loro la macchina nuova e riferì che adesso avevamo un unico conto in banca. Poi a tavola, a cena, comunicammo a tutti che aspettavamo un maschietto; mia madre si precipitò in cucina a prendere il libro dei nomi e cominciammo a sfogliarlo insieme. Quando chiudemmo il libro avevamo trovato almeno una trentina di nomi che ci piacevano. Io guardavo Harper che si accarezzava amorevolmente la pancia e parlava al nostro "Orsetto", come lo chiamava adesso. Santo cielo, ero così innamorato di lei.

Dopo cena, preparai la borsa e la misi nel furgoncino; poi chiamai Brian in negozio.

«Ehi, amico! Merda, ci hai messo tanto a chiamare. Riss sta dando di matto. Ogni dieci minuti mi scrive un messaggio per chiedermi com'è andata».

Risi. «Diamine, dille di darsi una bella calmata. È andato tutto a meraviglia. Noi...», mi fermai per un istante e inspirai profondamente. Poi scossi la testa pensando all'espressione ridicola che dovevo avere in quel momento. «Noi avremo un maschietto».

«Davvero?». Lui rise e urlò la notizia a chiunque ci fosse in negozio, per poi tornare al telefono. «Odio dovertelo dire, Chase. Ma ci ho riflettuto a lungo, e alla fine ho concluso che è meglio che tu lo sappia: tu *pensi* che questo bambino sia tuo».

Il mio cuore si fermò, e smisi improvvisamente di sorridere. «Ma che cazzo...».

«Intendo dire», mi interruppe, sbuffando, «che lo sanno tutti che in realtà il bambino è mio, ma tu ti rifiuti di ammettere la realtà».

Appena la mia mente registrò le sue parole, scoppiai a ridere. «Dio santo, guarda che stavo davvero per spaccare tutto».

«Sai, era solo per mettere le cose in chiaro. L'ho anche detto a Riss: quello è il mio bambino».

«Bene, vedrò di dirlo anche alla principessa».

«Certo. Finché entrambi accettiamo la cosa, andrà tutto bene».

«Sei veramente un coglione». Risi di nuovo. «Di' a Marissa che la giornata è andata bene. Harper è davvero felice, e stiamo per partire… per tutto il weekend».

«Bastardo fortunato. Va bene, divertitevi, ma non far affaticare troppo la mamma del mio bambino».

Scossi la testa. «Ci vediamo lunedì».

Appena misi giù, tornai di corsa in casa e raggiunsi la principessa in salotto, abbracciandola da dietro il divano. Le sfiorai con le labbra il punto sensibile dietro l'orecchio; poi sussurrai: «Puoi farmi un favore?».

Aveva adagiato la testa di lato, e aveva la pelle d'oca sulle braccia. «Tutto quello che vuoi».

«Metti in una valigia l'occorrente per stare fuori un paio di notti. Ci vediamo qui tra dieci minuti». Mordicchiandole leggermente l'orecchio, sussurrai: «Non ti serviranno troppi vestiti».

Lei spalancò gli occhi, e si voltò a guardarmi, con una strana espressione sul viso. «Andiamo a casa tua?».

Avrei voluto chiederle cosa la inquietasse così tanto, ma decisi che non volevo saperlo: a casa mia c'era Brandon. In ogni caso, avevo fatto in modo che lui e Harper non si vedessero più, e davvero non avevo nessuna voglia di parlarne adesso. «No, ma è una sorpresa, non posso dirti nulla».

Il suo viso si rilassò, e alzò gli occhi al cielo ridendo. «Tu e le tue sorprese! Va bene, dammi dieci minuti e sono pronta».

Mentre preparava il bagaglio, io chiamai Brad e gli raccontai che eravamo stati dalla ginecologa e avevamo scoperto che il bambino era maschio; gli chiesi anche se a casa fosse tutto a posto. Quando terminai la chiamata, la principessa stava scendendo le scale con una borsa davvero piccola, e non riuscii a trattenere un sorriso. A quanto pareva, aveva preso sul serio la mia raccomandazione.

Da quando stavamo insieme, io e Harper non avevamo ancora dormito insieme… in nessun senso. Ci rannicchiavamo insieme nel suo letto a casa dei miei genitori e parlavamo finché lei non si addormentava; dopodiché io me ne tornavo in silenzio in camera mia. Sapevo che ai miei genitori non interessava: dopotutto era già incinta. Dopo che aveva rotto con Brandon aveva aspettato un bel po' prima di dirmi del bambino, ed ero ancora terrorizzato all'idea di poterla perdere come era già successo tante volte. E oltretutto non mi aveva mai chiesto di rimanere con lei, quindi avevo continuato a lasciarla dormire da sola.

Ma per questo weekend avevo altri piani. Sì, le avevo detto di non portare troppi vestiti, ma stavo scherzando. Tutto ciò che desideravo era addormentarmi e risvegliarmi insieme a lei. Se però non se la sentiva, avrei dormito anche sul pavimento. Lo avrei fatto, se era di questo che aveva bisogno. Immaginavo che si sarebbe sentita a disagio sia a casa mia dove c'era il suo ex, sia a casa dei miei genitori, perciò la stavo portando via per il weekend per poter stare noi due insieme, da soli. E speravo di non rovinare tutto.

«Oddio», sussurrò Harper, e non appena parcheggiai balzò fuori dal furgoncino, incapace di staccare gli occhi dalla dimora vittoriana che si stagliava davanti a noi. L'insegna sulla facciata indicava che era un bed & breakfast. «Chase, oggi è una giornata davvero incredibile. Abbiamo scoperto che avremo un maschietto, mi hai comprato una macchina e cointestato il conto, e adesso anche questo?»

«Ti prometto che cercherò sempre di regalarti giornate

come questa, ma ci tengo davvero che oggi sia tutto perfetto». Baciandole dolcemente la fronte, presi le borse ed entrai per fare il check-in. Appena fummo nella nostra stanza, la presi tra le braccia e la strinsi a me, aspettando che incrociasse il mio sguardo. «Dimentica quello che ti ho detto prima, non voglio che ti senta obbligata a fare qualcosa questo weekend. Tre notti, solo io e te: non desideravo nient'altro. E non mi aspetto nulla».

«Lo so», ansimò mentre mi afferrava la maglietta e la sollevava finché non fui io stesso a togliermela, «ma è quello che desidero anch'io, Chase».

Inspirai profondamente quando le sue dita mi sfiorarono il petto e la pancia, finché non si fermarono appena sopra i miei jeans. Poi le lasciò scivolare sotto, e le tirò di nuovo fuori per raggiungere il bottone. Avrei fatto di tutto per averla, ma avevo bisogno di sapere che non se ne sarebbe pentita. Afferrandole le mani, la bloccai e mi chinai a guardarla negli occhi.

«Sei sicura, Harper?».

Lei sorrise, e inclinò la testa mentre indicava la sua pancia rigonfia. «Guarda qua».

«Non dobbiamo farlo solo perché avremo un figlio».

«Chase. Non volevo dire questo. Però sì, sono sicura. E adesso non cercare più di fermarmi e lasciati andare».

Scuotendo la testa, sorrisi e appoggiai la fronte contro la sua; poi le liberai le mani. Le sue dita sfioravano la mia crescente erezione, mentre apriva ogni bottone a uno a uno, e faceva scivolare giù i jeans e poi i boxer. A un certo punto mi sfuggì un gemito. Come era possibile che mentre mi toglieva i pantaloni avessi già il respiro così affannoso? Non appena mi liberai dei pantaloni, le sfilai subito la maglietta e cominciai a torturarla nello stesso modo in cui lei aveva appena torturato me. Le mie nocche sfiorarono il suo pancino rigonfio e, quando le accarezzai il seno con la punta delle dita, le si bloccò il respiro e le venne subito la pelle d'oca su tutto il corpo. Dovetti fare uno sforzo sovrumano per non toccarla là dove desideravo, ma mentre le toglievo i pantaloncini e le mutandine fui felice di vedere che non ero l'unico a sforzarmi di trattenermi. Le sue mani erano strette a pugno e, se non avessi alzato lo sguardo per vedere i suoi occhi grigi trasformarsi in argento liquido e i suoi denti affondare nel labbro inferiore, avrei temuto di aver corso troppo.

Facendo un passo indietro, percorsi con lo sguardo il suo bellissimo corpo, e ancora una volta il mio petto si riempì d'amore quando vidi il tatuaggio che le avevo fatto sul fianco e il rigonfiamento di Orsetto. Quando anche lei finì di esplorare il mio corpo, mi chinai e premetti le labbra sul suo pancino rigonfio e sul tatuaggio; poi mi risollevai e presi le sue labbra tra le mie. Lei gemette, e mi gettò le braccia al collo mentre il nostro bacio si faceva sempre più intenso. Sollevandola delicatamente, la portai a letto e la posizionai al centro per poi scivolare sopra di lei.

Passammo diversi minuti che ci sembrarono ore – eppure ancora non ci bastavano – a toccare ogni millimetro dell'altro con baci bollenti e mani bramose. Mentre lasciavo sul suo corpo una scia di baci, lei mi prese il viso tra le mani e mi supplicò di non farla più aspettare. Mi prese e mi guidò dove più mi desiderava, gemendo dolcemente mentre mi spingevo dentro di lei. I suoi occhi, che si erano chiusi per un momento, si aprirono all'improvviso quando scivolai fuori e subito dopo mi spinsi di nuovo dentro. Feci l'amore con lei lentamente, sfiorandola con le labbra, per poi scendere a rendere omaggio al suo collo e al suo seno. E quando tirò indietro la testa, e il suo corpo si irrigidì mentre veniva, mi girai in modo che fosse sopra di me e la baciai mentre continuava a muoversi su di me. Il nostro respiro raggiunse di nuovo il culmine, e lei intrecciò le dita alle mie, bloccando le nostre mani mentre si metteva seduta e ruotava più volte i fianchi sopra di me. Strinsi i denti e liberai una mano per reggerle il fianco e aiutarla nei suoi movimenti, mentre urlava in preda a un altro orgasmo, e io mi unii a lei subito dopo.

«Chase, dov'è la madre di mio figlio?».

Mi voltai verso Brian e risi. «Dev'essere uscita con mia madre e mia sorella».

«Be', allora riportala subito qui! Mi manca il mio bambino».

«Bri, è stata qui un paio d'ore fa».

Lui mi guardò come se mi fossi perso qualcosa. «E quindi...?»

«E quindi niente». Sbuffai e tornai a concentrarmi sul petto della ragazza che stavo tatuando. «Tutto bene?»

«Mmm...», rispose lei terrorizzata.

«Se hai bisogno di un'altra pausa, dimmelo». Se n'era già presa una, e doveva farsi tatuare soltanto un nome. Normalmente ci avrei messo dieci minuti, al massimo quindici, ma neanche a metà del lavoro mi aveva avvertito che stava per svenire e aveva bisogno di dieci minuti per calmarsi. Considerato che era il suo primo tatuaggio, le avevo sconsigliato di farselo sul petto, ma dopotutto era libera di fare come credeva.

«N-no. Sto... sto bene».

No, non stava per niente bene. Abbassai la voce, nel tentativo di calmarla. «Abbiamo quasi finito, te lo prometto».

In quel momento sentii suonare il campanellino della porta e alzai gli occhi: in negozio entrò una tipa tutta tatuata che assomigliava a Kat Von D.

«Sei qui per un tatuaggio?»

«No», rispose lei con voce roca, mentre camminava con grande disinvoltura verso la mia postazione. «Sono Trish, inizio oggi».

Io annuii, ma continuai a lavorare. «Io sono Chase, piacere di conoscerti. Brian è andato un attimo sul retro. Adesso ti mostrerà tutto». Oltre a Brian, Jeff e me, fino a poco tempo prima in negozio c'era un altro tatuatore, Frankie, ma era talmente fuori di testa che non sapevamo mai se si sarebbe presentato al lavoro. Jeff si era finalmente liberato di lui qualche settimana prima, ma in tre eravamo troppo pochi e così aveva assunto un'altra persona nei giorni in cui Harper e io eravamo stati a Dana Point, ma non sapevo che si trattasse di una ragazza.

«Ehi, amica!», le gridò Brian mentre tornava dal retro. «Hai già portato la tua roba oggi?»

«Sta arrivando, l'ho lasciata nella macchina della mia ragazza. È andata a fare una commissione, ma sarà qui tra un minuto».

«Bene. Allora, vedo che hai già conosciuto Chase. Chase, questa è la ragazza nuova». *Merda.* «Ti mostro il negozio e ti accompagno alla tua postazione».

Grazie a Dio avevo allontanato l'ago dalla ragazza che stavo tatuando, perché Trish mi toccò la spalla, e io mi scrollai la sua mano di dosso. «Piacere di conoscerti, amico».

«Anche per me». *Maledizione. Una ragazza sexy che viene a lavorare qui?* Sinceramente, anche se fosse stata una modella non mi interessava: l'unica persona che desiderassi era la mia principessa, ma sapevo anche che Harper ancora non ci credeva che da quando l'avevo conosciuta i miei occhi erano soltanto per lei. Quindi speravo davvero che la presenza di una ragazza in negozio non facesse aumentare le sue insicurezze.

Finito il piccolo tatuaggio, lo coprii e accompagnai la cliente alla porta; poi raggiunsi Brian e Trish. Non appena mi sedetti sul bancone di Brian, la porta si aprì di nuovo, e Trish scattò in piedi con un gran sorriso. Seguendola con lo sguardo, la vidi precipitarsi tra le braccia di una ragazza dall'aspetto mascolino e baciarla appassionatamente. Feci un sospiro di sollievo e sorrisi tra me e me. *È lesbica, grazie a Dio.*

«È sexy», commentò Brian accanto a me, e io lo guardai come se fosse pazzo.

«Bri, quell'altra ragazza sembra un uomo, anche più di te».

«Non essere invidioso dei miei capelli, fratello. Lo so che vorresti strapparmeli».

«Sembri quel capellone di Troy Polamalu. Fidati quando ti dico che non sono invidioso».

Brian mi mollò un calcio sulla gamba e fece un cenno con la testa quando si avvicinarono le ragazze.

«Brian, Chase… questa è Erin, la mia ragazza. Erin, questi sono gli altri tatuatori».

Erin posò sul bancone una scatola che immaginai contenesse l'ago di Trish e ci diede una brusca stretta di mano. «Ehi, abbiate cura della mia ragazza».

«Lo faremo». La porta si aprì di nuovo ed entrò una giovane coppia che si teneva per mano. Mi alzai e, mentre andavo ad accogliere i due nuovi clienti, mi voltai a fare un cenno di saluto a Erin e Trish. «È stato un piacere conoscervi».

Quando ebbi consegnato un paio di cataloghi alla coppia di sposini che era venuta a farsi fare due tatuaggi abbinati, si avvicinò Brian e mi sussurrò: «Ehi, amico, quella assomiglia a Kat Von D. Caspita, se è sexy».

«Lo dirò a Riss che la nuova ragazza ti eccita».

«Amico… anche Riss sarebbe d'accordo sul fatto che è sexy. Apprezza i miei gusti in fatto di donne».

Sbuffai. «Sì, come no». Marissa era una tipa davvero fica, ma Brian l'aveva tradita subito dopo il matrimonio. Lei era comunque rimasta con quello stronzo bugiardo, anche se non riuscivo a capire perché, ma gli stava sempre addosso ed erano guai se guardava una donna. Brian aveva il terrore di perderla, lo sapevamo tutti, quindi ero certo che non avrebbe mai più sfiorato un'altra ragazza, eppure aveva quella filosofia del "guardare ma non toccare" che un giorno o l'altro avrebbe fatto incazzare di nuovo Riss.

Smettemmo di parlare quando Erin e Trish ci passarono davanti avvinghiate, e quando arrivarono alla porta si diedero un lunghissimo bacio di commiato.

«Comunque devi ammettere che è sexy», sussurrò Brian, e io mi limitai a scuotere la testa.

«Fratello». Trish mi guardò e rise. «Adesso basta, voglio conoscerla».

«Non so se è il caso». Alzai un sopracciglio, dubbioso. «Potresti provare a rubarmela. Già Brian ha detto che in realtà il bambino è suo».

«Il bambino è mio, è vero!», esclamò Brian, prendendo al volo il pacchettino con dentro il burrito che gli stava lanciando Jeff.

Avevamo appena aperto il negozio e doveva passare ancora un'ora prima che arrivassero i miei clienti. E a parte quelli, non c'era niente da fare, come capitava spesso nel primo pomeriggio. Ormai era passato qualche giorno da quando Trish aveva iniziato a lavorare da noi, e Brian e Jeff le avevano già raccontato delle loro mogli. Ora invece stavano parlando di me e della principessa, e in pratica le avevano rivelato tutto della nostra relazione. E intendo proprio *tutto*. I ragazzi erano entusiasti di Harper e la amavano molto, ma Trish stava letteralmente morendo dalla voglia di incontrare la ragazza che era riuscita a trasformarmi in un altro uomo.

«Fai venire subito qui la madre di mio figlio!».

Jeff ingoiò un boccone di taco e aggiunse: «Se Brian si prende questo bambino, il prossimo può essere mio?».

«Siete degli idioti. Non so come facciano a sopportarvi le vostre mogli, e pure la principessa». Ma li accontentai: tirai fuori il telefono e la chiamai. Quando sentii la voce di Harper, sulla mia faccia comparve un sorriso radioso, e Trish cominciò a prendermi in giro, insieme a Brian. «Ehi, principessa, puoi fare un salto in negozio?»

«Devo andare a cena con Bree tra poco più di un'ora, ma forse ce la faccio. Vuoi che ti porti qualcosa?»

«Porta solo te stessa. Brian è furioso perché non ti sei più fatta vedere». Non le dissi che in quel momento invece stava facendo gli occhioni dolci; alzai lo sguardo al cielo e lo cacciai via quando cercò di togliermi di mano il telefono. «E abbiamo una nuova tatuatrice. Vuole conoscerti, ha sentito parlare tanto di te».

Lei rise e sospirò. «Ma se sono venuta la settimana scorsa! Va bene, parto subito, ci vediamo tra poco».

Feci cenno ai ragazzi e a Trish, riferendo che sarebbe venuta.

«Ti amo».

«Ti amo anch'io, Chase».

Non ne avevo mai abbastanza di sentirglielo dire.

Poco dopo Trish e io eravamo alla mia postazione, e le stavo raccontando come mai avevo dato a Harper quel soprannome, quando entrò la mia ragazza: santo cielo, era semplicemente meravigliosa. La pancia cresceva sempre di più, e la adoravo. Dopo il nostro soggiorno nel bed & breakfast avevamo trascorso tutte le notti abbracciati l'uno all'altra, e io le alzavo sempre la maglietta per accarezzarle il pancino rigonfio. A dir la verità, per me era il momento più bello della giornata. Di solito la trovavo già addormentata quando tornavo dal lavoro la sera tardi, ma si svegliava, così potevamo starcene un'oretta a parlare un po' solo noi due, senza nessuno intorno.

Ma adesso si bloccò all'improvviso, e sul viso le comparve una strana espressione. Aggrottai la fronte, ma un attimo dopo quell'espressione era già svanita e le porsi la mano. «Vieni qui, piccola!». Appena si fu avvicinata, la presi tra le braccia e la baciai. Poi la feci voltare verso Trish.

«Harper, lei è Trish. Trish, lei è la mia bellissima Harper».

«Chase», mi chiamò Jeff, e mi voltai verso di lui. «Ha appena chiamato un ragazzo che vuole un tatuaggio sul dito. Ce la faresti prima del prossimo appuntamento?»

«Sì, quando arriva?»

«È già per strada, sarà qui tra pochi minuti. Ehi, Harper». Sorrise e me la portò via per abbracciarla.

«Ma questa non è la mia mammina preferita?», urlò Brian uscendo dalla stanza sul retro, e io risi mentre la stringeva forte e le dava un bacio sulla guancia. Non dovevo preoccuparmi di Brian: la principessa adorava lui e Marissa, ma per lei Brian era soltanto un amico, come lo era Brad. E infatti, appena Brian la lasciò andare, tornò dritta da me.

«Dove sei stata?», chiese Brian, mettendo il broncio. «Che succede, adesso non vuoi farmi vedere più mio figlio?»

«Non farei mai una cosa del genere», scherzò lei. «Come vedi sono venuta a trovarvi».

«E tu come stai, piccolo BJ?».

«Mmm… BJ?». Harper inclinò la testa da un lato.

«Sì, Brian Junior. È così che lo chiameremo».

Che scemo. Io, Harper e Jeff scoppiammo a ridere. «Lo hai già chiesto a Marissa? Sono abbastanza sicuro che non voglia un altro Brian da accudire», lo presi in giro mentre stringevo tra le braccia la principessa e le baciavo il collo. Le mie mani le accarezzavano la pancia. *Questo è mio.*

Brian e Jeff cominciarono a discutere su chi dovesse aggiudicarsi il nostro bambino in arrivo, e io adoravo vedere Harper interagire con i miei amici: era così rilassata con quei ragazzi, e a dir la verità all'inizio avevo temuto che non sarebbe stato così. Sapevo che Harper amava il mio lavoro, ma amare quello che facevo e trovarsi a suo agio con i miei colleghi erano due cose completamente diverse. Quindi per me fu un grande sollievo constatare che andassero tutti d'accordo.

Poco dopo il tizio che aveva telefonato prima entrò in negozio, e io baciai Harper e mi allontanai per andare ad accoglierlo. Voleva un tatuaggio piuttosto semplice e non ci avrei impiegato molto: desiderava solo le iniziali di sua moglie sull'anulare. Mi voltai a guardare la principessa che stava parlando con Trish e sorrisi tra me e me: anch'io mi ero già fatto tatuare il suo nome. Volevo dirglielo, ma aspettavo l'occasione giusta, e anche se sapeva che ero innamorato di lei da diverso tempo, non avevo idea di come avrebbe reagito alla notizia che me lo fossi fatto subito dopo averla incontrata.

Dopo aver dato al cliente un catalogo per scegliere il carattere del tatuaggio, tornai dalle ragazze. Trish mi fece un gran sorriso. «Ehi, amico, complimenti per la tua ragazza!».

«Grazie! Ehi, piccola, che fai? Rimani a guardare?».

Harper si voltò e, dopo avermi lanciato una breve occhiata, abbassò lo sguardo. «No, devo andare da Bree, ci vediamo a casa».

«Va bene, aspetta, ti accompagno». Fuori dalla porta, e accanto al suo SUV, la abbracciai di nuovo. «Grazie di essere venuta, tutti hanno sentito la tua mancanza qui».

Annuendo cominciò a frugare nella borsa.

Ma che diavolo le succede? «Stai bene?»

«No, in realtà no». Fece un profondo respiro e finalmente alzò lo sguardo su di me. «Non mi piace Trish».

«Cosa? Trish è meravigliosa». Trish e la sua ragazza avrebbero dovuto scambiarsi di posto, perché Trish si comportava proprio come Brian, e se non fosse stato per il suo aspetto da Suicide Girl avrei giurato che fosse davvero un uomo. «Perché non ti piace?»

«Forse perché non mi ha salutato, o forse perché si è premurata di farmi sapere che si "prenderà cura" di te quando non ci sarò io tra i piedi».

Risi e la strinsi forte. Questa era un'altra delle tante caratteristiche che adoravo di Harper: non girava attorno alle cose, come facevano alcune ragazze. Se era arrabbiata, te lo diceva chiaro e tendo. E anche se mi dispiaceva vederla a disagio, a dir la verità ero contento di sapere che fosse gelosa. «Accidenti, principessa, stava solo scherzando. Non hai nulla da temere, è lesbica».

«Ti assicuro di no».
«Sì, invece, me l'ha detto ieri».
«Be', Chase, adesso devo andare. Ti amo. Ci vediamo a casa».
Dopo averla baciata su quelle labbra morbide, mi scostai leggermente per guardarla negli occhi. Sembrava ancora preoccupata, e le accarezzai il viso. «Sorridi, amore. Ti amo anch'io».
La guardai mentre si allontanava in macchina, e rientrai in negozio. Feci un cenno al cliente in attesa e lo accompagnai alla mia postazione, dov'era ancora seduta Trish.
«Ehi, amico», disse lei sorridendo, e indicò la porta con un cenno. «La tua ragazza è follemente innamorata di te».
Gli angoli della mia bocca si sollevarono in un sorriso. *E io lo sono di lei.* «Sono un uomo fortunato».
«Devo ammettere che anche se è incinta è incredibilmente sexy».
Brian, Jeff e il cliente borbottarono tutti che erano d'accordo, e io li guardai male; poi risposi a Trish, prendendola in giro: «Tu hai già la tua ragazza. Quindi sta' lontano dalla mia».
Scrollò le spalle e saltò giù dal bancone per andare da alcuni clienti appena arrivati che stavano dando un'occhiata ai disegni sulla parete. Io indicai la sedia al ragazzo. «Forza, facciamo questo tatuaggio».

Capitolo 13

Tirai fuori dalla tasca il cellulare che vibrava e controllai i messaggi. Ce n'era uno da parte di Trish. Trattenni un gemito e pregai in silenzio che non ci fosse qualche guaio al negozio. Quella era la mia prima serata libera da quando la principessa e io eravamo andati al bed & breakfast, più di una settimana prima. Avevo soltanto voglia di starmene un po' con la mia famiglia e di portare a letto Harper a fine serata.

TRISH: Ehi amico… la mia ragazza stasera lavora fino a tardi. Vieni a cena da me quando stacco?

«Stai scherzando, vero? Ma certo che le abbiamo dato dei soldi! Quella tipa faceva morire dal ridere!». Alzandosi da tavola, Breanna cominciò a imitarci il balletto in cui si era esibita una barbona che aveva incontrato poco prima, quando era uscita con Konrad. Ridendo per quella scena, scrissi un breve messaggio a Trish.

Non posso, mi dispiace. Stasera sto con la principessa.

«Chase, dovresti andare a cercare quella signora», mi suggerì papà ridendo. «Probabilmente ti insegnerebbe a ballare per pochi spiccioli».

Sbuffai. «Almeno io quando ballo non sembro un pesce lesso». Gli lanciai un'occhiataccia, e lui iniziò a ridere, ma proprio in quel momento Harper fu scossa da un fremito e mi afferrò il braccio.

«Stai bene?». Mi voltai verso di lei: si stava osservando la pancia. Io non vedevo niente di strano, e guardai i miei genitori, che sembravano confusi quanto me.

«Di' qualcosa, Chase».

Che diavolo... Mi chinai verso di lei, cercando di guardarla negli occhi. «Tesoro, ma cosa succede?».

Harper cominciò a ridere e mi guardò, per poi riabbassare lo sguardo sulla pancia. «Sta scalciando! Tira un calcio ogni volta che parli!».

Oddio. Mi misi subito in ginocchio e mi feci spazio tra le gambe di Harper per toccarle la pancia. Il cuore mi martellava in petto, e feci due respiri profondi prima di avvicinarmi ancora di più, mentre il mio naso le sfiorava la pancia. «Stai prendendo a calci la mamma?». Poi sussurrai: «Dai, Orsetto, anche papà vuole sentirti scalciare. Ti amo così tanto...». Sentii un leggero colpetto alla mano, e tirai indietro la testa per guardare la principessa. «Oddio!». Riavvicinai la testa alla sua pancia, e mentre continuavo a parlare con mio figlio me ne innamoravo sempre di più. Ogni volta mi rispondeva con un leggero colpetto, e non potei fare a meno di ridere, tremando al pensiero di quanto tutto ciò fosse meraviglioso.

Mia madre, papà e Breanna fecero a turno per venire a sentire Orsetto che scalciava, mentre io gli parlavo dolcemente. Quando anche Bree si fu rialzata, tornai a inginocchiarmi di fronte a Harper, ma stavolta non lo sentii più.

«Penso che si sia girato», sussurrò Harper. Mi alzai e la

tirai verso di me, baciandola con passione. «È stato incredibile!», esclamò lei ridendo, e io sorrisi.

«Stavo per dirlo io». Senza girarmi a guardare la mia famiglia, la presi per mano e cominciai a trascinarla verso le scale. «Buonanotte a tutti».

Harper rise e si voltò a salutare con la mano. «Buonanotte!».

Tutti ci diedero la buonanotte, ma io non persi tempo. Non appena arrivammo in camera mia, chiusi a chiave e spinsi Harper contro la porta. «Piccola...», gemetti contro la sua bocca, poi lei si staccò dalle mie labbra per sfiorarmele con il pollice.

«Lo so, Chase, ti amo anch'io, così tanto».

«È stato incredibile. Grazie, Harper. Grazie per nostro figlio, grazie per aver scelto di amarmi».

«Sempre», sussurrò lei, e premette di nuovo la bocca sulla mia: le nostre labbra si muovevano lentamente sfregandosi.

Sollevandole la maglietta, la gettai a terra e subito cercai il gancetto del reggiseno. Le sue mani cominciarono a spogliarmi mentre io le tiravo giù i leggings aderenti. Mi aveva appena sbottonato i jeans e stava per aprirmi la cerniera, quando le bloccai le mani e la feci girare, guidandola verso il letto. Quando fummo distesi, la riempii di baci partendo dalle labbra fino ad arrivare all'orecchio. «Stanotte lasciati amare da me, principessa».

Senza aspettare una risposta, percorsi il suo corpo baciandolo e succhiandolo tutto, e lei piegò le ginocchia. Poi le mie dita si infilarono tra le sue pieghe bagnate, mentre lei inspirava e bisbigliava il mio nome. Sentire Harper pronunciare il mio nome in quel modo, vedere come reclinava la testa e inarcava la schiena quando la toccavo con la lingua nel suo punto più caldo, e sentire il suo corpo irrigidirsi e fremere: be', per me era la perfezione. E quella perfezione mi apparteneva.

«Dai, Orsetto. Svegliati, dai un calcetto. Fallo per papà, piccoletto».

Harper rise dolcemente e mi passò una mano tra i capelli. «Te l'ho detto, tesoro, sta dormendo. Non ha intenzione di svegliarsi».

«Ti svegli, vero? Fallo per il tuo papà. Non vuoi che vada alla festa, vero? Ti metti a scalciare come un matto se ti parlo, non è vero?».

Ancora nulla.

Sospirai, poi sfiorai con il naso la pancia di Harper. Domenica ci sarebbe stata la cerimonia di laurea, e per quel venerdì i ragazzi di casa avevano organizzato un'ultima festa, ma io non volevo andarci. Quando Harper si era messa insieme a Brandon avevo cominciato a lavorare molto di più, quindi era un bel po' che non partecipavo a una festa; e non ero neanche più interessato a quel genere di uscite. Oltretutto, la principessa non sarebbe venuta, quindi se non ci andava lei, non volevo andarci neppure io. Harper però mi stava praticamente buttando fuori di casa, spiegandomi che avevo bisogno di un bel weekend con gli amici. Alla fine le avevo detto che se fossi riuscito a far scalciare Orsetto non ci sarei andato. Parlavo alla sua pancia rigonfia da cinque minuti, e lui ancora non si era mosso.

Harper mi tirò delicatamente una ciocca di capelli, e a malincuore mi alzai in piedi. «Vai alla festa, Chase. Divertiti».

Borbottando, le presi il viso tra le mani e la baciai. «Torno più tardi, stasera».

«Divertiti e basta. Ci vediamo domani».

Scuotendo la testa, le diedi un altro bacio sulla fronte e aprii lo sportello del furgoncino. «Ho bisogno di averti tra le braccia quando mi addormento stanotte, principessa. Ti mando un messaggio quando sto per tornare».

Dovetti lottare contro il desiderio di fare inversione di marcia e tornare a casa per stare con lei. Pensai che almeno avrei potuto prendere da casa mia l'anello di fidanzamento che le avevo comprato la settimana prima. Avevo in programma di farle la proposta di matrimonio domenica stessa, dopo la cerimonia di laurea, e non vedevo l'ora che arrivasse quel giorno. La principessa continuava a dirmi che non c'era bisogno che la sposassi solo perché era incinta, ma non capiva che io non vedevo l'ora di sposarla: volevo stare con lei, per sempre, e non c'era più ragione di aspettare.

Avevo appena finito di mostrare a Sarah e a Brad l'anello di fidanzamento, riponendolo nella scrivania e chiudendo a chiave la stanza, quando mi vibrò il telefono. *Trish.* Sospirai e aprii il nuovo messaggio che mi aveva mandato. Nelle ultime due settimane aveva cercato quasi ogni sera di convincermi ad andare a casa sua dopo il lavoro o dopo cena, visto che la sua ragazza faceva sempre il turno di notte. Trish era fica e tutto quanto; però sapevo che Harper ancora non la sopportava, così continuavo a rifiutare i suoi inviti. Dopo due settimane di rifiuti avrebbe dovuto capire che forse era il caso di gettare la spugna. E invece, no.

TRISH: Vieni a farmi compagnia. Ti preparo la cena.

Non posso, mi spiace.

TRISH: :(Mi farai passare un'altra serata da sola?

Dov'è la tua ragazza? Fa di nuovo il turno di notte?
TRISH: ...Sì
Scusa amica, stasera c'è una festa a casa mia. Ci vediamo lunedì.

Mi rimisi il telefono in tasca e mi avviai verso la cucina. Drew e una ragazza che non conoscevo stavano preparando degli shottini, e io presi una bottiglia dal frigo, cercando di non scuotere la testa mentre osservavo ciò che stava succedendo in casa. Non riuscivo proprio a ricordare come avessi fatto a trovare tutta quella roba divertente e stavo già contando i minuti per tornare a casa dei miei genitori. Ero lì ormai da cinque ore, e pensai che se fossi riuscito a resistere ancora un'altra ora la principessa non mi avrebbe rimproverato di essere rimasto troppo poco.

Brandon mi passò davanti per prendere una birra dal frigo, e io mi irrigidii quando venne a sedersi accanto a me sul bancone. Non parlavamo da quasi un mese, ma quando mi accorsi che non aveva cattive intenzioni cominciai a rilassarmi un po'.

«Allora, che si dice?»

«Non molto», rispose lui, e si attaccò alla bottiglia. «Penso che me ne andrò in camera mia. Queste feste non sono più divertenti come un tempo».

«Sono d'accordo. Tra un po' me ne torno a casa dei miei genitori. Tu torni in Arizona subito dopo la laurea?»

«No. Mia madre ha comprato una casa a Carlsbad. Lei e Jeremy si trasferiscono qui tra una settimana».

«Be'». Sollevai le sopracciglia. «Bella notizia».

Lui annuì, e ripiombammo in un silenzio imbarazzante. Un paio di volte provò a dire qualcosa, ma poi si fermò. E proprio mentre stavo per dirgli di sputare il rospo, mi domandò con voce tremante: «Come sta… come stanno Harper e il bambino?».

Provai una fitta al cuore, e fui divorato di nuovo dal senso di colpa. Ogni volta che pensavo a loro, non potevo fare a meno di sorridere: una cosa per cui Brian, Jeff e Trish mi prendevano sempre in giro. Con Brandon però sentii il bisogno di scusarmi. «Stanno benone. Senti, amico, sono davvero…».

«Non ti scusare». Finì in un sorso tutta la birra e saltò giù dal bancone, voltandosi a guardarmi. «Io… io non sopporto quello che hai fatto. A essere onesti, non penso che riuscirò mai a superare la cosa, ma…». Gli venne meno la voce, e fece un respiro profondo per poi guardarmi negli occhi. «Ti perdono. So che la ami e so anche che lei era innamorata di entrambi. Voglio solo che Harper sia felice. E se lei è felice con te, allora è tutto ciò che mi serve».

Rimasi a guardarlo per un lungo istante, cercando di capire cosa potessi dirgli, ma non c'era nessuna frase, nessuna parola che mi sembrasse giusta. Quando si voltò di nuovo per andarsene, esclamai: «Grazie fratello! Significa tanto per me».

Con un cenno del capo si voltò e si diresse verso la sua camera. Ero ancora seduto lì, quasi in stato di shock, quando qualcuno mi diede un buffetto sul braccio. Mi girai e vidi Trish. Mi voltai di scatto. «Ehi, amica».

«Non è fantastico che sia qui? Non mi andava di starmene tutta sola stasera, senza Erin».

«Sì, certo. Le feste qui sono sempre aperte a tutti».

Si guardò intorno e poi chiese: «Dov'è Harper?»

«Dai miei. Ha ritenuto che non fosse il caso di venire qui, visto che è incinta. Mi dispiace, so che sei appena arrivata, ma voglio tornare presto da lei, quindi andrò via tra un'oretta. Nel frattempo ti prendo qualcosa da bere?»

«No, sono a posto. Mi passi la tua acqua, per favore? Ne voglio giusto un sorso».

Gliela passai senza una parola, e mi voltai dall'altra parte quando udii delle urla provenire dalla sala da pranzo. *Cosa? Fanno a gara a ubriacarsi? Ma non possono andare fuori?* Trish mi passò di nuovo l'acqua, e io ne bevvi un lungo sorso.

«Allora, senti», continuò dandomi una gomitata. «Vorrei un altro tatuaggio. Me lo fai tu?»

«Certo. Cosa vorresti farti tatuare?»

«Le parole di una canzone, proprio sotto la tetta sinistra».

Cavolo. Harper darà di matto. «Be', sì. Vediamo». Finii l'acqua e le mostrai la bottiglia vuota. «Vado a prenderne un'altra. Sicuro che non ne vuoi?».

Lei guardò la bottiglia vuota, e i suoi occhi guizzarono verso di me. «Ma sì. In realtà forse ho più sete di quanto credessi».

«Sei una troia! Sta per avere un figlio!».

Provai ad aprire gli occhi, ma avevo le palpebre pesanti. Troppo pesanti. E la testa mi martellava come se avessi i postumi di una sbornia. *Ma che diamine! Non ho neanche bevuto ieri notte. O sì?*

«Puoi lasciarci soli un attimo?», chiese una voce femminile.

«Scendi subito dal suo letto! Konrad, lasciami andare, adesso la uccido! Chase, coglione, svegliati, cazzo!».

Ma cosa diavolo succede? Sentii qualcuno accanto a me. *Harper?* Mi voltai, sforzandomi di aprire gli occhi, e la vidi.

Non era Harper.
Oh, merda.
Spalancai gli occhi, e mi allontanai subito da Trish. La testa mi scoppiava, e me la presi tra le mani mentre Bree ricominciava a strillare. «Che cazzo sta succedendo?», urlai, e mi sforzai di nuovo di aprire gli occhi per guardarmi intorno. Ero nel mio letto, a casa mia. Konrad aveva lo sguardo furioso, sembrava volesse uccidermi, e cercava di trattenere Breanna che continuava a scalciare.
«Chase, falli andare via, ti prego», gemette Trish abbracciandomi, e io la respinsi.
«*Che cazzo ci fai nel mio letto?*». Mi guardai intorno come un pazzo. «Dov'è Harper? Oddio, che diavolo è successo?», gemetti, e mi presi di nuovo la testa tra le mani. Mi tolsi subito di dosso il piumone e mi precipitai fuori dal letto, ma caddi subito a terra. Mi guardai e vidi che indossavo soltanto i boxer. Poi vidi Trish che si precipitava verso di me. Notai che aveva addosso solo la mia maglietta preferita e le mutandine. Nient'altro.
Oddio, no. No, no, no.
«Tesoro, stai bene?», chiese Trish inginocchiandosi davanti a me. Allungò il braccio, ma io la scacciai con violenza.
«Che cazzo, Trish! Che ci fai nel mio letto? Perché hai addosso la mia maglietta?».
«Ti uccido, troia maledetta!», gridò Bree, e si mise a strattonare più forte per liberarsi dalla stretta di Konrad.
Mi sentivo come se avessi la testa spaccata in due e gemevo di dolore, nel tentativo di tenere insieme i pezzi, come se in quel modo potessi far cessare il male che mi stava uccidendo. «Harper, oddio, Harper. Che è successo? Cosa ho fatto?».

Cercai di ricordarmi se fossi davvero andato a letto con Trish. Cercai di ricordarmi se fossi mai andato a letto. *Non riesco a ricordare nulla della serata di ieri.* Un'altra fitta di dolore lancinante mi attraversò la testa mentre cercavo di rialzarmi. *Merda, non riesco nemmeno a ricordarmi qual è stata l'ultima cosa che ho fatto!*

«Chase...». Trish cercò di raggiungermi mentre inciampavo contro la scrivania, e la scacciai di nuovo.

«Non ti azzardare a toccarmi». Le lanciai un'occhiataccia, mentre il mio respiro si faceva convulso. Come potevo aver fatto una cosa del genere alla principessa? Che cazzo era successo? Lei non mi rispose, e strillai: «Perché diavolo eri nel mio letto?»

«Come puoi farmi questo, Chase? Vuoi far finta che io non esista solo perché tua sorella ci ha scoperti?».

Mi voltai e vidi che mia sorella stava singhiozzando. Konrad sembrava ribollire di rabbia mentre la teneva forte e continuava a lanciarmi sguardi minacciosi.

«Troia!», urlò Breanna, e si asciugò gli occhi con forza mentre si rivolgeva a Trish. «Digli la verità! *Digliela!*».

Spalancai gli occhi e mi voltai verso Trish mentre mi reggevo ancora la testa nel tentativo di calmare il respiro ed evitare di vomitare dappertutto. «Che cosa, Trish? Qual è la verità?».

Lei scosse la testa e scrollò le spalle. «Tua sorella è una psicotica, non so neppure di cosa stia parlando».

Prima che potessi dire qualcosa, Konrad mi precedette. «Maledetta puttana! Di' un'altra parola su di lei e giuro su Dio che dovrò rivedere la regola che le donne non si toccano. Digli che Harper era qui. Che è lei che vi ha scoperti!».

Caddi sulle ginocchia e cominciai ad avere i conati di vomito. *Oddio. Harper era qui, è stata lei che ci ha scoperti. Oddio, che cosa ho fatto?*

«Meglio che l'abbia scoperto subito quella troietta. Stava rovinando la vita di Chase!».

«Esci di qui!», urlai tra i conati. «Cazzo, esci da questa casa!».

«Chase...», iniziò di nuovo Trish, ma io la interruppi.

«Vattene. *Fuori!*».

Un minuto dopo, la porta della mia camera si richiuse: si udivano solo i singhiozzi di Bree, e la frase che continuava a ripetere ossessivamente: «Come hai potuto, Chase?».

Non era possibile. Non era proprio possibile che avessi fatto tutto ciò a Harper.

«Dov'è Harper?», gemetti, mentre cercavo di rialzarmi e cominciavo a raccogliere i vestiti. «Breanna, ti prego, dov'è Harper?».

«Se n'è andata con Brandon».

Alle parole di Konrad mi sentii mancare l'aria e inciampai di nuovo, mentre cercavo di infilarmi i pantaloncini. Pian piano sollevai la testa mentre li guardavo. «Che... che cosa?»

«Piangeva e minacciava di andarsene, così Brandon l'ha portata via di qui. E dovresti essergli grato per questo. Io ti pesterei a sangue, ma Brandon sembrava pronto a ucciderti».

«Chase», domandò Bree piangendo. «Perché? Come hai fatto? Come hai potuto farle questo? Pensavo la amassi».

Mi vestii e cercai il telefono. Appena lo trovai, provai due volte a chiamare Harper, ma partì subito la segreteria telefonica. «Non è possibile che lo abbia fatto», risposi alla fine. «Bree, non posso averlo fatto. La amo, e non avrei mai potuto farle una cosa del genere».

«E allora perché...».

«Non lo so, Breanna! Non ricordo nulla dopo che... Non ricordo niente, *maledizione*! Non ricordo che cosa è successo ieri sera!». Non ricordavo neppure di aver bevuto, cazzo! Provai di nuovo a chiamare Harper e mi toccai le tasche in cerca delle chiavi. «Brandon l'ha portata via? L'ha portata a casa?».

Konrad scosse la testa. «Harper ha detto che non ce l'avrebbe fatta ad affrontare i tuoi genitori. Non so dove siano andati».

«Devo trovarla».

«Chase», tuonò Konrad, mentre raggiungevo la porta. «Non farle questo, non mentirle. Se la ami lasciala andare. Non far finta che non sia successo nulla».

«Non è possibile che io le abbia fatto una cosa del genere!». E con questo mi precipitai fuori dalla mia camera e da quella maledetta casa. Non appena fui in macchina, cercai di contattare Harper un'ultima volta prima di chiamare Brandon.

«Ti avevo avvisato», ringhiò lui.

«Ti prego, dimmi che è lì».

«È qui, ma ha bisogno di tempo per pensare. Non è in macchina con me».

«Dove siete? Ho bisogno di parlarle!».

«Come ti ho già detto», abbassò la voce, «ha bisogno di starsene da sola. Lasciala stare».

«Brandon...».

«Ti avevo avvertito, cazzo!».

Cominciai a singhiozzare, e mi fermai in un parcheggio lì vicino. Accostai e mi accasciai sul volante. «Non ho idea di che cosa sia successo...».

«Stronzate! Hai detto a Harper di raggiungerti a casa stamattina. Poi lei arriva e si vede uscire dalla tua camera questa ragazza? Dio santo, Chase! Avresti dovuto vedere Harper quando è corsa felice nella tua stanza e ha visto quella scena. L'hai distrutta».

«Le ho detto io di raggiungermi? No, mi sono svegliato sentendo le urla di Bree!».

«Tu non la meriti. Per tutto questo tempo non hai fatto altro che giocare. E per cosa, Chase? Prima ci rendi la vita un inferno, poi riesci ad avere Harper e infine butti tutto via così?»

«No, no! Non ricordo niente della scorsa notte».

Brandon rimase in silenzio per un lungo istante. «Ti avevo detto di prenderti cura di lei, di prenderti cura di loro».

«Lo faccio! Io... onestamente, non ricordo proprio che cosa sia successo ieri notte! Tu mi hai visto con lei? Con Trish?»

«Sono andato a dormire dopo che abbiamo parlato».

«Abbiamo parlato?». Rovistai nella mia mente ancora pulsante alla ricerca di qualche indizio, ma non trovai niente.

«Chase, non fare l'idiota!».

«Non ricordo nulla!», urlai, afferrandomi i capelli.

«Ti ho detto che mia madre e Jeremy si trasferiranno qui. Abbiamo parlato di te e Harper, Cristo», sibilò. «Ma perché ti sto dando corda?».

Mi ci volle qualche minuto prima di cominciare a ricordare qualcosa, e pian piano mi tornarono alla mente brevi sprazzi della serata. «Ci hai perdonati», sussurrai.

«Fino a circa un'ora fa vi avevo perdonati entrambi. Ma adesso? Lo giuro, Chase, che appena ti vedo...».

«Mi pesterai a sangue, lo so. Fratello, non è possibile che le abbia fatto questo».

«Risparmiati queste scuse. Non voglio sentirle. L'hai distrutta». Dopo qualche minuto di silenzio sussurrò: «Lei si merita di più».

Volevo provare di nuovo a difendermi, ma a cosa sarebbe servito? Quando mi ero svegliato, accanto a me c'era Trish. Scossi la testa senza capire. *Ma lei è lesbica, ha una fidanzata! E cosa diavolo è successo ieri notte?* «Lo so», ammisi con un filo di voce.

«Per un po' ti ho odiato per avermela portata via. Ma lei era felice con te, quindi non avevo il diritto di farlo. Ora invece non riesco a pensare ad altro che a distruggerti per averla ferita. Un'altra volta».

Delle lacrime silenziose mi scesero lungo il viso. L'avevo distrutta. Avevo distrutto noi due. E l'avevo spinta tra le braccia di Brandon. Lui non l'aveva mai ferita, non aveva fatto altro che prendersi cura di lei. «Ti prego… ti prego, riportamela».

Brandon sospirò. «Quando sarà pronta per vederti, lo farò».

«Abbi cura di lei».

«Sempre».

Terminai la chiamata e chiusi gli occhi, mentre le lacrime continuavano a rigarmi il viso.

Cosa diavolo ho fatto?

Quando arrivai a casa dei miei genitori Harper non era ancora tornata, e io non avevo ben chiaro quello che era successo la sera prima. Mi ricordai che Zach ci stava provando con Trish quando ero tornato da lei con un paio di bottiglie di acqua fresca. Ma lei lo respingeva dicendo che era contenta così come stava, con la sua ragazza. Zach non era uno che si arrendeva tanto facilmente, ma non appena si era allontanato da Trish, che se ne stava appoggiata all'isola della cucina, e io mi ero seduto sul bancone a diversi centimetri da lei, mi si era appannata la vista. Ricordavo vagamente una zuffa in salotto, e Derek e Brad che si buttavano nella mischia per fermare i litiganti, ma non ricordavo di averli effettivamente visti in azione. Dopodiché non ricordavo nient'altro.

Entrando in salotto, trovai Konrad e Bree seduti sul divano di fronte a mamma e a papà. Bree e la mamma stavano piangendo. Sembrava che volessero tutti prendermi a schiaffi.

Li capivo benissimo.

Capitolo 14

«Harper?», chiamò Bree, e si precipitò verso l'entrata.

Mi sentii mancare l'aria e mi sforzai di inspirare. Erano passate più di nove ore da quando avevo parlato al telefono con Brandon, e anche se per tutta la giornata Bree aveva continuato a scambiarsi messaggi con lui avevo il terrore che Harper non venisse. Ma alla fine tornò a casa, grazie a Dio. Sentii salirmi la bile, e deglutii mentre mi balenava in mente l'immagine di quando mi ero svegliato accanto a Trish.

Dio santo.

Sentii Harper e Bree camminare verso il salotto, e in qualche modo riuscii a sollevare la testa per guardare la persona che era tutto il mio mondo. Quello che vidi, però, mi fece venir voglia di morire. La principessa aveva gli occhi rossi e delle chiazze sul viso: sembrava che qualcuno le avesse strappato il cuore.

Io. Ero stato io, ero io a farla soffrire.

Feci per alzarmi, ma papà mi spinse di nuovo giù, e io non ebbi neppure la forza di contrastarlo. Mi sentivo come se fossi stato colpito al petto, e il dolore si stesse irradiando in tutto il corpo. Non sapevo come potessi essere ancora vivo, e come facessi a respirare. Guardai Harper che abbracciava forte mia madre. Rimasero così per qualche istante, e volevo gridare a tutti di andarsene: volevo essere io ad abbracciarla. *Dovevo* essere io ad abbracciarla. Mentre gli altri cominciavano a lasciare la stanza, i suoi occhi guizzarono per un attimo verso di me, e nel millesimo di secondo in cui i nostri sguardi si incrociarono, sentii tutto il mio dolore mescolato al suo. *Ma che cosa ho fatto?*

«Piccola...».

«Non chiamarmi mai più così». Aveva lo sguardo spento mentre parlava a denti stretti.

«Harper, ti prego, ho fatto un casino», mormorai con voce soffocata, incurante delle lacrime che mi scendevano sul viso. Non sarebbe servito a niente cercare di fermarle adesso. «Non ricordo nulla, devi credermi. Ma non è possibile che ti abbia fatto una cosa del genere». Mi accorsi che, ancora una volta, mi mancava la voce, e mi sforzai di deglutire. L'avevo ferita così tante volte prima, ma lo avevo fatto per salvarla da me. Non adesso, però, non stavolta. No, non avrei mai potuto farlo alla mia principessa.

«Perché lei, Chase? Proprio la persona che odio! Come hai potuto farmi questo? Come hai potuto farlo al nostro bambino?».

Sussultai come se mi avesse dato uno schiaffo. «Non l'ho fatto. Voglio dire, non lo so, non ricordo nulla!». *Dio santo, perché non riesco a ricordare il resto della serata?* «Ero alla festa, e un attimo dopo mi risveglio con Breanna e Konrad che mi urlano contro, e vedo Trish nel mio letto accanto a me. Ma giuro che non l'ho mai toccata, non avrei mai toccato nessun'altra. Io ti amo!». Non se ne accorgeva? Dopo tutto quel tempo, Harper non vedeva quanto l'amavo e che avrei fatto qualsiasi cosa per lei?

Sollevò un sopracciglio tremante, e malgrado l'espressione triste riuscii a scorgere una punta di disgusto nei suoi occhi. «E ti aspetti davvero che io ti creda? Sapevi cosa pensavo di lei, Chase. Eppure, guarda caso la inviti proprio alla festa dove io non ci sarei stata. Tutti pensavano che saresti tornato da me ieri notte. Invece stamattina me la vedo uscire dalla tua stanza con addosso soltanto la tua maglietta, e tu eri nel letto praticamente nudo!».

Santo cielo, non avrei mai potuto toccare quella donna – *qualsiasi* altra donna – ma soprattutto Trish, mai. «Non l'ho invitata io. È stata lei a chiedermi di passare da casa sua e io mi ero rifiutato, con la scusa della festa. Non sapevo mica che sarebbe venuta».

«Perché dovevi usare la scusa della festa? Io non ero una scusa sufficiente? Avresti dovuto dirle da tempo che doveva smetterla: eri impegnato in una relazione e saresti diventato padre. Non dovevi permetterle di flirtare con te! Invece, l'hai lasciata fare. Ha continuato a provocarti e a invitarti la sera a casa sua. Ti stava addosso persino quando c'ero io, e secondo te dovrei credere che proprio ieri sera quando finalmente avevate campo libero non siete andati a letto insieme?»

«Ma pensavo che fosse lesbica! E comunque non sarei andato a letto con lei, piccola. Devi credermi!».

«Ancora con questa storia! È esattamente questo il motivo per cui non posso crederti: non riesci nemmeno a dirmi la verità, pur sapendo che ho visto le foto».

Rimasi raggelato. *Le foto? Ci sono delle foto?* «Quali foto?». Lei non rispose, ma rimase a fissarmi dalla poltrona. Non mi trattenni più. Alzandomi di scatto dal divano, cominciai a urlare: «*Quali foto, Harper?*»

«Dai, Chase, sono state scattate e inviate dal tuo telefono».

Tirai fuori il telefono dalla tasca e iniziai a scorrere la galleria fotografica; poi controllai i messaggi che avevo mandato a Harper, ma non vidi niente di nuovo. C'era solo il messaggio che le avevo spedito quella mattina, dopo il mio risveglio, oltre a quelli che le avevo inviato nei giorni precedenti. «Io non vedo nulla».

La principessa sospirò e cominciò a digitare sul suo cellulare, e giuro che smisi di respirare nell'attesa che finisse. Il suo telefonò vibrò ripetutamente e, quando si fermò, lei me lo porse con mano tremante. Qualunque cosa ci fosse su quel telefono, non volevo vederla. Non volevo... ma dovevo. Mi allungai a prenderlo e feci scorrere più volte lo sguardo da una foto all'altra per essere sicuro che non stessi immaginando nulla. Sentii una stretta allo stomaco, e stavo quasi per vomitare. Annaspai e sentii le gambe cedermi. Quando caddi sul pavimento, accolsi il dolore mentre il peggior incubo della mia vita diventava realtà.

«Oddio. No. No, è impossibile».

«Be', sembra proprio che sia possibile, invece».

Non è possibile che lo abbia *fatto*! «Non ricordo niente, ma non avrei mai potuto ferirti così! Lo sai che ti amo!».

«Forse eri solo troppo ubriaco».

Ubriaco? Lo sapeva meglio di tutti che non bevevo dalla fine di agosto. «Non ho bevuto ieri notte, lo giuro! Chiedi a Bree!».

«Chase», e la sua voce era così dolce e calma che mi spezzò il cuore ancora di più, «smettila di mentirmi».

«Non ti sto mentendo!». Mi avvicinai e le posai le mani sulle gambe, cercando di non stringerla troppo. «Ti prego, credimi!».

Lei mi allontanò le mani, e in quel momento sentii un altro colpo al cuore. «Chase, se vorrai ancora far parte della vita di questo bambino, ne sarò felice. Ma non posso continuare questa relazione. Sappiamo entrambi che era condannata al fallimento, fin dal principio».

No, no, no. «No, non è vero!».

«Io non posso fidarmi di te, Chase. Soprattutto dopo quello che è successo».

«Harper. Noi… No, dimmi che non ci stiamo lasciando. Avevo intenzione di chiederti di sposarmi domani, dopo la cerimonia!».

Lei mi guardò con un'espressione addolorata. «E invece dobbiamo lasciarci. È evidente che tu vuoi continuare a fare la tua vecchia vita, e io non posso preoccuparmi di quello che fai quando non sei con me».

Al diavolo! «Io non voglio la mia vecchia vita! Non voglio niente, senza di te! Tu sei tutto per me, Harper». Stava abbandonando me, il mio mondo, il mio cuore… mi stava lasciando. Il mio petto era scosso dai singhiozzi e, tremando, lasciai cadere la testa sul suo grembo.

«Forse in futuro, tra un po' di tempo, dopo che avrai pensato a ciò che desideri davvero, potremo riprovarci di nuovo».

Mi aggrappai alla sua maglietta in un patetico tentativo di trattenerla. «Principessa, ti prego, ti prego, non farlo. Non posso perderti».

«Non devi perdermi», sussurrò lei, «possiamo rimanere amici, puoi accompagnarmi a tutte le visite dalla ginecologa, e io continuerò a vivere qui se è quello che desideri. Chase, tu hai distrutto il mio cuore, per quella che probabilmente rimarrà una sola notte di sesso insieme a Trish. E per questo motivo non posso essere tua, non adesso. Non posso fare la parte della ragazza ingenua che sta a casa con il bambino, mentre tu te la spassi in giro con le altre».

«Non sarà così, voglio solo te». Dio, se fossi stato meno egoista le avrei detto che aveva ragione. Avrei dovuto lasciarle vivere la vita che si meritava. Aveva bisogno di una persona come Brandon, che si sarebbe preso cura di lei, nonostante quello che gli avevamo fatto. Non meritava me. Io non facevo altro che ferirla. *Si merita qualcun altro, una persona molto migliore di me, ma diamine, non posso perderla.*

«Avrò bisogno di molto tempo per crederti di nuovo, Chase, ma ho intenzione di darti un'opportunità di riguadagnarti la mia fiducia. A ogni modo, dovremo ricominciare da capo. Da amici».

«Io non voglio essere tuo amico, Harper!».

«O così o niente, Chase».

«Piccola, mi dispiace tanto. Ti giuro che non avrei fatto nulla se fossi stato cosciente. Non ricordo assolutamente niente di ieri notte». Anche guardando le foto, non riuscivo a ricordare quasi nulla di quello che era successo.

«Te l'ho detto, ti darò una possibilità se lo vorrai. Ho bisogno di qualche giorno prima di poter ricominciare da amici. Sto davvero... Sto soffrendo, Chase, tu hai confermato ogni singola paura che ho sempre avuto alla prospettiva di iniziare una relazione con te. E ancora non so bene come affrontare la cosa».

Ero in lotta con me stesso. Una parte di me urlava di lasciarla andare perché potesse essere felice, l'altra stava morendo al pensiero di non averla. Le presi il viso tra le mani e la baciai intensamente. «Andrò in fondo a questa storia, scoprirò cosa è successo. Ti amo, Harper, più di quanto tu possa immaginare». La baciai ancora e pregai che quello non fosse il nostro ultimo bacio.

I System of a Down cominciarono a strombazzare dal

mio telefono, e stavo per premere il pulsante IGNORA, pensando che mi stessero chiamando dal lavoro. Quando vidi il nome sullo schermo, strabuzzai gli occhi. Non ci potevo credere. Mi alzai e mi precipitai in cucina urlando al telefono. «*Ma che diavolo hai fatto? Ma ti rendi conto di quello che hai fatto?*».

«Chase… come puoi parlarmi così, dopo quello che abbiamo condiviso ieri notte? Dopo tutto quello che mi hai promesso?», piagnucolò Trish, con la voce affranta.

Condiviso? Promesso? Non ho fatto nulla di tutto questo. Diamine! No! Non avrei mai potuto fare una cosa del genere a Harper, cazzo. «Hai appena rovinato la mia vita, lo capisci?»

«Mi… mi dispiace, io…».

«Non provare a scusarti, cazzo! Harper è l'unica persona a cui dovresti chiedere scusa, ma ricordati sempre che se mai proverai a metterti in contatto con lei, o anche con me, ti renderò la vita un inferno!».

«Cha…».

Riattaccai prima che potesse dire altro e gettai l'iPhone contro il muro con tutta la violenza possibile. L'involucro si frantumò e la principessa sobbalzò quando un frammento le sfiorò la testa. «Dio, Harper, mi dispiace!». Mi precipitai verso di lei e la guardai ritrarsi, il volto pallido, tutta tremante. *Oddio, le faccio paura.* Non avrei potuto peggiorare le cose più di così. «Devo andare, prima di combinare altri guai». Le accarezzai la guancia, cercando di imprimermi nella mente i tratti del suo viso, e mi sembrò di morire quando la vidi sobbalzare non appena la toccai.

«Mi dispiace per tutto quanto. Non te lo dirò mai abbastanza, Harper. Mi dispiace così tanto, così tanto. Ti prego, non dire che è finita. In qualche modo riuscirò a guadagnarmi di nuovo la tua fiducia. Non lasciarmi».

«Non rendere tutto questo ancora più difficile per entrambi, sai cosa provo. Prendiamoci qualche giorno, vediamo se possiamo ricominciare da amici. Qualunque cosa succederà tra noi, Chase, voglio che tu faccia parte della vita del nostro bambino».

Ma io volevo far parte anche della *sua* vita. Niente aveva più senso per me se non li avessi avuti entrambi. Sentii una stretta allo stomaco e mi si appannò la vista mentre realizzavo che era proprio questo il momento che avevo sempre temuto: il momento in cui avrebbe capito che senza di me sarebbe stata meglio. «Ti amo, principessa», sussurrai; poi la baciai un'ultima volta e uscii dalla stanza.

Non appena salii sul furgoncino, il mio corpo fu scosso dai fremiti, e mi accasciai sul volante. Questo era ciò di cui Harper aveva bisogno, ma non potevo permettere che accadesse. Ero troppo egoista per lasciarla andare: avevo bisogno di lei più di quanto potesse mai immaginare. Prima di incontrarla pensavo che la mia vita fosse perfetta, ma in realtà era del tutto insignificante, e così sarebbe tornata a essere se lei se ne fosse andata. Ogni millimetro del mio corpo mi urlava di tornare indietro a casa dei miei, prenderla tra le braccia e farle dimenticare quello che era successo. Sapevo però che se volevo avere la possibilità di riconquistarla un giorno, avrei dovuto concederle il tempo di cui aveva bisogno. Mi passai le mani sul viso e accesi il motore: dovevo andare via di lì prima di cedere al desiderio di correre da lei e baciarla fino allo sfinimento.

Mentre guidavo, ripensai a tutto ciò che ci era successo nell'ultimo anno, e non potevo credere che una ragazza fosse riuscita a cambiarmi così radicalmente. Mi batteva forte il cuore mentre ripensavo a tutti gli errori che avevo commesso con lei. Desiderai non aver sprecato tutto quel tempo a fare il coglione, e allo stesso tempo mi maledicevo per non aver continuato a respingerla. Come si fa, però, a respingere la propria ragione di vita? Il mio cuore e la mia mente continuavano a lottare tra loro, senza sapere quale dei due avrebbe avuto la meglio, alla fine. Sapevo soltanto che la desideravo, e l'avrei desiderata per sempre.

Continuavano a tornarmi alla mente frammenti della mia conversazione con Brandon di quella mattina e, anche se volevo scacciare quel pensiero, sapevo che lui aveva ragione. Brandon era la persona più adatta per lei. Non lo avevo sempre detto io stesso? A tutti… persino a lei? Brandon non le avrebbe mai fatto quello, non l'avrebbe delusa così tante volte, ma non sapevo se avrei avuto la forza di lasciarla andare per sempre. Era mia, e sarebbe stata mia per sempre.

Mi sollevai leggermente per prendere il telefono dalla tasca posteriore dei pantaloni. Non lo trovai, e cominciai a cercare nelle altre tasche. Niente. Dov'era il mio telefono? Dovevo chiamare Harper. Dovevo dirle che la amavo e che non mi sarei arreso, non lo avrei mai fatto. Guardai sul sedile del passeggero, ma non lo trovai neppure lì. Guardai nello specchietto retrovisore e oltre il parabrezza. Non c'erano macchine in vista e il semaforo era ancora verde. Piegandomi, mi allungai a cercarlo sotto il posto del passeggero, ma non c'era nulla neppure lì. Eppure ero sicuro di aver appena… Trish… Ora mi ricordavo: avevo gettato il telefono contro il muro, maledizione, lo avevo lasciato a casa dei miei. Mi risollevai in fretta, concludendo che quello era sicuramente un segno: dovevo tornare da Harper, per abbracciarla e cercare di risolvere le cose.

Scorsi i fari con la coda dell'occhio prima di sentire il clacson. Alzai gli occhi all'improvviso e vidi il semaforo rosso; poi mi voltai appena in tempo per sentire la vibrazione in tutto il mio corpo e lo stridore del metallo che riempiva l'aria.

Sento le palpebre pesanti mentre provo lentamente ad aprire gli occhi. Mi giunge un rumore nelle orecchie e mi sembra di avere addosso un peso che mi schiaccia. Mi sforzo di alzare le braccia al petto per spostare qualunque cosa sia, ma non riesco a muoverle. Pian piano mi ritorna tutto in mente. Il suono continuo di un clacson, un dolore violento in tutto il corpo, l'odore di fumo, e un sapore di ruggine e sale che mi riempie il naso. La testa mi cade in avanti, e mi rendo conto di aver richiuso gli occhi. Sforzandomi di aprirli, vedo la mia maglietta azzurra ricoperta di sangue. *Perché sono coperto di sangue?* Sto andando nel panico; il mio petto si solleva e si riabbassa di scatto, e quel movimento mi costringe a emettere un urlo strozzato di dolore, mentre il sangue mi sgocciola sulle labbra e sul grembo.

Cerco di inspirare, ma c'è qualcosa che non va. È come se stessi respirando aria liquida. Mi sento soffocare, sto ingoiando sangue. Un altro colpo di tosse, altro sangue sulle labbra. In qualche modo riesco a sollevare un po' la testa e vedo l'enorme muso di un tir, laddove dovevano esserci il finestrino e lo sportello. Il semaforo rosso, quei fari luminosi, e il clacson che suona. *Oddio. Dio no, ti prego no.* Sento subito sgorgare le lacrime, e chiudo gli occhi mentre l'immagine di quell'automobile si appanna, e il dolore pian piano mi abbandona. Non voglio che il dolore mi lasci, perché al suo posto non sentirò nulla. Ti prego, Dio:

accetterò il dolore, ma non prendermi. Non voglio morire. Non portarmi via da Harper e dal nostro bambino.

«*Sarai sempre nel mio cuore, Chase Grayson*».

«Principessa? Santo cielo, Harper… che cosa ho fatto? Non voglio lasciare te e Orsetto. Dio, ti prego, non farmi questo. Farò tutto quello che vuoi».

«*Uno di questi giorni, principessa… te lo prometto*».

«*Non sarò mai tanto disperata da volerti*».

«*Staremo a vedere*».

«Ti amo, principessa. Ti amerò per sempre».

«*No, neanch'io ti merito. Hai bisogno di qualcuno che si prenda cura di te, che ti protegga e sia sempre al tuo fianco. Qualcuno che si renda conto che non troverà mai più un'altra come te, mai, da nessuna parte al mondo*».

«*Chase…*».

«*Quella prima notte, ho capito subito che non avrei mai incontrato un'altra come te. Ma ti meriti un uomo che abbia atteso per te tutto il tempo che hai aspettato tu. E non sai quanto vorrei essere quell'uomo, ma non lo sarò mai, Harper*».

«Non ti lascerò mai… Sarò sempre con te».

«*Non è evidente? Non è evidente che sono innamorata di te?*».

«*Ripetilo*».

«*Chase, ti amo*».

«Di' a Orsetto che lo amo… ogni giorno».

«*Quando mi sono svegliato e tu eri tra le mie braccia… Penso di non essere mai stato così felice. Sei l'unica ragazza con cui mi sia mai addormentato, e voglio che sia sempre così. Non sei una qualsiasi. Io ti amo, Harper, e non voglio che tu vada da nessun'altra parte*».

«E sappi che ti ho amata fin dall'inizio».

«Perché sei qui?»

«Perché tu hai bisogno di me, e se questa deve essere la mia ultima ora con te, non ho intenzione di sprecare nemmeno un secondo».

«Mi dispiace per il tempo che ho sprecato, ma ricorderò ogni prezioso secondo che abbiamo passato insieme».

«Sei incinta, principessa».

«Sì».

«Ed è... è mio?»

«Ma certo».

Non so che cosa è reale e che cosa non lo è più. Giuro che mi sembra di avere Harper tra le braccia, sento il suo profumo di vaniglia. Riesco a sentire la sua risata sommessa, che riservava sempre per i momenti in cui ce ne stavamo al buio, accoccolati insieme nel letto. Riesco a sentire le sue labbra sul collo e le sue mani tra i capelli. Dio, ti prego, non portarmi via da lei! Com'è possibile che mi stia succedendo questo?

Altri sprazzi. *Harper che tiene in braccio un bambino. Il nostro bambino.* Un grido di dolore prova a uscirmi dal petto, ma viene fuori soltanto altro sangue, mentre mi affloscio contro la cintura di sicurezza. Cerco di fare un altro respiro, ma non provo alcun sollievo. Non c'è niente, è così. Il mio tempo sta per finire, e non so quanto avrei desiderato avere a disposizione un altro giorno con lei. Per curarla e venerarla, dire a lei e a Orsetto un milione di volte che li amo. Quell'immagine comincia ad appannarsi, e mi ci aggrappo come se potesse riuscire a tenermi vivo. Non sono pronto ad andare, non sono pronto a perderla. Cerco di respirare, ma è inutile: non c'è più aria, solo altro liquido. *Harper che indossa un abito da sposa. È bellissima. Il suo sorriso è più luminoso del sole e guarda qualcuno che mi sta accanto. Mi volto e mi accorgo che è Brandon; poi è tutto buio, non vedo più nulla.*

«Prenditi cura della mia famiglia, fratello. Ti prego».

«Chase!».

Lei mi sembra così vicina.

«Chase!».

«Vivi, principessa, per me. Ti amo».

Ringraziamenti

Come sempre, un grazie enorme a mio marito per aver sopportato le mie follie. Finisco inevitabilmente per farmi risucchiare dal mondo dei miei personaggi e, anche se lui mi guarda come se fossi pazza, trova sempre il tempo per ascoltarmi e chiedermi cosa sto scrivendo, ed è per questo che lo adoro. Ti amo, tesoro!

Grazie alle ragazze della Book Broads! Dedico a voi questo libro, perché senza di voi non avrei mai avuto il coraggio di scrivere la storia di Chase. Capisco che non sia facile affrontarla, sapendo come va a finire. Credetemi, è stato difficile anche per me, ma la Book Broads mi ha aiutato a capire che anche se Chase ci manca terribilmente, avevamo ancora bisogno ancora di lui, e la sua voce meritava di essere ascoltata.

Un enorme grazie alla mia meravigliosa editor, Tessa Woodward, della HarperCollins; e alla mia straordinaria agente, Kevan Lyon della Marsal Lyon Literary Agency. Siete incredibili, davvero. Siete insostituibili!

Amanda Stone, non solo sei la mia migliore amica, ma non so davvero come farei senza di te che mi scarrozzi dappertutto e mi sproni a scrivere. Una cosa è il mondo di Facebook; un'altra è passare cinque ore al telefono con te a parlare di tutto e di niente, per poi non farci più sentire quando siamo entrambe impegnate a scrivere. Ti voglio bene, ragazza super sexy e super emancipata!

Kelly Elliott... Giuro che non so dove sarei adesso senza i nostri pranzetti settimanali. Probabilmente a impazzire in un angolo del mio studio. Ti voglio bene, e ti sono così grata per la tua amicizia e i nostri sfoghi settimanali.

Grazie alle mie amiche intellettuali: Colleen, Kim e Lisa. Mi avete aiutato tutte più di quanto potreste immaginare offrendomi sempre una via di fuga. Colleen, chiunque legga questo libro deve ringraziare te, se ho avuto il coraggio di scrivere la scena della doccia!

A.L. Jackson. Un grazie infinito per aver dato inizio alle nostre maratone di scrittura. Quelle prime tre che abbiamo fatto insieme mi sono servite a finire il libro, quindi grazie, ti voglio bene da morire, *baby*!

A tutti i blogger, gli amici e i meravigliosi lettori che mi hanno aiutato a diffondere l'anteprima della copertina, le frasi pubblicitarie e le foto, GRAZIE! Vi voglio davvero un gran bene!

Indice

Paperbacks
sezione Gli Insuperabili
Pubblicazione settimanale, 31 agosto 2017
Direttore responsabile: Raffaello Avanzini
Registrazione del Tribunale di Roma n. 16024 del 27 agosto 1975
Stampato per conto della Newton Compton editori s.r.l., Roma
presso Puntoweb s.r.l., Ariccia (Roma)

Gli Insuperabili

Ultimi volumi pubblicati

Jodi Ellen Malpas, *Tutte le volte che vuoi*
Federica Bosco, *Mi piaci da morire*
Elisa Trodella – Loretta Tarducci, *Scusa ma ti amo troppo*
Andrea Frediani, *Un eroe per l'impero romano*
Jodi Ellen Malpas, *La punizione*
David Gibbins, *Atlantis*
Stuart MacBride, *La stanza delle torture*
Federica Bosco, *L'amore non fa per me*
Federica Bosco, *L'amore mi perseguita*
M. R. C. Kasasian, *La maledizione di casa Foskett*
Jodi Ellen Malpas, *This Man Trilogy. La punizione*
Simon Scarrow, *Il gladiatore*
Daniela Volonté, *L'amore è uno sbaglio straordinario*
Donna Woolfolk Cross, *La papessa*
Bosco Federica, *Cercasi amore disperatamente*
Hoag Tami, *Indizio n. 1*
Jackson Douglas, *L'eroe di Roma*
Khoury Raimond, *L'eredità dei Templari*
Jodi Ellen Malpas, *This Man Trilogy. Il perdono*
Trisha Ashley, *12 giorni a Natale*
Federica Bosco, *S.O.S. amore*
Francesco Caringella, *10 minuti per uccidere*
Benjamin Monferat, *Lo strano mistero dell'Orient Express*
Giulia Ross, *Ho scelto te*
Roberto Genovesi, *Il templare nero*
Rebecca Donovan, *Una ragione per amare. Il nostro segreto universo Trilogy*
Ben Kane, *Le aquile della guerra*
Anna Premoli, *Tutti i difetti che amo di te*

Fabrizio Santi, *Il quadro maledetto*
Victory Storm, *Ogni tuo desiderio è un ordine, bastardo*
G. L. Barone, *I manoscritti perduti degli illuminati*
Viviana Leo, *Questo piccolo grande errore*
Franco Matteucci, *Lo strano caso dell'orso ucciso nel bosco*
Kirsty Moseley, *Il ragazzo che entrò dalla finestra e si infilò nel mio letto*
Fabio Delizzos, *La setta degli alchimisti. Il segreto dell'immortalità*
Fabio Delizzos, *La stanza segreta del papa*
Cecile Bertod, *Nessuno tranne te*
Rebecca Donovan, *Una ragione per restare. Il nostro segreto universo Trilogy*
Carrie Elks, *Abbi cura di me*
Sylvia Kant, *Prova ad amarmi*
Roberto Masello, *La profezia di Einstein*
Eric Rickstad, *Le ragazze silenziose*
A.G. Howard, *Tra le braccia di Morfeo*
Jay Crownover, *Oltre le regole*
Agustín B. Palatchi, *Il patto segreto dei Medici*
Alessandra Carnevali, *Uno strano caso per il commissario Calligaris*
Emily Holleman, *Il segreto di Cleopatra*
Scarlett Thomas, *Il messaggio segreto delle foglie*
David Kirk, *L'onore del samurai*
Rebecca Donovan, *Una ragione per vivere*
K.A.Tucker, *Dieci piccoli respiri*
Karen Viggers, *Il profumo del mare in tempesta*
Daniela Volonté, *Non chiamarmi di lunedì*
A.J. Banner, *Un vicino di casa quasi perfetto*
Julie Plec, *The Originals. Fratelli di sangue*
Jay Crownover, *Oltre noi l'infinito*
Cassandra Rocca, *Ho voglia di innamorarmi*
Jodi Ellen Malpas, *Ancora una volta*
Patrisha Mar, *Ti ho incontrato quasi per caso*
Angela Iezzi, *Gli effetti speciali dell'amore*
Janet MacLeod Trotter, *La figlia del mercante di tè*
Renée Ahdieh, *La moglie del califfo*
Mel Sherratt, *La verità sul caso Ryder*
Fabio Sorrentino, *Il segreto dell'Anticristo*

Charlotte Betts, *Il giardino delle spezie segrete*
Amanda Prowse, *La figlia perfetta*
Staci Hart, *Un meraviglioso amore impossibile*
Anna Premoli, *Un giorno perfetto per innamorarsi*
Roberto Genovesi, *La legione occulta dell'impero romano*
Marcello Simoni, *L'abbazia dei cento delitti*
Stuart MacBride, *Scomparso*
Janet MacLeod Trotter, *La promessa sposa del mercante di tè*
Abigail Barnette, T*he Boss*
Ayşe Kulin, *L'ultimo treno per Istanbul*
Roberto Genovesi, *Il comandante della legione occulta*
M. R. C. Kasasian, *Il mistero di Villa Saturn*
Martin Rua, *I nove custodi del sepolcro perduto*
Bianca Marconero, *L'ultima notte al mondo - Ed ero contentissimo*
L.A. Casey, *Love. Un nuovo destino*
A.G. Howard, *Il segreto della regina rossa*
Jan Moran, *La casa dei profumi dimenticati*
Jay Crownover, *Oltre l'amore*
Claire Contreras, *Love is Life*
Roberto Genovesi, *Il ritorno della legione occulta*
Adam Brookes, *Il codice segreto di Pechino*
Jessica Clare, *Scommessa indecente*
Jessica Sorensen, *Con te sarà un disastro*
Traci Chee, *La lettrice*
Emma Chase, *Niente regole*
Mary Kubica, *Una brava ragazza*
Letizia Triches, *I delitti della laguna*
Samantha Towle, *Nonostante tutto, ti amo ancora*
Molly McAdams, *La mia fantastica scelta sbagliata*
K.A.Tucker, *Una piccola bugia*
Amy Harmon, *Infinito + 1*
L.A.Casey, *Love. Un incredibile incontro*
Jessica Sorensen, *L'amore verrà*
Roberto Fabbri, *Sotto il nome di Roma*
Giulio Castelli, *Il diario segreto di Marco Aurelio*
Joseph Kanon, *Omicidio a Berlino*
C.M. Palov, *Il codice nascosto dei templari*

Molly McAdams

La rivincita siamo noi

Volume rilegato di 320 pagine, euro 9,90

Quando Kennedy Ryan si trasferisce in California, tutto si aspetta meno che di imbattersi proprio in Liam Taylor, colui che è stato protagonista assoluto dei suoi pensieri per mesi e mesi. È lui che l'ha portata a infrangere ogni regola per una sola notte di passione, ore bellissime che hanno significato, almeno per lei, molto più di quanto potesse immaginare. Reduce da esperienze disastrose con gli uomini, Kennedy è fuggita da lui e si è costruita intorno una corazza difficile da abbattere, ma ogni volta che vede Liam, la sua determinazione vacilla.
Liam Taylor deve aiutare le nipoti del suo capo a socializzare. Ma quello che suona più come un lavoro da baby-sitter finisce per condurlo proprio dalla ragazza che pensava non avrebbe mai più incontrato, l'unica donna che è sgattaiolata via dal suo letto all'alba. Ora che l'ha ritrovata, però, Liam è determinato a non lasciarla andare.
Quando un segreto del passato mette a dura prova la loro relazione, riuscirà Kennedy ad accordare a Liam quella fiducia che lui ha lottato tanto per guadagnarsi?